桃李不言

黄金明——著

南方日报出版社
NANFANG DAILY PRESS
中国·广州

图书在版编目（CIP）数据

桃李不言 / 黄金明著. — 广州 ：南方日报出版社，2021.11

ISBN 978-7-5491-2429-9

Ⅰ. ①桃… Ⅱ. ①黄… Ⅲ. ①长篇小说－小说集－中国－当代 Ⅳ. ①I247.5

中国版本图书馆 CIP 数据核字(2021)第 191106 号

TAOLI BUYAN

桃李不言

著　　者：黄金明
出版发行：南方日报出版社
地　　址：广州市广州大道中 289 号
出 版 人：周山丹
责任编辑：巫殷昕
装帧设计：邓晓童
封面插图：张泳强
责任技编：王　兰
责任校对：裴晓倩
经　　销：全国新华书店
印　　刷：广州市尚铭印刷股份有限公司
开　　本：889mm×1194mm　1/32
印　　张：8.125
字　　数：210 千字
版　　次：2021 年 11 月第 1 版
印　　次：2021 年 11 月第 1 次印刷
定　　价：50.00 元

投稿热线：（020）87360640　　读者热线：（020）87363865

目　录

楔子

公元二〇〇九年夏天，我应母校黄花初中的邀请，从省城坐大巴奔赴黄花镇，在离校二十年后首次返回，给学生做了一次文学讲座。让我愕然的是，眼前的女校长就是同班同学琥珀，我二十年前的初恋。很快我就发现跟旧恋人的重聚绝非偶然，这原本就是琥珀的刻意安排。由此，那场文学讲座就显得有掩耳盗铃之嫌。当天晚上，我和琥珀在镇上惟一一家像样的旅馆相会。她将身体里潜伏了二十年的风暴通过柔软的身体传递过来，几乎要将我卷走。琥珀仿佛在完成一个神圣而荒唐的仪式。我像一块礁石，在风浪中时隐时现。琥珀脸色酡红，汗水淋漓。她像一片巨大花瓣滴着露珠，像一尾刚从海里捉上船的大鱼，还浸着水渍。这是我的比喻。但琥珀认为这太蹩脚了。“我此刻像月球一样荒凉。”她说。

她说：“我一直忘不了你。我想见你。二十年来，我无法打消这个念头。”我说：“我也是。”她说：“但是你见到我，知道我的名字，仍然没有认出我。这让我伤心。”我说：“我只记得你十六七岁时如花似玉的模样。我压根就没有想到眼前这位大美人就是我刻骨铭心的初恋情人。那时你还没有发育成熟，胸膛上微微隆起的地方，如今丰熟如秋天的果园。这些年来，时光像伟大的雕刻师，在璞玉般的美人胚子上雕琢，使你的美貌和风情一点点地暴露，最终使你完美地呈现。我爱你耸起的双乳，也爱你幽深的沟壑，甚至爱你玉坠般的耳垂和你微不足道的指甲。”她说：“你让我感到陌生。尽管我知道你说的全是哄小姑娘的甜言蜜语，但我爱听。我老了。我过了一生中的巅峰时刻。女人过了三十，就走下坡路了。你瞧我眼角的皱纹，你摸摸我的乳房，松垂了。我像熟透的果子，就要坠地并腐败了。你不再来看我，我就像一棵掉光了果实的苹果树，拿不出一只像样的果子了。”我说：“你在我心目中永远是完美的。”她说：“我更爱二十年前的你。你太可爱了。”

多年以来，黄花初中的一草一木，以及在学校的种种遭遇，像楔子一样粗暴地楔入我的记忆和灵魂。这既是我的养料，也是我的噩梦。我打消了一次次涌起的旧地重游的念头，但我无数次在梦中重返故地。那条通向学校的白色小径，那个山坡，那幢墙灰剥落的二层白色校舍，校舍四周的操场、蔗地、山林以及山脚下的水井、田畴和河畔，这些景物，历历在目。我携带着这些事物、场景和人，就像二战后的老兵携带着无法取出的恐惧和弹片，也许还有疯狂和耻辱。那无数件发生在学校里的事情，既是我的伤痕，也是我的勋章。

我是黄花初中走出去的为数不多的几个高中生之一，更是绝无仅有的作家。我的同学大多数在乡下种地，或进城务工。我从此地出发，并接触这个广大而神秘的世界。据说，我的名字在黄花镇一带闻名遐迩，在黄花初中如雷贯耳。我成为孩子们学习的好榜样，他们对我像对周星驰和周杰伦一样，耳熟能详。但当天的讲座，我望着台下一对对清澈的眼睛，我知道我终究是过去年代的人。那些穿着雪白校服、脸庞如葵花的孩子，跟我们那一代相比，有相似性但更有不同。是否有一个像我一样孤独而敏感的孩子躲在人群中？这并非异想天开。那些身影模糊而挥之不去的人，曾像囚徒一样封闭在我的脑海里。但他们越来越不安分守己了，越来越暴躁不安，他们在暗中策划着越狱和暴动。他们要求自由，奔跑，并到达一个更为广阔的天地。我要获得安宁，就必须将他们释放。

我受够了。你们走吧，你们爱到哪去到哪去，你们爱干吗就干吗，只是别来烦我！我也要走了。走出我的记忆，走出我的身躯，走出我的灵魂。我也可以是另外一个人。我干吗不是？我干吗非得是这个，而不是那个？就因为我在黄花初中读了几年书吗？它就像一座教育工厂，还是小规模的乡镇企业，我作为一个劣质产品不可避免地戳上它的印记。它像一个酱缸，每一块酱菜都不可避免地带上了这个气味。一代人有一代人的局限。也许，我们上一代以及下一代，那种悲剧性的根源是一样的。瞧瞧那些操场上像积木一样排列整齐的孩子。他们就像一堆数字、符号或图像，按照某个秩序在排列组合。他们肢体崭新，笑容闪光，而内心迷茫。我们当年高唱《学习雷锋好榜样》。他们哼着周杰伦歌曲的古怪腔调。但我们的处境并无不同。我太熟悉那个秩序了。那个背景模糊而闪着幽光的巨大链式绞盘，一群人在星空下列队进入。

当年，我吃足了苦头，一直到今天仍留有后遗症，在我的脑海像潮汐反复地震荡。正基于此，我每次想起来，都有一种窒息的感觉。

一九九九年夏初以来，我以母校为背景，以师生及小镇的人物为原型，试图去写一部记忆、梦想和幻象之书。我投入了一场艰苦卓绝的文字搏斗之中，犹如水手在苦海中泅渡，向前向后都是茫茫大海，无法看到此岸或彼岸。断续一年多，我终于写出了长篇小说《黄花镇秘史》初稿。这一次，写作同样使我得到了放松。我视之为祛魅的仪式。天地良心，我的确没有忘记琥珀，当然也不是每时每刻都记在心头。这二十年来，在不同的时段和空间，我成了不同女人的奴隶或主人。琥珀成了这部小说当之无愧的女主人公。尽管二十年前野火般焚烧的青春或少年荒唐事，并不比小说中虚构的骇人情节逊色分毫。我的旅行箱就放着这部小说的打印稿。这将是我迄今为止最有价值的一部小说。这有利于确立我作为新一代作家的形象。联想到数日后的旧地重游，故人重逢，我感到冥冥中自有天意。

琥珀说："你甭跟我玩深沉。我不管你的婚姻和家庭，也不管你现在有多少个女人，你得将这一切统统忘掉。我也不管我的学校和师生，我什么也不管。我只希望你能给我几天时间，让我在这几天里，将那几年刻骨铭心的生活重新来一次，请让我再次变成那个十六七岁的小姑娘。"

我望着她，我很难将眼前这个高大丰满的尤物跟通常意义上的校长联系起来。这具白玉雕琢般的温暖肉体，晶莹剔透，蕴含着无穷的激情和力量，跟我脑海中停留在二十年前的初中女生不大符合，但正中我下怀。我觉得她再三强调的"老了"毫无由头，也许她在强调她曾更加美妙而我错过了，或者说我们最好是珍惜当下。我预感到我将走遍她身体的辽阔国度，并寻找到昔日那个清纯、俏皮而胆大的小姑娘。这是一次奇妙的还原之旅。

在接下来的数天时光，我们没有浪费一刻钟，我们寻访故地，彻夜长谈，疯狂地亲热。我们亢奋、疲惫而充实。其中，某些事情偏移了我过去的想法。譬如，我有充足的理由认定，《黄花镇秘史》尽管不乏奇思异想和华章重彩，却显得不够真实，或跟黄花初中关系不大。那部小说就像一座建筑在沙地上的塔，我们的交谈、回忆和辩驳就像汹涌的浪潮，轻而易举就使它坍塌并被夷为平地。这让我略感沮丧。但琥珀还是饶有兴致地听我陆续朗读了这本小说，并快活得像一只母鹅。她响亮的笑声冲淡了我的哀愁。她承认这是一部好东西。但同时认定那全是胡编乱造，至少她从书中的女主人公上找不到她的影子。她笑着说："我很喜欢。尽管我看不懂你写的是什么。"

我和琥珀对往昔各执一端，也许是记忆欺骗了我们。每一个人都试图凭借记忆来抵抗遗忘。记忆是靠不住的，但并不等于虚构或捏造对现实的入侵就有了依据。我最难过的是，我们对往昔生涯截然不同的态度。一开始，琥珀满怀着甜蜜、温情和热爱，而我深为压抑、痛苦和愁苦所困扰。我们怀着不同的心理重温了少年时代的荒唐现实和梦幻天空。"这辈子我都没说过这么多话。"琥珀心满意足地说。她觉得完全复活了二十年前的情景，她也被昔日的那个小姑娘所覆盖。当天晚上，她拒绝了我，仅允许我将手伸入衣服触摸她的胸部。"那是重要的时刻。那个时刻后来无数次地重现了，但只有这一次才是真实的。你没有权利亵渎这个时刻。"她说。

我感到恼火和可笑。我反复抚摸着她。我想起了刻舟求剑的故事。尽管我仍站在船上同样的地方，那道刻痕赫然在目，但剑已无法寻觅。昔日，在生长这对丰乳的地方是一片坡度和缓的空地。我不忍心摧毁琥珀的梦幻。她一再指责我成年了，成了狗屁作家了，但仍然小肚鸡肠。"这是不好的。你的怨恨像蛇盘踞在你心头。你看我们现在多好。我真的回到了过去。我也看到了从前的你。我建议二十年之后再重聚。二十年太久了，也许十年或五年倒合适。"琥珀说。

"从今晚起，我们永不分离。"

"别哄我了。"

在离别时，我奇怪地发现，尽管我对琥珀的观点冷嘲热讽、粗暴攻击乃至全盘否定，而我对黄花初中的恨意确实是毫无道理的。我跟母校达成了一定程度的和解。这完全是爱情的力量。这一次跟爱情无关。我指的是二十多年前。那时候我不知道什么是爱情。现在我探讨或实践过形形色色的爱情，而我已不信任或羞怯于说出这个字眼了。我宁愿相信是上天派琥珀来拯救我的。二十多年前，琥珀使我感到人间尚存温暖，现在同样让我理解到仇恨的可笑。但理智同时告诉我，昔日叛逆成性的小魔头，如今成了一校之长的大天使，依然没有获得自由。她在干着当年唾弃和反抗的事情，且有过之而无不及。她既在秩序之中，又反抗着秩序。唉，琥珀。你只需要贪欢数日，就足以抚慰心灵，从而勾销二十年的思念。而在我看来，这是更具悲剧性的事。

在一个红日大如轮毂、红光万丈的清晨，我站在山坡上望着操场身穿校服、队列整齐的初中生，他们正在韵律庄严的口令中认真地做着广播体操。我噙着泪水，一扭身离开了这所折磨了我二十多年的乡村学校。

第一章　我作为初中生的生活片断

1. 学校二十年对照记

一九八六年，我考上了黄花初中。该学校坐落在黄花镇附近的一个山坡上，山上树木葱茏，山坡下有一湾河水弯弯曲曲地流过，在远处折出一角来，明亮如女孩子的指甲盖儿。但校园简陋得不像话，一道红砖砌成的围墙圈住两三幢破旧不堪的房子。这所中学就像一个羊圈，我和同学们注定了早晚要像绵羊一样被它圈在里面，无法逃逸。

学校距村子有十几里路。去黄花镇通常有这几种方法：有钱的人可以骑单车去，更有钱的人可以开摩托车去，没有钱的人只好走路去。我家里很穷，连学费都是父亲像乞丐那样死皮赖脸向每一个沾亲带故的人筹措的，当然不会有单车，所以我只好走路。我还有一个选择，那就是坐父亲的鸡公车去，父亲早已跃跃欲试。所谓鸡公车，就是电影《淮海战役》里老百姓推着大米和白菜上前线支援的那种独轮车。去年除夕，他就是用这样的鸡公车把家里养的大白猪推到了黄花镇的屠宰场。但我不愿意，我觉得我不是一头猪，也不是一袋什么货物，坐这样的车子多少有点丢脸。

谁知到了学校，我的父亲做出了一件让我更加丢脸的事：他一走到学校大门，往墙角一靠，也不管有没有人，二话不说，就伸手往裤裆里掏。他用针线把学费牢牢地缝在内裤里了——这是乡下人常用的藏钱方法。就在父亲往裤头里乱掏的时候，众人的目光像机关枪一样朝我们扫射过来。我脸上发烫，恨不得地面裂开一道裂缝，好让我将脑袋塞进去。

我说："我那时就像一只懵懂无知的小老鼠，被扔进了一架构造精密的捕鼠器里。但我当时不知死活，反倒有几分趾高气扬。我觉得自己长大了，告别了童年。我成为初中生了。人在年纪小的时候，特别渴望成熟。做梦都在想着远离童年。而不知道童年是人世间的伊甸园，最后的避难所。我一次次地返回童年，才得以忍受现实中的残酷和苦楚。"琥珀说："我同意你对童年的看法，但我无法理解你的那个比喻。对于我来说，那些岁月是温馨的、珍贵的，因为你。学校也是我最重要的场所，过去我在这儿成长，如今是我工作之地。"我说："你真健忘。你好了疮疤忘了痛。这是要不得的。有些事情是永远不能遗忘的，否则就是背叛！"琥珀说："你还是那个样子，动不动就暴跳如雷。记忆既不是预设的，也不是刻意为之，而是自然而然的事。它不需要篡改，也不需要添加或放大。我能记住那些温暖的场景和细节，那完全是命运的力量。"

二十年过去，通向黄花初中的道路，有的荒废了，有的修筑成了宽阔的水泥路，有的人迹罕至。在过去，东面沿着山坡拐两个弯，有一条大泥路，单车呼啸着，奔向黄花河下游的河堤。沿着黄花河的岸边，也有一条路将镇上的大街和学校连通。在西面，沿着镇子旁侧的公路，往上爬两个山坡，穿过小树林，还有一条大泥路，这是学校跟外界连接的三条最重要的大路。但从镇子中央出发，踏过几块稻田，再蹬上一座架在小溪上的小木桥，穿过一个大竹林，走上山坡，再接通一条黄土大路，学校赫然在望。这条小径十分幽静，最适宜徒步。我向琥珀大致了解了情况，那三条大路只剩下两条了，西边的大路已废弃，被新修的省道拦腰截断了。镇子中央出发及东侧的土路已扩建为硬底路，相当宽敞，路边种着大王椰，安装着路灯，这都是过去没有的。昨晚琥珀驾车送我去讲课，走的就是从镇子出发的那条。晚上，尽管灯火明亮，但我也看不清学校及四周的景象。或者说，我找不到昔日熟悉的感觉。

我让琥珀陪我去学校看看，而且选择的是那条偏僻小径。我们走在田埂上，稻穗就快成熟了，沉甸甸地弯垂着，空气中弥漫着谷穗的气味。我不否认往昔的岁月中有美好的事情。但我对那一切使我在少年时扭曲的环境、势力或者那股野蛮而巨大的神秘力量决不宽恕。在那数年间，我几乎崩溃了。那股破坏力对我心灵造成的后遗症持续至今。

溪水仍在欢快地流淌，只是变得浑浊。溪中堆满了枯枝败叶，竹林仍然青翠，一阵清脆悦耳的蝉鸣震颤着空气。我顺着琥珀手指的方向望去，看见了竹枝上的小竹蝉，像美人指尖那样小巧，几片透明的羽翼覆盖着金黄的身躯。蝉鸣使溪畔变得更加清静，那条蛇般逶迤穿越树林的小径，有点潮湿和灰暗，长着零星的花草和苔藓。

琥珀说："这条小路很少人走了。学生也多有单车代步。"在过去，我和琥珀曾经千百次走过这条小路。我牵着她的手，胸中滋生着柔情。我仿佛回到了从前。此刻，一股流行曲的旋律从远处传来，我对流行音乐一无所知。琥珀说："这是周杰伦的《菊花台》，新一代的偶像。我们那个时代的偶像是徐小凤和张国荣。我们女生，每个人都有个大本子，上面抄满了流行歌曲。"我说："你们都有一到几个偶像，但那是隐秘的、地下的。学校希望刘胡兰、雷锋才是你们的偶像。后来还加上赖宁，一个在救火中牺牲的英雄少年。而我一直找不到可供崇拜的偶像。所以，我长期处于精神上无所依附的孤立状态。”

我们穿过了桉树、松树和相思树的混合林，学校广播愈加响亮和清楚。这一幕似曾相识。我和父亲一走上山坡，广播的轰响笼罩着整个学校，四周的山坡与树林，笼罩了整个天地和多年之后的岁月。当时广播的是《团结就是力量》，类似的歌曲有十几首，翻来覆去地播放，如《学习雷锋好榜样》《接过雷锋的枪》等歌曲，我听了无数次，但没有一句记得住。偶尔也播流行歌曲，譬如《小草》《鲁冰花》《故乡的云》，都是格调健康、积极向上的。我父亲仿佛听到了战斗的号角，兴奋地说：“快走，就要到了。”我们走出了树林，就见到了黄花初中的全貌，近处是一个尘土飞扬的黄泥操场，两头矗立着旧篮球架，架上的网兜不翼而飞。两座水泥乒乓球台。邻近一幢是教学楼及学生宿舍，另一幢是教职工宿舍。操场的旁边有一截坍塌的围墙，部分完整的墙头镶嵌着白色或蓝色的玻璃片，那些颜色取决于瓶子原来的色彩。校舍四周绿树掩映，高大的粉蕉树伸展着宽大的叶片，艳红的花蕾和绿色的粉蕉果依稀可见。

那天阳光灿烂，一切景物及其阴影均清晰可见。我当时的感觉至今仍挥之不去——校舍像一艘搁浅的旧木船，它的中枢毁坏了，已无法行驶。那只是黄花初中的主体部分，还有食堂、水池等未能目睹。至于水井，则在另外的山坡之下，须步行两三百级在泥地上挖掘的梯级。

学校东面的坡地有木薯林和甘蔗林各十几亩。这是学校劳动课的主要场所及产业。校舍灰白的泥墙在阳光下显得斑驳苍老，事实上它也正在朽坏，墙体上一些裂缝让人触目惊心。我跟琥珀说：“现在回头看，当时的黄花初中就像是一个远逝时代里的建筑物。它像一个时代的终结，一个人的暮年，一点活力也没有。那种颓败荒凉的感觉，至今仍残留在我的身体之中。你瞧，眼前的校舍，虽然多了好几幢，甚至多了一幢高达五层的大楼，但都是旧房子了，仿佛昔年校舍的翻版，或者那些旧建筑的幽灵。这些房子顶多也就十七八年的时间，为什么也给我几乎一样的苍凉感呢？”琥珀惊讶地望着我，她肯定有另外的想法。

我目睹着眼前的校园，尽管操场上的体育设施相当丰富，校园也扩大了几倍。但我还是说：“我以为回到了二十年前的校园。我曾在梦境中一次次造访母校，那种氛围和情景何其相似。”琥珀望着我，任由我浮想联翩。

一群衣着整齐簇新的同学不时走过，他们穿着白色上衣蓝色裤子的校服。这是夏季校服最常见的颜色。虽然款式大同小异，但颜色十数年来无甚改变。我注意到学生的发型仍然严格遵守着规则，男生不准留长发，女生不得烫染。琥珀说：“学生就得有学生的样子。”我望着她。她的脸美极了，像一颗蓓蕾伸展着瓣片，一股甜蜜的力量使她完全开放了。像她这个年龄，还能美成这样真是奇迹。我说：“你不像校长，你还是昔日的那个小女生。”她有点走神，以至于一个女生向她问好，她也没有回应。她承认说：“我在教书多年之后，才深刻地体会到了‘园丁’‘接班人’‘灵魂工程师’和‘祖国未来的花朵’之类的含义。我们责任重大啊。一个十几岁的孩子，懂得什么呀。这一切得全靠我们去培养和引导。春风化雨，润物无声，阳光普照，朵朵葵花向太阳！”就是在此刻，我悲哀地发现，我跟琥珀终究不是一路人。我不打算每一句话都去反驳她。我尽量压抑着，我知道我跟她的战争尚未开始。我最大的悲剧在于，我以为昔日的那个女孩仍存活在她的身躯里，事实上早已消失于她的身体最深处。不知何时，不知何故。

父亲带我交费、注册。学费三十五元，公允地说，这不算太贵。尤其是比起之后的逐年翻番（三年之后，我读高中一年的学费是三百多元）。但这笔钱对父亲来说不算少了。他粜掉了一担稻谷，卖掉家中那只母鸡。这必将导致过冬时口粮短缺，盐也得省着吃。盐原本全指望着母鸡下的蛋去换取。但以后的事管不了，只能先顾眼前。父亲不解地问："不是说九年义务教育了吗，为什么还要涨学费？"没有人理他。这个问题也纠缠了我多年，我也是成年后才若有所悟。学费仅是开端，班级乃至学校巧立名目的校服费、补课费、班会费、旅游费等等，接踵而来，将父亲搞得焦头烂额。

父亲帮我扛着床寮、装米的木桶和被铺，去宿舍占床位。我则肩扛着一棵竹子。此刻我才明白竹子的用途。由于校舍紧张，在每间课室的后面，都隔了五分之一的空间做男生宿舍，那些竹子被绳子捆缚在一起，犹如竹墙。数天后，老师搞来一块红色的厚布去覆盖它，就像舞台上的布幕。有的同学在上课中途，趁老师一不留神，就会掀开布幕钻到后头的"宿舍"睡觉。床是木头打制的架子床，上下两层，通常上层更受欢迎，少了灰尘及摇撼。对于少年来说，一个个身手敏捷，也就没有什么上落不便。至于女生，则全部集中在数间大房子里，其中摆满了木架子床。

教职工的宿舍也不好，顶多是一个单间，家属和孩子全挤在十几平方米里。

黄花镇的小学生，除了极少数成绩优异者，可以去考橘城一中及镇中学，其余的只能进入黄花初中。乡村学生的起点很低，连老师也嘲讽说："你们都是箩底橙，卖剩蔗。这不是学校，而是垃圾站啊。"乌鸦只看到猪身上的黑。学生如此，教师亦无二致。稍微有点水平或能耐的教师，早已削尖脑袋调到县城去了。琥珀说：“当时乡镇教师入城花销不算贵，也就两三千元搞掂。现在是明码实价，八万到十万不等，还得看靠山硬不硬。”我说：“你为什么不也调到城里去？”琥珀说：“我喜欢黄花镇。”

当时学校有九个班，六七百个学生，教师也就三十多人。在全省的初级中学里，很不起眼。现在算是规模不错了。琥珀带我参观了教学大楼，我惊异地注意到学校设有图书馆、音乐室、美术室。琥珀说：“正儿八经的生物园我们没搞，但学校的那几十亩坡地，是非常好的劳动课堂。这个优良传统，我们继承下来发扬光大了。”我想，在过去，我们开的课程就是政、语、数、英那几种高考的必修课，像史地之类，形同虚设。音乐和美术更是名存实亡，没有专门的艺术课教师，大多由班主任兼任。不要说图书馆，就是图书室也没有。如果我在读初中时就能接触到文学作品乃至世界名著，我想今天肯定是另一个模样。这样的假设让我丧气（极为讽刺的是，我就读的县城某高中也同样没有图书馆，能考上大学的人寥寥无几）。这是我的隐痛。我直到后来考上省城的大学，才知道除了语文教材上的那几篇鲁迅和杨朔的文章，世界上还有那么多奇珍异宝般的文学作品，这绝非那些贫乏、僵化和腐朽的课文可比。然而，我固执地认为，读书的黄金时代是十二至十八岁，早过去了。

我说：“黄花初中的确是大步发展了。我尤其喜欢现在添加的图书馆和艺术类课程。一个学生即使考不上高中，但艺术方面的熏陶非常重要，甚至会改变他对世界的看法，终生受用无穷。”琥珀说：“我们的升学率就靠艺术类的考生。文化课永远比不过人家。”她既自豪，又略带难堪。黄花初中在全县中学的排位，二十年过去，没有丝毫改观。

我对图书馆特别感兴趣。但我发现，馆里的藏书，文学的大多是中国传统文化、当下流行的网络文学之类。至于外国文学名著，少得可怜，有也多是法国批判现实主义及苏联的革命经典。我一直走到书架的尽头，好不容易发现了一套《卡夫卡文集》，积满灰尘，半新不旧。我抽出一本，不禁百感交集。如果我在十四岁就接触到卡夫卡，那会出现什么样的结果？我是看不下去呢，还是狂热地喜爱？卡夫卡对我塑造文学形象，起到了无可替代的作用。假设是毫无意义的，但至少我多了一种选择的可能。

我说："馆长进书的思路有点问题。"琥珀说："我不这样认为。中国传统文化是我们的根脉，革命经典可以塑造一代新人，也许艺术性稍逊，但具有十分重要的思想道德教育作用。我们的教育方针并不僵化，而是与时俱进，对优秀的网络小说并不排斥。让我们头痛的是，同学们似乎比较倾向于网络小说，下来我们要推行更行之有效的阅读计划。"我说："我姑且不臧否你的观点。问题在于，大多数的作品并不是经典，即使就道德教育而论，也应当读一读《威廉·迈斯特的学习年代》《爱弥儿》之类。"琥珀说："你太偏激了。"我说："现代教育的意义不在于培养考试机器、熟练工人乃至什么小草、螺丝钉，而是培养精神独立、思想自由、具有创造性的人。而在现实中，考试分数高、听话的人就是好学生。你看什么'三好'学生，创造性从来就不重要。"琥珀说："一个小孩子哪懂得什么思想、什么创造性？就是思想也有正确和错误、高尚和卑下之分。像你以前，年纪轻轻，就满脑子胡思乱想，这要不得。在个人主义乃至自由放纵面前，怎么说也有一个集体民族乃至国家，哪头轻哪头重，就不用说了。思想道德教育是我们的重要任务，自有一套行之有效的办法去矫正学生偏差的思想行为。"

我不想多作争论。我发现书架上居然也摆着几本我的书。馆长闻讯赶来了。琥珀说："咱们李馆长也是个作家，经常在《茂州日报》上发表小小说的。他特别崇拜你。"李馆长说："沈大作家的作品很高深，我是反复阅读的，但终究不得要领。"琥珀说："我也看不懂。我觉得他的东西严重脱离现实生活。什么古人的梦幻呀诗人的爱恋呀，全是飘飘荡荡的空中楼阁。"我说："这个图书馆很好，但可以多进点世界名著，网络上乌七八糟的东西可以少进。"李馆长点头如鸡啄米，连声称是。

现在学生的住宿条件都不错，一个十来平方的房子，也就住八个人，摆着双层的铁架子床。黄花初中现有学生一千多人，教职工一百多人，可谓大大发展了。

说到管理上，琥珀难掩得意之色："现在的管理更加科学而合理，比过去更加进步了。当然，现在的社会环境比较复杂，社会上的不良风气影响太大，尤其是电视及网络上传播的大量垃圾信息，都是污染我们学生心灵的精神鸦片。当年镇上有几家录像厅，放放黄色录像。学生学坏就是看黄色小说、黄色录像，连电子游戏机也没几台呢。不良少年顶多就是打打桌球，拉帮结派，鸡鸣狗盗，打群架算是大事。现在的学生独生子女居多，不少都是小霸王。世风日下啊，我们教育工作者的压力太大了，必须绞尽脑汁，杜绝各种社会污染源，积极灌输、引导健康的思想和先进文化。在过去，我们为了'四化'大业，培养'四有'新人。现在，我们的目标是在新的形势和条件下，培养建立和谐社会、爱党爱国、素质全面的复合型人才。这个要求比过去更高了。说到素质教育，说了二十年，但我们还是绕着高考转。没办法，没有升学率，什么都是假的。我们实行的是半军事化的封闭式教育，你看，整个校园被围墙和铁栅栏封锁起来，学生不得擅自外出，实行严格的作息制度。这样的好处是，学生可以较少受到社会不良因素的污染，能更专注于功课。另外，也减少学生外出违法乱纪的可能。”

在以前，我们也严格遵守作息制度，早上六点起床，洗漱后吃早餐，做早操。上午（八点至十二点）上四节课，下午（两点至五点）上四节课，中午的两个小时是吃午饭和午休时间。晚上有一个多小时的吃饭及活动时间，之后七点至九点半是晚自修时间，十点半熄灯睡觉，学生不准外出及说话，灯一熄就必须睡觉，只有毕业生才有挑灯夜读的权利。周末休息。上课必须按时并认真听讲。不得无故缺课、旷课及迟到、早退，有事须交请假条并获得班主任乃至校长的批准。上课时不准打瞌睡，不准思想开小差，不准交头接耳及看课外书。我最难受的是睡觉。睡觉时有值班老师及学生会干部监督，先检查人数，然后在门外逡巡、窥伺。若发现有谁说话，必记下名字处罚，轻则罚站、跑步，重则记过处分。

校方的理由是任何人不得打扰其他同学睡觉。但门外的老师对窃窃私语者的怒斥如打雷般不时轰响，似乎忘了他也可能影响我们休息。

这是当时的基本作息。学校的管理框架，大体上是这样的。重点在于思想道德教育，有一系列的规章制度。譬如《中学生守则十条》（后修订扩充为《中学生日常行为规范》六十条，一本小册子），校方制定的各项规章制度，繁文缛节，交叉重叠乃至相互抵牾之处不在话下。奖励“三好”学生。惩罚违法乱纪的学生，视情节轻重根据条文作出相应处理。每周一次的校会和班会，由校长及各班主任对学生进行思想教育。在一个班里，班主任身负重任，乃一班之主，下设班委会及团支部，在班主任的直接领导下管理全班同学。除班委会外，分组设小组长，班干部分工合作，首尾兼顾，就像轴承、齿轮、皮带和润滑油一样带动着班集体这台机器运作。至于操纵机器的人，当然是班主任。能当班干部的多为成绩较好的学生，当然也有个别成绩不佳但有特长的同学，前提是得听话。名义上由全班同学投票选举，往往也煞有介事地当场投票，但实为班主任直接任命或提供等额候选人。

我的成绩不错，但天生缺乏领导欲望和管理才能，却也当了个学习委员。尽管责任较轻，但除了收发作业本之类的本职工作，同样要参加班级管理，譬如打小报告之类的事情在所难免。学生干部无非是班主任的爪牙。多年之后，我对自己当过学生干部感到羞耻。这是我性格上的怯懦及虚荣作祟。我本能地对权力反感又无力排斥。我有时为自己开脱，一个十几岁的少年，根本就没有觉悟和违逆班主任的勇气。成年后，我就能以较合乎内心的意愿作出选择，有意识地远离领导和权力，甚至放弃了一两次升迁机会。然而，有时我又是胆大包天的，譬如跟琥珀的早恋，这在校方是绝对不允许的。每年都有早恋者被学校记大过乃至开除。这又是为了什么呢？我对学校的反抗，是十分微弱而隐秘的。但我内心充满压抑和屈辱感。我感到无时无刻不被洗脑和控制着。只要我稍为清醒，就无法不感到屈辱。我的忧郁和孤独在那几年是最深切的。学校和老师对我很友好。毕竟，我的成绩总在前十名之内。我是校方认为有望升上高中“深造”的少数学生之一。我的对手尽管强大而无处不在，却绝非某个真实的人，而是某个无形无影而威力无穷的庞然大物。这样，我既比公然反抗或调皮捣蛋的学生感到压抑，也比听老师话但内心不认同或为了利益而趋附者痛苦。前者得到了发泄，单纯而幸福，后者深谙世故而得到好处。只有我无时无刻感到压迫而不敢公然反抗，但我内心的警惕和搏斗从来没有停止过。这也是我能够成为漏网之鱼的缘故吧。我的同学或屈服于某种“正确”的精神力量之下，或为某种世俗利益所裹挟，而毫无精神独立之可言。

那几年，我几乎被毁掉了。我庆幸自己像一只小木船在激流险滩中打转而没有撞得粉身碎骨。只要我往后退一步，或往前迈出一步，可能都无法全身而退。在某种意义上，是琥珀拯救了我。至少是她使我保持了人性和温情。但她现在不会肯定任何形式的早恋，即使是我们昔日的恋情也被认为是一桩罪过。她似乎没有意识到我们现在的相遇和相处，亦有悖于她固有的道德和伦理。我像罗素对人类的婚姻制度持抨击态度。她解释：“我完全是疯了。但需要疯一次。我过了二十年才放纵一下，也不算过分吧。”

2. 躲在被窝里看书

读初一时，我的语文成绩及作文特长被语文教师钱志豪看中了，先是当了个小组长，又被推荐去参加黄花镇的语文智科竞赛，获得了二等奖。奖了巴掌大的一张奖状，还有一个笔记本，笔记本上盖着墨水瓶盖大的红印章。钱老师对我很友好。那时，我们的午饭及晚饭，都是在学校蒸来吃，每人拿一个铁皮或铝皮饭盒，自己洗好米，放好水，集中到学校的炉灶去蒸熟。每盒饭得交一张柴票，值五分钱。早餐则自行解决。譬如到墟上买两只包子，或喝一碗粥，也就是两三角钱的事。我当时拿不出吃早餐的钱，都省掉了。

有的老师看到商机，买了几斤猪骨头，放些捣烂的花生米，熬一锅烂粥，卖给学生，一角钱一碗。在一个寒冷的冬日，钱老师一大锑煲的粥都快卖光了。他示意老婆给我盛了一碗，满满的一碗粥啊，热气腾腾，香气四溢，里头还漂着一小块骨头肉。我吹着热粥，小口小口地吃完了，感到全身都暖洋洋的，四肢百骸，无一不舒坦。多日后，我回家跟父母说，钱老师请我吃了一碗粥。母亲说："钱老师是好人哪。"

我喜欢看课外书，当然，能看到的闲书也不多。黄花初中没有图书馆（后来，我就读的高中也没有图书馆，能读到大量文学书籍尤其是外国名著，那是考上大学后的事了）。老师和家长关心的只是考试分数，都不喜欢我们读课外书，尤其反感当时流行的武侠小说和言情小说，认为那些书都是精神鸦片，看那些书，也是游手好闲不务正业。有一次，我跟母亲说："我在学校里爱上了读报纸，里头登的小说真好看，没想到世界上还有小说这玩意。"班上订阅了两三份报纸，其中一份就是当地的日报，有个"春苑"文艺版，会登一些小小说、散文和诗歌。那些所谓的小小说，其实也就是千把字的短故事。父亲不懂装懂地说："小说就是登在报纸上的故事，我平时跟你讲的故事，只要写成文字登出来，也是小说。"母亲不高兴地说："不要看小说了，看小说有什么用呢，升学又不考小说。"

在凤凰村，没有几本闲书。喜欢看书的人不多，零星有几本就不错了，都称不上有藏书。很少有成套的书，不是缺了上卷，就是丢了下卷。有的书不要说封面及封底，就是开头及结尾都不翼而飞了，只剩下中间的一截。我读过一本古典名著，多年之后才发现是《今古奇观》。我最早读《水浒传》《西游记》及《兴唐传》之类，就是这样读到的。

只要打听到谁家里有书，我都想方设法去借阅。乡下人小气，什么都喜欢拿来交换，不肯吃一点亏。譬如说，我想问人借一本书，就非要我帮忙将其厨房里的水缸挑满水，或者帮他收山坡上晾晒的萝卜干呀，晒坪上的谷子呀什么的，总之要付出代价。给我看的书呢，也往往要求我在他们家的庭院里读完，不肯让我借走，更不能过夜。我于是拿一本书，坐在一张矮木凳或倚在一棵龙眼树上，一口气读完。有时，我读到了精彩的书，就恨不得借回家给父亲看，哪怕只留一夜也好。父亲在闲时也读点书，主要是中医药的，偶尔也看小说之类的闲书。

有一次，我看中了一本好书，经过出卖苦力及乞求，书主终于答应我可以将书带走，并在家中停留了一夜。但那次正值农忙，父亲好一阵都是起早摸黑，在田头地尾忙得像蹦跶个不停的蚱蜢。他晚上吃过饭，草草洗脚，一转身已在床上沉入梦乡。我借回来的那本书，他连书名都来不及看清。第二天，我只好怏怏不乐地还给人家。

村里有个伙伴叫阿葵。他也爱看书，搜罗了好书，也会叫我一起看。乡下的孩子各有用途，很小就得承担相应的劳作或家务。大点的得跟父母下田，小点的或带弟妹，或看晒谷（盯着天空，密切留意天气变化，一旦乌云聚拢，有下雨的迹象就得赶紧用扫帚、畚箕之类的用具收拢谷子；还有一个任务就是驱赶前来吃谷子的鸡鸭之类。一大堆黄澄澄的谷子摊开在晒坪上晾晒，这可是凤凰村人辛苦劳作的主要收获，虽然没听说过有人敢明目张胆地偷谷子，但有一个人看管，心里也就踏实多了），诸如此类，至于放牛、打柴、做饭、喂鸡鸭猪狗之类的活计，更是家常便饭。

我跟阿葵经常在晒坪旁边的大榕树下看书，铺一层金黄的新鲜稻草权当坐席。树荫凉快，书由阿葵摊开放在稻草堆或他的膝盖上，他看完了就翻页。我半扭着身体，视线不可避免有点歪斜。我为了不错过任何一行字，只好尽可能看快一点。有时，我看完了，他还来不及翻页，看到精彩处难免焦急，但也不好催促，遂回头重读几行。我成年后读书较快，也是那时锻炼出来的。我们就这样读完了《呼杨合兵》《明英烈》《薛刚反唐》之类的评书，那都是三四年级的事了。

阿葵的父亲是个杀猪卖肉的，俗称“猪肉佬”，能做这个买卖，都得有点本钱，在村中也算是富户。阿葵手上就有点闲钱，我们升上五年级后，读书的兴趣越来越浓，我们常跑到石湾墟的百货商店看书。

店虽小，倒是一个名副其实的百货店，算是墟上的微型“购物中心”，还是国营的，应属镇供销社管。在乡间一切可能有市场的东西都不缺少，譬如糖烟酒油盐酱醋及各式果脯，布料、毛巾、脸盆、水桶、肥皂、雨伞等日杂用品，钢笔、墨水、铅笔、作业簿、图画纸、橡皮、三角板、圆规等文具，鞭炮、香烛、黄裱纸等拜神用品，还有气球、小喇叭、泥鸡、哨子等小玩具……总之，衣食住行玩乐等诸方面的物什应有尽有。最妙的是还有书，算不上是多大的书店，但也有两三百本，几乎涵盖了百科，大多跟农村生活息息相关，如中医、兽医、饲养技术等等，有风水八字的，也有习武练功的，即使是文艺书，也走通俗的一路，我就没见过一本外国名著。但毕竟是书啊，那些书静静地躺卧在玻璃橱柜里，悄无声息，却散发着难以言喻的魅力。有兴趣了，也可以叫售货员拿出来翻一翻。那些书不像今天的新书有塑料套及腰封，封面也不花哨，沉静而质朴，几乎全是锁线装订的，牢固得很。都是乡下人，对书感兴趣者，往往都会心存敬畏，不管合不合适，对书总有善待之心。于是，翻一下书，对书的磨损程度也就大可忽略不计。

初一的时候，阿葵看中了一本《少西唐演义》，像砖头那么厚，恐怕有五六百页。我们看了看，见讲述的是薛家将的故事，当时我们刚读完了《兴唐传》和《薛刚反唐》，对该系列故事兴趣未减，阿葵遂掏钱买了一本，好像是两块多钱（写此文时，我上网搜索了一下。该书由黄佩珠口述，李少岩、范继伟整理，花山文艺出版社 1985 年版，定价 2.40 元，在旧书网上仍有出售，当然价格也翻了好几番）。对我来说，这算得上是一笔巨款了。我到高中毕业才买过几本书，那时我发表了一些作品，有了一点稿费。

书买回来一看，我们都手不释卷，恨不得立马看完。但我们上课时都不敢看课外书，老师肯定会收缴，这么厚的一本书，哪怕是搁在课桌的抽屉里，也非暴露不可。在白天，我们利用课余时间找僻静之处（如校门之侧的小树林或学校背后的小山坡都是不错的所在）去读，我们行踪诡秘，形迹可疑，仿佛在干什么见不得光的事。

到了晚上熄灯睡觉，我们仍放不下那本书，遂躲在木架子床的被窝里打开手电筒一起看（手电筒很耗费干电池，干电池在乡间是奢侈之物，是阿葵为了看书专门买回来的）。时值十二月底，天很冷了。当时的校规是熄灯的钟声一响，所有学生都必须回宿舍睡觉，不准在外头逗留，在床上也不准交头接耳，更不许喧哗，当然也不可使用蜡烛、煤油灯等明火，总之除了乖乖睡觉，什么也不准做。宿舍及教室等照明电灯由学校总务处派专人利用总开关控制。我们躲在棉被里看书，半蹲半坐，手电筒由我拿着，书则由阿葵负责翻页，看到精彩处，恨不得发出啧啧的赞叹声，却又强自抑制，以免惊动了旁人。也不知看了多久，突然觉得一阵凉风吹袭，身上那个保护罩般的棉被被腾空扯掉，一股寒意侵入身体。我心中一凛，糟了！我们被抓了个现行。原来是钱老师来查房，可能是被角处有手电筒的光线透了出去，他走近一看，就着月色看到我们在床上如怪物般耸起的一团，遂伸手一掀棉被——我们这可是违反纪律的行为。

我俩被钱老师叫到宿舍外头的空地上，罚站了一个多小时，并保证以后不再犯，才被放回去睡觉。我们站在那儿，心情沮丧，腿也站麻了。更难受的是寒风像刀片在脸上刮来刮去，冷飕飕的，我们冻得鼻涕水直往下掉，像软乎乎的虫子在鼻孔里蠕动，十分难受。那个年头，使用纸巾还不流行，我们也没有手帕，就只好用衣袖揩鼻涕。但我们都知道，这个处罚还没算完，明天在班集体上的点名批评更吃不消。当时，钱老师问了句是谁的书。阿葵招了。钱老师板着脸，将书收缴了。那一刻，我的心情跌到了低谷，仿佛一座金山被别人搬走了。那本书我还没读完呢，以后也没有机会或心情再去读。一直到本学年结束了，那本书才还给阿葵。书也破损得不成样子了，看来也不知道经过了多少双手及眼睛的抚摸。

第二天，钱老师在早读课上宣布，说："小沈同学人小志气高，他昨晚跟我说了，他要立志考大学！请大家向他学习！"他鼓了一下掌，同学们也跟着拼命鼓掌。

我一下子蒙了，耳畔听到暴风雨般猛烈的掌声，大脑一片空白，我从来没有这样陷于窘迫之境，昨晚被钱老师抓住也没那么害怕。我总是被未知的事物所惊吓。我搞不懂钱老师到底是什么用意。钱老师压根儿就不提昨夜我们用手电筒躲在被窝里看评书的事，没提那本书，更没提阿葵。

二十多年过去了，我仍猜不透钱老师为什么要这样说。当时，我可没有想过考大学，更没说过这样的话。这种表决心式的扬言，也不是我平素行事的风格。考大学太难了。作为凤凰村或邻近村庄的孩子，我们顶多就是想一想考上黄花中学，这倒是可以预期之事。说白了，所谓的大学，在一个少年的头脑中毫无概念。我不是有雄心壮志的人，更不善于拍胸口讲狠话。我平素行事亦无目的性，更没有什么规划、目标或理想。在年少时是如此，现今就更是如此。我道法自然。钱老师那样一说，同学们不禁对我刮目相看，整个黄花初中还没出过几个大学生呢。但也有人对我冷嘲热讽，有时看我不顺眼就说：“咦，这可是未来的大学生呢，失敬，失敬！”我窘得无地自容。

当时打破头也想不通，在老师“应该”批评我的时刻，却来了一通莫名其妙的表扬。我在班上的成绩算是名列前茅，但读书也算不上用功。我不是刻苦之人。

春节过后，年初六就是凤凰村的年例节。不少家境殷实的人家，都会到石湾墟或黄花镇请学校领导和科任老师来过节，也是希望老师对自家孩子特别关照。

在粤西乡村，年例为一年中至大节日，比过年还重要，狂欢之后遍地狼藉。每个村庄的年例日期不同，集中在年初二至年二十之间，正好轮流操办和欢聚。在为期两天的年例里，家家户户大摆宴席，招待亲友，村子里舞狮、摆醮、游神、送五鬼，鞭炮轰响，酒菜飘香。前来赴宴的人马络绎不绝，卖玩具及零食的乡村货郎闻风出动，他们吸引馋嘴或好玩的孩子，犹如红糖吸引着蚂蚁。真是宾主尽欢，人神共乐。醒狮起舞，旗幡飘扬，鞭炮声不绝于耳，村庄笼罩在欢乐喜庆的气氛和美味佳肴的浓郁香味之中。还有木偶戏和电影，木偶戏在乡村日渐式微，这是做给土地神及“十二群仙”等神灵看的，露天电影则大受欢迎。年例作为乡村的盛大聚会，挥霍着人们的财富以及热情，以穷奢极欲的方式宣告着村庄的幸福。这是村庄最后的仪式和象征。这样的景象，持续多年，堪可覆盖粤西乃至南方的大多数村庄。进入新世纪之后，年例一过，回家过年的人就跑光了。凤凰村以及相邻诸个村庄，都只剩下了老弱妇孺，像一只掏空了的米袋，变得疲软而无力。

当然，不一定要等到年例节，就是寻常节日，也有人请老师到家里吃饭。像凤凰村的大雷家，他有三个儿子，都在镇上的小学及初中读书，逢年过节，总会找个理由请老师来吃喝，就是希望孩子能得到老师的照顾或开小灶。作为黄花初中有点名气的教师，钱老师当然也常在被邀之列。二十世纪六十年代，我毕业于黄花小学的二伯父就考上了省城的大学，一时轰动了石湾河两岸的数十条村庄。二伯父后来分配在京城工作，也算是个当官的，这羡煞旁人。大雷就扬言："他们家能供出大学生来，我们家也能!"大雷对儿子们寄予厚望，也曾悉心栽培，但三个儿子都不是读书的材料。二三十年过去了，他们家还真没有出过大学生。其实，进入二〇〇〇年以来，上大学在哪儿都算不上是新鲜事了。但那昂贵的学习费用，也不是每一个农家都可以承受的，读完了能否找到工作，则另当别论。但那些五花八门的入学通知书，仍如秋天的落叶不时飘坠于乡间的小路上。

钱老师身材瘦削，温文尔雅，颇有书卷气。据说他具有高中文化，见识也不俗，是黄花初中为数不多的有威望的教师之一。当时，我们家仍在村子里生活，也象征性地做一做年例，但何其寒碜，当然敬神的仪式还是一样不缺，就是不怎么敢请客人。也就是杀一只鸡，买一刀猪肉，一来好去拜神，二来炒热了吃，再加上两碟河粉、青菜之类，这样的水准，远够不上摆宴席。父母也就不敢多叫亲戚，就是叫也没什么人来。每年只有外婆带着几个小孩过来，跟我们家的人，刚好坐满一桌。

大伯父家就不一样，他是个能人，颇有生财之道，譬如烧石灰、种菜卖、养母猪下崽出售等等，都有不少收入。两个堂哥也在初中毕业后去外地做木匠了，都能赚钱。在做年例时，他都要杀一头自家养的土猪。堂哥在年初三、初四就要骑单车去县城里置办食材，鸡鸭鱼肉，虾米鱿鱼，茨菰莲藕，诸如此类，不计其数。他们家在年例时客人众多，吃流水席，每顿正餐都要吃十几桌，光掌勺的厨师就得请好几个。年初六晚上及翌日中午，各吃一顿正餐。我们也有一些共同的亲戚，如二妗奶、三姑姐之类，他们会来跟我们打一下招呼，却都会到大伯父家用餐。那个年头，吃饱吃好还是蛮重要的。大家也都能吃，遂正好放开肚皮饕餮一番。

在我读初一的那个年例节，父亲听说钱老师到了大雷家中要吃年例，就心血来潮，鼓起勇气，叫我去请钱老师来吃饭。我跑到了大雷家，钱老师坐在院子的茶几旁喝茶，旁边有一棵菠萝蜜树，枝叶繁茂，树丫上还挂着几只拳头大的小菠萝蜜。我怯生生地走过去，低声叫："钱老师——"钱老师拍了拍我的肩膀，鼓励我说下去。我说："我爸叫我请您去吃年例——"大雷听到了，从屋里冲出来，吼了我一声，嚷道："你们家有啥吃的？你们家有烧鸭吗？有鱿鱼吗？你想饿坏钱老师吗？你滚一边去！"钱老师跟大雷解释了几句，大雷脸色就变青了，但又不敢得罪他。

钱老师跟我到了家里。父亲底气不足，说："很感谢钱老师肯到我们家来，又没什么好招待。我孩子常提起您，说您讲课好生动。"母亲则脸涨得通红，家里从没来过这样的大人物，她搓着手说："您给了我孩子一碗粥喝，他一直念叨着。"

钱老师倒不好意思了，说了不少表扬我的话。我记得不是很清楚，好像有几句是：别看他课间也跟同学们玩打斗游戏，舞拳弄腿，看起来要翻江倒海，其实内心很文静，假以时日，必成大器，他可是一个做教授的材料啊……他一番话说得父母眉开眼笑。至于他在课堂上说我要立志考大学的事，倒是没有提，也许他说过就忘了。我也没有跟父母说过。当时，我也没有当一回事，有时觉得他也是恶作剧或变相处罚罢了，但想来想去也不像。他是个正经得接近严肃的人，平时也不开玩笑。总之，他那句话，我总是抛之脑后。钱老师告辞时说："这顿饭我吃得好开心！"

后来，我考上了县城某中学高中，之后居然还真的就考上了省城某所大学的本科。阿葵也考上了省城另一所大学的专科。当时我们班几十个学生，还真是我们两个一起躲在被窝读评书的摆脱了种田的命运。我考上大学的那一年，很想去看望他，听说他已调离黄花初中，到另一个管区（之前是大队或乡，后来又改为村委会）的小学当副校长去了。我到了大学毕业，手上有了工资，认真地想过买点水果什么的去探望他，或请他吃一顿饭。后来我出了几本书，有的写到了童年以及校园生涯，想过寄几本给他看，都因失去联系，始终未能如愿。也托过友人代为打听，但始终没有消息，一直引为憾事。

当时，钱老师是四十五六岁的样子，二十多年过去了，如果他身体安健的话，也是个老人了。在荒凉人世，作为一个卑微的乡村少年，得以遇上这样胸怀爱意的人，是我的幸运。当我写下这些文字，一股感恩的暖流激荡在胸口，眼眶微微湿润。

3. 我和琥珀的友谊

我的同学琥珀是黄花镇上的人，入学没几天的一个傍晚，我就跟她在黄花河畔相遇。当时，她在菜地上浇水。我盯着她，胸口如受重击。她太美了。在那些日子，她使我走出了孤独。

那是初秋里的一天，我来到了河畔。我很早就发现了河边的好处，河岸长满了青草和野花，还有许多野生的番石榴树，树上挂满了熟透的果实，空气中整天弥漫着香甜的味道。河水很干净，明亮得像少女的眼波。小镇还没有任何工业，小河得以保持了处女一样的纯洁和羞怯。秋天的阳光像白银似的撒在河面上，在河水中缓缓地融化。水面上的阳光有玻璃一样单薄、易碎而透明的质地。河畔上的青草非常茂盛，仿佛在河边铺开一张又宽又大的绿色地毯。我光着脚丫走在草丛中，长长的草叶轻拂着我的脸庞，刚拱出泥土的草芽把我的脚板弄得麻酥酥的。河对岸是一大片稻花飘香的田畴，种满了水稻、番薯和玉米等作物以及卷心菜、萝卜和荷兰豆等蔬菜，一股新鲜植物的清香在空气中上升。

初秋的天气依然很炎热，我像猿猴那样爬上河边的歪脖子番石榴树，先猛吃了一通番石榴，然后脱得一丝不挂，把衣服放在树上，扑通一声跳进清凉的河水里去。我感到了河水的流动和柔软，我像大鲸那样高傲地翻身，像海豚那样轻巧地遨游。我仿佛是一尾大鱼，每一朵细小的浪花每一滴水都流过我的身体。

我就是在水中看见琥珀的。我在水中，她在河边汲水。她把一对木桶按入了水面。我首先看见了她在河堤上向水边弯曲的优美身段，接着看见了她红苹果般红扑扑的圆脸和两根垂在背后的麻花辫子，当她伸直腰肢的时候，我看到了她胸前那两朵尚未绽开的蓓蕾。我停止了游动，盯着她有点发怔。我十四岁了，对一些事情似懂非懂，我想到我在水中的身体是完全赤裸的，而河水又太过清澈，接近无限透明的河水使我十分难堪。我把发烫的脸埋入了水中。我在水中听到了琥珀银铃般清脆的笑声，笑声像水流一样注入我的耳朵。我躲在水中一动不动，一如蜗牛缩入了硬壳。

我终于憋不住了，从水中冒了出来，水花四溅。琥珀笑着说，你呀你，真够傻的！我说，把我的衣服弄下来吧。琥珀白了我一眼，用她手中的扁担去捅番石榴树上的衣服。然而，我的衣服放得太高了，她的扁担怎么也够不着。她火了，干脆把扁担一抛，挽了一下衣袖，脱下凉鞋，噌噌地爬上树去，她爬得竟然比我还要敏捷。她坐在番石榴树上，先摘了一个番石榴塞进嘴巴里，然后又摘了几个又青又硬的果实，向我劈头盖脸地砸了过来。我大叫道，好啦，还不快把我的衣服扔下来？琥珀哈哈大笑，用脚一拨，我的衣服全掉下了水中。我在水中飞快地穿着衣服，我感到自然多了，就像是一位被缴了械的大将军重新披挂上阵，又神气活现起来。我从水中跳出来，大大方方地走上了河岸。

琥珀是一个活泼爽朗的乡村少女，她仿佛是一件可以发光的物体，就像一盏在黑夜中发光的六十瓦灯泡，散发出一种淡黄色的光泽。我很爱看她的脸，她清澈如秋水的眼神让我痴迷不已。她每天放学后的傍晚，都要去河畔的菜地挑水淋菜，有时是朝阳刚露出地平线的清晨，有时则是夕阳西斜彩霞满天的黄昏。她很少在烈日当空的正午干活，因为南方正午的炙热阳光会把一个人打倒在地。她的母亲很会种菜，菜地里长年累月都是各式各样的蔬菜瓜果。

在那个秋阳醉人的傍晚，琥珀走入了我的视野，我们的感情迅速升温，显然比普通同学更亲密，但恐怕也谈不上是恋爱。我帮她把水挑到菜畦田边，她用一只椰子壳做成的勺子迎着阳光泼向鲜嫩碧绿的蔬果们，逆着阳光的水帘中有一道五彩缤纷的彩虹，一转眼就消逝了。琥珀的手一抬起，就有一勺彩虹从她的手中泼出。有时，她会调皮地把一勺水突然泼洒到我的身上。我感到自己就是那无数青菜中的一棵，大口大口地吮吸着这生命的甘霖。她终于把菜地全部浇了个遍，我们把扁担支在田塍上，背靠着背坐了上去。我感到琥珀背脊的温热和光滑透过她薄薄的花格子衬衫传了过来。我的心中生长出了一股短暂的温柔，仿佛橘黄的夕阳滑入了秋水之中荡起的阵阵涟漪。

琥珀有时会摘下一条黄瓜或几个番茄，我们在水中一洗，就送入嘴里大嚼起来。我的肚子终于得到了入校以来最大的安慰，这些瓜果有效地阻击了如狼似虎般向我袭来的饥饿。

我远离了那些瞧不起我的同学，我在他们的面前保持了沉默，但我已没有了孤独和屈辱的感觉。我怜悯那些四肢发达头脑简单的同学们，他们不知道我在沉默背后紧紧地捂住在心窝的幸福、快乐和宁静。在河边，在野花和青草之上，在番石榴树下，我那原本对世界充满了恨意的想法开始改变，我感到天空是如此动人，大地是如此宽广，世上也没有什么不可以原谅——我学会了宽容和热爱——我热爱那蔚蓝色的巨大天空，热爱雨水中伸长脖颈痛饮的阔叶植物，热爱黄昏时缓缓沉入苍茫暮色的屋顶，还有身边这位灿烂如雨后阳光的姑娘……

我喜欢琥珀，渴望整天跟她待在一起，但这并不是我要说的所谓秘密，至少在琥珀面前不算。除了那个让我恐慌不已的秘密，琥珀对我无所不知。我对老师讲的课毫无兴趣，这些精于贩猪和裁缝的人民教师在课堂上死气沉沉，激情全无。就此而言，我跟班上大多数的同学并无二致，上课一条虫，下课一条龙。我虽然不听课，但并不等于我无心向学，事实上，我非常勤奋，我一个人偷偷地躲起来学习，就像一名秘密打入了敌人内部的特工，或一名鬼鬼祟祟的细作。

在我们学校，刻苦学习是一种恶习，无疑要遭到大家的嗤之以鼻，因为这多少有点癞蛤蟆想吃天鹅肉的可笑。总之，在我们学校，刻苦学习的人，简直比偷单车的小偷还要可耻，比用麻袋去扒火车的大盗还要可笑，一律会被讥为：不三不四，想吃天鹅肉。我只好偷偷地学习，有点像混入了黑社会组织里的卧底，提心吊胆，小心翼翼，一有风吹草动就溜之大吉。但只要离开课室，就没有人知道我在外面偷鸡摸狗还是学习雷锋做好事。于是，我跑上学校背后的山冈对着伤感的落日大声朗读英语，走到山坡下的林间空地心清如水地证明几何。更多的时候，我会到河畔上去，坐在草地或野番石榴树上安静地阅读，无视蓝天和碧水，蜂蝶和花香。这于我更是一种愉悦的享受，总之我必须避人耳目，秘密行动。自从认识了琥珀，别的地方我都不想去了，一有空就往河边疯跑。

但我要说的秘密也不是关于学习的事情，我所说的秘密真是难以启齿，更不能让琥珀知道。

在我升上初二的一个晚上，我在黑夜里发现了一个神秘的举动，这个举动让我获得了非常美妙的感受。那一瞬间，我的快乐激烈无比，淹没了我的全身，快乐之中夹杂着一种莫名的恐惧，我拥有了生命中的第一次颤抖或战栗。在那个清凉如水的秋夜，我的手战战兢兢地伸向了它，一股细小的喷泉从我的身体内部激射而出，形成了生命中的一次美丽开花。我在虚空中一阵晕眩。就在内裤湿润的时候，我不禁惊慌失措。第二天一早，我看到灰黑的粗布内裤上被染上了一块黄色，就像褐色土地上绽开的一朵金黄葵花。我说不出这是一种什么东西，我不知道为什么会出现那种让人战栗的快乐和恐惧，我不清楚那个让我感到陌生和又惊又喜的世界。但是，为了响应身体深处传来的深重渴望，我一次又一次地重复了那个使我在狂欢中战栗的举动。

更大的恐惧随之降临。一天，我意外地发现小腹下长出了粗硬的毛发，我触摸着这些像野草一样凌乱、生机勃勃而锋芒毕露的毛发不知所措。我不清楚它们是在什么时候出现的，我更不清楚它们要把我置于何种难堪的境地。它们就像一支揭竿而起、所向披靡的起义队伍，让我措手不及，目瞪口呆。我向精于裁缝的班主任刘芳老师借来一把锈迹斑斑的剪刀，花了不少力气，用这把呈锯齿状的旧剪刀把这伙可恶的暴徒齐根剪掉。然而，过不了几天，它们又卷土重来了，并且来势汹汹，我想起小学课本里的一句唐诗：野火烧不尽，春风吹又生。那把旧剪刀已无法遏止它们速度惊人的生长，我只好缴械投降了。

我的身体掩藏着一个不可告人的秘密，一种丑陋无比的东西隐藏在我的短裤里，让我在行走的时候沉重不堪。尽管我非常讨厌它们，但我不得不为它们保守秘密，我无法否认它们也是我身体的一个部分。在那段时间里，我在琥珀面前显得心事重重，我的沉默寡言加重了我的忧郁，琥珀开始为我担心起来。她关切地问我，是不是生病了？我嗫嚅着，往往顾左右而言他。我不敢注视她日渐饱满的胸部和臀部，以及她纤细的腰身和挺拔的长腿，她那明镜般反射着阳光的脸庞也使我的眼睛有点发痛。以前，我只关注她漂亮的脸庞，但如今感到她身上最迷人的东西已从胸前的衣衫下面顽强地凸显出来。她就像一棵美丽的橘树，身上结出了两颗橘子那样细小而浑圆的果实。她十五六岁了，那令人迷醉的青春气息在身上轻轻荡漾，仿佛要从她汁液晃荡的身体里迸溅出来。

我身体里生长出来的强烈欲望，要求我必须在黑暗时的妄想中配置一个相称的形象，我情不自禁地选择了琥珀。也许，是越来越漂亮的少女琥珀激起了我的这种欲望？我以前因为饥饿而害怕黑夜，但如今黑夜对我充满了一种魔鬼似的诱惑。每逢夜幕降临，我身体上的每一处幽谷和峰巅就发出呼唤，身体的渴望和内心的羞耻开始了一场激烈的交锋。最终，我盲目的手还是迎合了身体的激情——我仿佛分裂为怒目相视的两个人——我对自己感到怒火中烧而又无可奈何。我是在一种虚空的妄想中完成这一切的。我在想象中完成了对琥珀巨细无遗的抚摸，我在想象中摸过了她光滑的脸、她胸部细小的果实，甚至某些更神秘幽深的地方。然而，我不能说出这种神秘和幽深，我想象不出琥珀脱掉衣服时是什么样子。在她那紧绷绷的衣衫下面，究竟隐藏着怎样的果实呢？——这是多么让我神魂颠倒的一种果实啊。

我想了解她身体的渴望与日俱增。但我在她的面前完全丧失了勇气，我不敢去看她，我为如此卑劣的想法而痛恨自己。当我们在菜畦边坐下来时，我不止一次有去搂她的冲动。有一次，我的手甚至揽住了她瘦削的肩头。琥珀平静地望着我，她的眼睛灿若亮星，就像蓝天上最干净的那一朵白云，除了清澈的水滴，不会有另外的东西。我闪电般地缩回了手。我全身颤抖，眼中的泪水差点就要夺眶而出。我的秘密在折磨着我，我不能说出短裤里的秘密，更不能说出内心隐秘的欲望。我感到在短裤的林莽里潜伏着一头凶狠的猛兽，它来自情欲的深处。

4. 跟贫穷斗争到底

在黄花初中读书的时候，我没有饭吃，只好上山去打禾花雀采摘野果，就差没有啃树皮嚼草根了。我又没有一件像样的衣服穿，裤子“漏洞百出”，老是被女同学取笑，只好去捡布角儿，让母亲做了一件袈裟式的长袍。穿上这件百衲衣，谁都看不出我是祖国未来的花朵了，倒像一位捉鬼的法师，或者少林寺里的方丈。总之，我在大伙儿的眼中简直就是一个笑话。我整天托着腮帮像一位哲学家那样冥思苦想，想了三天三夜，终于恍然大悟，原来这一切都是拜贫穷所赐。

我决定跟贫穷斗争到底，要把贫穷打倒在地，再踩上一脚，让其永世不得翻身，就像苏格拉底寻求真理那样去寻求致富之路，像马列主义者解放全人类那样无比英勇地解放我自己！我想了许多办法，譬如上山砍柴，或者去码头做搬运工。我虽然有的是力气，但消耗的食物太多，成本太高，很不划算。我又想去餐馆端盘子，这种活儿就不会很累，但人家又不要我，理由是不如女孩子秀色可餐。说白了，我最想做的就是又省力气又能赚钱的活计，然而天底下哪有这么好的事情呢？

后来，我决定去做买卖，而且是无本生意，因为打死我也拿不出什么本钱。小人书上的绿林好汉一看见有人从山下经过，就挥舞着大砍刀扑过去，大喜过望地说："好一条肥羊！"好汉们做的就是没有本钱的买卖。当我看见镇上有钱人家的小孩时，也禁不住心头暗喜："好一群肥羊！"我不说你也知道，我要做的无本生意当然不是拐卖儿童，而是说我也可以去赚那些孩子的钱——我发现他们手上拿着的玩具，汽车模型、塑料蟒蛇、布老鼠诸如此类，栩栩如生，活灵活现。但我又发现类似这些玩具的玩意儿唾手可得，山上或河里就有不少。这样，我只要把它们弄来，稍为加工一下，包装包装，拿到镇上去卖，就不愁没有钱赚。

我说的那些玩意儿当然不是真的玩具，但比真正的玩具更加逼真，更加好玩，更有市场前景。不过这只是我的一家之言，好不好玩，有没有市场前景，还得要拿到市场上去检验。我说这些玩意儿更加逼真，倒也不是吹牛，因为那些玩具就是模仿它们做成的。

总之，我说的这些玩意儿都是活生生的——老鼠不是布料做的老鼠，它根本就是一只贼眉贼眼的老鼠；蟒蛇也不是塑料做成的蟒蛇，它根本就是一条生龙活虎的大蟒蛇。当然现成的汽车模型我是找不到的，但黄花河里有的是乌龟王八，我到河里摸上几个就足以滥竽充数、以假乱真。

于是，我利用周末抓来了几只老鼠、一条蟒蛇和三五只龟鳖，就到镇上赶集去了。我用一只麻袋在地上一铺，把货物一扔，就算开张了。老鼠被关在一个小竹笼里，龟鳖放在一个瓦瓮里，蟒蛇则被我敲掉了牙、盘在我身上。我在额头上扎了一根红布带，赤着上身，腰间盘着一条蟒蛇。那蛇儿还呼呼吐着蛇信，我看上去就像一个走江湖卖艺的主儿，十分引人注目。我又竖起一个纸做的牌子，上面写着：老鼠一角，龟鳖五角，蟒蛇两元。

然而生意并不好，孩子们认为这些龟鳖看上去根本就不像汽车模型，跑得又不快，老是缩着脑袋，叫人生气。那猥琐不堪的老鼠就更是无人问津了。孩子们对蟒蛇倒是大感好奇，还伸手摸了它一下，但不料蟒蛇勃然大怒，双眼一瞪，作势欲扑，吓得那孩子哇的一声哭了起来。

我守到天黑，总算来了一个顾客。来人是一个瘦小干瘪的中年汉子，他流着口水，掏出两元钱买走了我的五只老鼠和三只龟鳖，还想用一元钱买走我的蟒蛇，遭到了我的拒绝。他买我的东西当然不是拿来玩，而是开膛破肚，炒了下酒。我不禁一阵心酸，老鼠当然罪该万死，但龟鳖却没有什么罪过，蟒蛇就更不能被他吃掉。后来，我把这条没有牙的蟒蛇送到田野放生了。

兜售“天然玩具”的计划破产了，但我致富之心未死。我绞尽脑汁，终于又想出了一个点子。我从山上捉来一种甲虫，这种长有一身硬壳的美丽甲虫会把铁丝拗成的三轮小车拉得团团转，或者用纱线来拴住它的脚，让它盘旋飞舞，甚是好玩，每只卖一角钱，大受欢迎。我又灵机一动，上山去捕那种嘴角通红、尾后竖着美丽翎羽的小鸟，用细绳子拴住它的脚，让它在空中飞来飞去，看上去就像一架遥控的飞机模型，这种小鸟卖到两块钱一只，依然供不应求。这次我总算赚了一点小钱。

我靠卖“天然玩具”赚了一点钱，我觉得这点钱是一只母鸡，我应当想办法让它给我生下一堆鸡蛋，而不是杀鸡取卵。暑假到了，我经过再三考虑，决定用这点钱作本钱，做点小生意，去赚老百姓口袋里的钱。

众所周知，想去赚老百姓钱的人多得像牛魔王身上的虱子，不可计数，当然能不能赚到也是一个未知数。在稻花飘香、一年四季遍布阳光的南方乡村，长年累月穿梭着这样一支浩浩荡荡的大军，瞪着血红的眼睛，提着硕大的麻袋。据说麻袋是供装钞票之用的，可怜老百姓有几个子儿！这支队伍虽然人数惊人，但也可以粗略划分为两种：一种是身怀绝技、心灵手巧的手艺人，譬如阉鸡佬、补锅匠、剃头匠此类。换言之，这是一些聪明人，都或多或少掌握了一两门谋生的本领。另一种是自己虽然没有什么真实本事，但懂得把别人辛辛苦苦做出来的东西拿来贩卖，坐收渔翁之利，譬如乡村货郎就是其中之一。我认为后一种人更聪明一些，决定去做一个乡村货郎。

有位文学青年这样描述过乡村货郎：这些家伙一律长得獐头鼠目，嘴唇上留着两撮鼠须，头上戴着一顶草帽，手上摇着拨浪鼓，倒是一张利嘴削铁如泥，巧舌如簧，很能讨乡下小媳妇的欢心……如果他见过像我这样玉树临风英俊潇洒的乡村货郎，肯定悔责自己见识太浅，留下笑柄。我在个人形象上煞费苦心，我觉得要后来居上就要出奇制胜，我的扮相是这样的：头上梳着两个冲天小髻，肩上横着一杆大枪，枪的两端挂着两只黄澄澄的巨大葫芦。虽然脚上没有踩着风火轮，但看上去也有几分像八臂哪吒。我肩上的大枪其实是木头做成的，但是非常逼真，还有一把火焰般怒放的红缨，枪尖则用白色的颜料涂过，像青蛙的肚皮一样雪白，白里又透着点蓝，看上去锋利无比，恐怕什么盾牌都能刺穿。那两只巨无霸葫芦当然不是真的葫芦，是我让老爸用竹篾给我编织的箩筐，我惟一的要求就是这两只箩筐必须具有葫芦的形状，颜色就好办了，不提也罢。至于里面的宝贝可就厉害了，用它们来赚老百姓的钱，肯定一逮一个准，赚你没商量。

我这两只形似葫芦的箩筐里的东西很多：针对小孩的各式糖果、玩具，对付女人的针头线脑、胭脂水粉，还有专为男人而备的烟丝烟叶，总之能赚老百姓钱的玩意儿应有尽有。

别人用拨浪鼓，我偏不用，我的招儿多着呢。我挑着货担进了村庄，就取出了我的宝贝：一只大螺号。抗战时期，海南岛琼崖纵队的信号兵就用过这种玩意儿，吹响了用声如洪钟来形容都不过分。我在村头一吹法螺，谁都晓得我来了。

果然先声夺人，大人小孩都围上来了。有个瘦得像孙悟空的汉子咬着我的耳朵悄悄地说："有没有让我东山再起重振雄风的那种药?"嘿，敢情他看我拄着大枪，挑着两只大葫芦，把我当作跑江湖卖狗皮膏药的主儿了。我心里一乐，先把他的钱赚了再说。那时我年纪还小，不太懂他要的到底是什么药，但我声色不动，微笑道："你说的这个药嘛，当然有啦。不是我夸口，你这次可找对人了，我这药是祖传秘方，灵验如神，须辅以小公鸡一只、鹿茸及海狗鞭若干烹用，连服七七四十九次，可连根拔除!"我看他面黄肌瘦，皮包骨头，只道他有病也是饿出来的，我这药无他，一袋糖果而已。

我旗开得胜，好不得意，掏出一把糖果对一个女人满脸堆笑地说："这位嫂子，买点糖果回去哄小孩可好?"

那女人一撇嘴说："看着是耍把戏的，原来还是一个摆杂货的。都是你们这些千杀的杂货佬，蛊得孩子整天哭闹着要老娘掏腰包，老娘偏不买！”

我把糖果放回去，又掏出另一种糖果，谀笑着说：“那嫂子就一定要买我这种天下无双的糖果了！孩子吃了这种糖果，敢保证他在有生之年也不敢吵着要你买糖了！”

那女人有点糊涂了：“说什么？”

我得意地说：“这种糖果其实是用海南野辣椒做的，奇辣无比。用黄连做的也有，要不要？”

那女人大喜：“有这样的好东西？我买，我买！”

我哪有什么黄连之类做的糖果了？哄她买了再说。

我又掏出一只气球，面不改色地吹起了牛皮：“我这只气球与众不同，你就是用针来刺也不会破，买回去给小孩玩最划算了，小孩长大了再给下一代玩，可当传家宝……”我说着鼓起腮帮子来吹气球，不料我不知节制，气球竟啪地破了……

5. 我的“官场”生涯

初一的第一个学期过去了，期末考试一结束，我竟考了全班第一，除了英语三十分，其他课程全部及格，遂轰动全校。黄花初中从没有谁取得过这样的成绩，校长朱温激动得老泪纵横，当着全校师生的面把奖状递到我的手上，不停地说：“我们学校有希望了——”连英语老师王二也衷心地祝贺我说：“真想不到，真想不到呀，如果英语也能及格就更好了……”由于我的成绩名列前茅，班主任刘芳马上对我刮目相看，要重用我，提拔我当上了学习委员。其实我并不想当学生官，当了学生官就意味着失去了许多自由，譬如迟到、早退和上课打瞌睡，用老师的话来说，就是要起到带头作用，在班中树立好的榜样。但是我爽快地答应了。那时我还是有点爱慕虚荣，对班上的流动小红旗和“三好”学生等光荣称号垂涎三尺，众所周知，这些东西历来都是被班干部垄断了的。

等我当上了学生官，不禁叫苦不迭。当了不够一周，别人向老师打的小报告就全算在了我的头上，肯定有人在栽赃。

但班上的捣蛋鬼大都是四肢发达头脑简单的货色，也没有分辨是非的能力，结果全都过来冲着我晃拳头，亮刀子，恶狠狠地对我说：“×你妈，狗腿子，别老是打小报告，下次小心点!”所谓“狗腿子”，就是大伙儿对学生官的蔑称。以前我也这样叫过别人，但轮到别人这样叫我，就不禁怒火万丈，尽管明晃晃的刀子让我发怵，我还是怒吼道：“×你妈，不要这样叫我！我什么时候去打小报告了？要打架就来，怕死的不是好汉!”我大义凛然视死如归的样子竟然博得了捣蛋鬼雷鸣般的掌声。其中一个捣蛋鬼用肩膀轻撞了我一下，说：“好，我相信你!”

该捣蛋鬼柔软的发丝拂到我的脸上，我闻到了一股淡淡的幽香。该捣蛋鬼就是这些捣蛋鬼的头儿郭小虎，明明是个女孩子，偏要起个男孩的名字，还要打扮得像一个豪气干云的男子汉，梳着小分头，一根皮带把纤腰扎得愈加窈窕。如果肯穿裙子，肯定是极迷人的姑娘，太可惜了！郭小虎瞅着我，恨铁不成钢地说：“你跟我们去打架肯定是把好手，偏要当那让人恶心得反胃的班干部!”

我既然是学生官，就要协助班主任刘芳管理班级，所谓管理其实就是打小报告。每逢自习课，学生官就轮流坐在讲台上监视全班同学，像包公一样黑着面孔，像张飞一样瞪着铜铃大眼，把胆敢违反纪律的害群之马记下来告诉老师。同学们最常违反的纪律有两种，要么是大声喧哗，要么是蒙头大睡。如果我制止同学们的喧哗，叫醒睡觉的同学，到头来一定会搞得众叛亲离，评先进时有没有人投我一票都很难说；但如果我放任自流，不负责任，又得罪了老师，就算评上了先进都会被老师刷下来。我对这样的管理工作不胜其烦，头痛至极，尤其是郭小虎之类的害群之马，真是让我束手无策，头大如斗。

这次轮到我值班时，全班竟然鸦雀无声，用我们学校小作家孙红梅的话来说就是“静得连一根针掉在地上都听得见”，也没有谁打瞌睡，连迟到早退的人都几乎没有，堪称奇迹！后来我才知道，是郭小虎下了死命令，凡是轮到我值班都不准违反纪律，否则就是跟她过不去！众所周知，我们班上还没有人胆敢跟她过不去，结果我的难题就迎刃而解了。

但包括郭小虎在内，要他们不说话，又不打瞌睡，可谓难如登天，但他们竟然挺住了，仿佛一群贪官在一座金库面前终于缩回了黑手，总算没有违法乱纪。郭小虎坐在座位上脸色肃穆，银牙紧咬，一张苹果脸涨得通红，拼命也不肯违反纪律，就像在敌人皮鞭和屠刀下一言不发的女八路。尽管誓死也不低头，但毕竟痛苦万状，我不禁动了恻隐之心，差点忍不住大声对她说：“让那该死的纪律见鬼去吧——”只要我一开口，我就成了郭小虎一类的害群之马；如果坚持到底，我就是一位尽职尽责的学生干部——正如政治老师所说：善恶就在一念之间。我终于没有开口，我的理智战胜了情感。这说明我有同情心，但又时时以大局为重，绝不以感情用事。当年我小小年纪，就已深谙为官之道，可惜读书时代一结束，我就再也没有当官的机会了。

郭小虎够义气，让我很感动，我悄悄对她说：“你们总得找点事干啊，不想学习就看课外书好了。”尽管看课外书也是违反纪律的表现，但比较隐蔽，没人说老师就不会知道。郭小虎等大喜过望，我也就一只眼开一只眼闭。我管理有方，成绩有目共睹，多次受到班主任的表扬，结果引起了其他学生官的嫉妒。这次，他们打的小报告是关于我的，大意是我跟郭小虎之流同流合污、官匪勾结，纵容他们看课外书。

我得以知晓别人打我的小报告，自然是班主任刘芳老师告诉我的。那天，刘老师把我留下来单独谈话，劈头就是凶巴巴的一句："沈博，你认不认错，你低不低头！"我不知道自己犯的是什么死罪，但见平素慈眉善目如观音大士的刘老师忽然变得像要搏人而噬的母夜叉，好汉不吃眼前亏，马上接口说："我有错，我低头！"刘老师嫣然一笑，恢复了和蔼可亲的样子，说："有错就改，就是好孩子，下次不许给郭小虎看课外书了。别以为我不知道，周立诚早就告诉我了！"啊，原来全是班长周立诚在搞鬼。班主任又说："郭小虎是个落后同学，整天游手好闲无心向学，说真的，连老师也拿她没办法，你别光顾着自己进步，也要关心同学嘛，有空多找她谈话，务必要把她教育好！"我很不乐意，心里在嘀咕：连你们老师都教育不了，我有这个本事？班主任见我不吭声，遂厉声说："这是命令！"她嗓门一抬，凶相毕露，我不敢违抗，诺诺而退。

一说到教育别人我就烦，我觉得像老师们整天板起面孔去教育别人真是天底下最惨不忍睹的事情。其实最需要接受教育的就是我本人，想想从去年上街义务修单车以来，我有多久没有学雷锋了啊。如今接下了教育郭小虎的任务，真是哑巴吃黄连——有苦说不出。我找到她，语重心长地说："郭小虎同学，从今天起，我每天都来教育你，你要争气啊。"郭小虎忍不住扑哧一笑，我严肃地说："有什么好笑的？不许笑！"这次她笑得更凶，花枝乱颤，笑得我心里有点发毛，赶紧看了一下裤裆，还好，裤链拉得紧紧的。郭小虎笑完了，就一本正经地说："好，我愿意接受你的教育。沈博同学，你打算怎样教育我呢?"我用手抓着头发，想了半天才说："你穿裙子才好看呢，头发也太短了——"

这次，郭小虎没有笑，她的眼眸一片澄澈，仿佛万里无云的晴空。

第二天，郭小虎就改穿了一条草绿色的短裙，看上去像一株美人蕉。她带着歉意对我说："裙子我是换了，但头发三五天长不起来，如果你不高兴，我去城里买假发——"就这样，郭小虎终于被我教育好啦，尊师守纪，刻苦学习，受到了老师的表扬，我也因教育有功评上了先进。后来见到她，她笑着说："你真是个榆木脑瓜，一点也不开窍，枉我曾经喜欢过你，还好也就是那么一两个月!"我一怔，也笑着说："好在我不知道，否则问题就大了!"

第二章　同学们

1. 乡村学生的命运

我对琥珀说：“那口水井还在吗?”琥珀说：“在是在，水是不能喝了。”我们跑到山脚下去，水井荒废了。那是一个方口圆壁的深井，长达十数米，全校师生的用水，都着落在此处。每天清晨，我们起床后，就拿着洗漱用具走向井边，用系着绳子的铁桶或木桶，将水打上来。用绳子打水需要技巧，绳子在手中缓缓滑下，桶底一碰触水面，手猛地一掀，桶口切入水中，立马进水而沉没。倘若桶底朝下，就打不到水。

打水很费力气，绳子会锯得手掌发痛及红肿。不是每一个同学都有桶，毕竟是要钱的。我就没有，只好沾同学的光。同学之间，相互沾光或帮忙的事情很多。刷牙，洗脸，之后是淘米。我们用一种带盖子的铁皮饭盒蒸饭，每顿要吃掉三五两米。没有什么菜，多是自带的萝卜干、黄豆之类，家境好的同学，顶多是蒸多一个鸡蛋。蒸一盒饭需要交一张柴票（约值一角钱），但柴票不能用钱买，得学生自己去镇上的碾米房购回糠头（谷壳）运到食堂去。这就省了炊事员去采购糠头的活计，这是炊饭的燃料。有同学想喝黄豆汤之类，就用一个铁皮口盅或搪瓷杯，放些黄豆和水一块蒸，这同样需要一张柴票。为了节省柴票，很多同学就用一个瓷茶杯装了黄豆，套放在饭盒里蒸。食堂也就一个大炉灶，只管将饭蒸熟，学生下课后自取。饭盒的外观相似，为了便于辨识，学生往往在盒盖用小刀刻上记号或姓名。尽管如此，错认或故意拿走别人饭盒的事情，依然屡见不鲜。大约一个月里头，总会发生两三起争执乃至动武的事件。

在饭堂旁边的那个大水池，像一个碉堡的废墟。半边池壁坍塌了，池中积满尘土，一株野蓖麻如猛兽般昂然跃出，显得不可一世。那个水池是校长为了改善师生用水做出的悲壮尝试，但当时也没多大效果。负责该工程的就是物理老师赵云。

赵云是一个很有趣的家伙，他整天都在想着搞发明。由于我的物理不错，所以深受他的器重，做过他的得力助手。赵老师一生的发明不可计数，譬如他用一块磁铁、几根铜丝以及竹筒、塑料膜等东西，做了两个对讲机。他跟女朋友拍拖时，故意一人走到一个山头上去，大讲甜言蜜语，两人就像战场上的通信兵。其实，这种对讲机需要的技术并不高，我也会做，困难的是隔了两个山头还能接收不误。赵老师的这个发明本来没有什么不好，但自从借给班主任刘芳之后，我们就遭殃了。刘芳老师自己拿了一只，另一只交给班长周立诚，就这样，我们一有风吹草动，她都了如指掌。顺便插一句，刘老师就是赵老师的女朋友。赵老师有一天忽然心血来潮，打算在食堂边建一个蓄水池，再制造一架水车，将水引入池中，这样便可以解决全校师生的用水问题。这是一个有益于世道人心的创举，连校长都表示支持，愿意拨三百元以作经费之用。

二十世纪八十年代的黄花镇还没有用上自来水，黄花初中的用水问题就更加艰难。学校在山坡上，水井却在山脚下，我们得用水桶去山下挑。校长曾经叫我们利用劳动课在山顶上挖了一口井，但想在山顶上打井，恐怕要挖到地下二百米左右，才有井水冒出的可能。等我们挖到五十米时，校长终于知道自己是一个傻×，神色沮丧地说，算啦，别挖了。

赵老师做出来的水车是这样的：用木头做成一个长达五米的水槽，用单车链和割木机的齿轮来做牵引，一眼看上去，这架水车有点像端午节的龙舟。其实不然，这架水车汲取了中国古典水车和现代机械的精粹，用打通的毛竹筒做水管，就可以把水从山脚引上来。水车一造出来，我们不禁大为叹服，赵老师不愧是能工巧匠，手艺超群！但有一点需要补充：这架水车利用杠杆原理，是依靠人力来发动的，每次需要五个身强力壮的男生一齐用脚去踩才能把水送到山上去。老实说，如果不是经常派我去操作水车，这架水车也没有什么不好。我对赵老师说，能否把该水车改进一下，譬如利用山羊或黄牛来发动，这并非不可能，只要装多几个齿轮，就能提高效率，省下力气。但赵老师的兴趣已不在此，他收拾行装，备足干粮，请了半个月假，准备上中火嶂去采伐木材。他打算研制一种空前绝后的机械：依靠风力来发动的木质滑翔机，以便有朝一日跟刘芳老师举行空中婚礼。

于是，那个水池也就形同虚设。教师用水同样艰难，但教师房子里都自备了大水缸，每天由本人或家属挑水贮备，就相对灵活些。而学生也抢着给教师挑水，尽管这个不好记到班级的“学雷锋记事簿”上去，但学生心知肚明，肯定会记到教师的心里去。现在，黄花初中早用上了自来水，往日挑水之艰辛已杳如黄鹤。

黄花初中的学生，很少有人不自量力想去高一级的学校深造，大多数只想混够三年之后，拿到一纸毕业证，去珠江三角洲打工时会写一封简单的家书，仅此而已。这所学校近十年来，没有几个人能考上普通高中，它惟一的贡献就是源源不断地向珠三角输送牛高马大的打工仔和心灵手巧的打工妹。该校的老师都有本事把教学当成业余或副业，他们各怀绝技。譬如语文老师钱志豪，他有一手绘美术字的绝活，在县内外大名鼎鼎。公路旁，厂房边，农村的泥墙，随处可见他用石灰浆刷写的美术大字“计划生育是一项基本国策”“一人参军、全家光荣”，诸如此类。数学老师陆平是出没两广的猪崽贩子，他牵肠挂肚的是猪栏的猪崽而不是我们。有一次，他突然敲了一下脑袋，想起猪崽忘了喂食，把课本一扔就跑了，只丢下一句话：“大家自习吧，没事不要乱跑，别让老师到处找！”历史老师兼班主任刘芳虽然连秦始皇是哪个朝代的人都搞不清，但她绝对是一位天才的裁缝师和杰出的推销员。她把生意理所当然地做到了班上：班上的十二名学生官，自班长以降，每人定做一套“官服”，每位“官员”交十三元钱。我不幸做过学习委员，后来我吞吞吐吐地说，我拿不出这笔钱，老师您把我解甲归田算了。

我们班读高中的只有五人（其中三个还是靠父亲用非常手段谋得学位的）。当我数年后从橘城三中毕业，班上考上本科的只有我一人，另有五六个同学读专科。大多数同学在残酷的命运壕沟前仆倒而万劫不复。也许，我身上集中了所有乡村兄弟的痛苦，以至于不堪重负？我将自己想象得太崇高了。我能成为严苛命运之网的漏网之鱼，纯属偶然。在过关斩将的道路上，我随时会被击倒或毁掉。当然，过关的人可能也是另一个。不少同学不缺少天赋，也不缺少理想和苦斗，但只因为一次不成功的考试，就被淘汰了。更可怕的是，乡村学生的基础太差，注定不可能在任何一次考试中获胜。其中的关键所在，我思考了至少二十年，并在我的小说中有所体现。我乡村同学的命运凸显了巨大的悲剧性和不公平，这跟我们的父辈和祖辈——生活在中国乡土最底层的农民是一脉相承的。我们从来没有过更多的希望。即使在今天。

那些在黄花初中怀揣着梦想的乡村少年，他们迟早要被击倒。这毫无办法。该校不过是一个金鱼缸，他们不可能逾越那个近似于无形而透明的玻璃器皿。这就是界限和宿命。我想起山坡下的一处鱼塘，那些塘鱼将被养肥而网捉，最终以不同的烹调方式端上餐桌。它们在欢快地游动，而不知道仅隔着一道塘堤就是开阔的黄花河，黄花河将在下游汇入茂州最大的河流鉴江而最终汇入大海。只有洪水泛滥漫过塘堤时，才会逃之夭夭并获得自由。我跟琥珀就是这样的两尾鱼。

在这样的学习环境之下，一个学生要想学有所成，就像物理老师梦想制造原子弹一样虚妄，像数学老师要通过贩猪崽成为全镇首富一样艰难呀。

但我下决心要去考高中，以后还要考大学，从而脱离修补地球的噩运，所以我的成绩很好。我无疑是全班同学中最寒酸的一个，衣衫褴褛，蓬头垢面，有钱的同学在我的面前觉得自己是国王。但一到考试，那些脑满肠肥的国王纷纷像奴隶一样讨好我。我的肚子很喜欢考试，只有在考试的时候，我的肚子才像聚宝盆一样，装满了奴隶们进贡的大饼和烧鹅。在平时，它只不过是一只垃圾桶。但考试的日子太少了，我可怜的肚子仿佛荒废已久的粮仓，空荡无物，一片荒凉。饥饿像老鹰的利爪抓住我的胃，我经常在暗夜里饿醒过来。我对黑夜产生了一种无可名状的恐惧。那种饥饿的感觉，就像毒蛇多年来盘踞在我的记忆中。黑夜是无辜的，它成了我倾泼仇恨的替罪羊。

黄花初中的师资环境和教学以及学生自身的局限，注定了不会有什么结果。我想起了孙知同学。他仿佛典型地集中了全班同学的悲剧性命运。

孙知是我们班最努力的同学，我从小学到大学，从来没有见过任何一个人像他那样有明确的目标、磐石般的意志和为了理想而竭尽全力。琥珀同意，说她教了十几年书，也没有见过如此专注和勤奋的学生。但造化弄人，他不幸在黄花初中就读，就没有别的可能。你只要见到他，他都在用心看书或做练习题。他仿佛有无穷的精力和无比的斗志。但除了毕业班可以延长一小时学习外，所有同学晚上必须在十点半熄灯并睡觉。孙知自有延长学习时间的方法。他将厕所当成了课室，茅坑当成了课桌。他拎一盏煤油灯（有时点蜡烛），坐在两截烂砖头上，孜孜不倦地温习。

说到这里，似乎有必要介绍一下黄花初中的厕所，那真是臭名远扬。只要稍为回想一下，我都有恶心之感。厕所分男女，男厕又分大解处及小解处。屎楔子堆积如山，绿头苍蝇飞舞，山蚊嗡叫，稍停留久一点，都会窒息。那年头还不兴用纸巾，同学们多撕作业本上的糙纸擦屁股，也有用甘蔗叶秆的，校舍旁侧的十几亩甘蔗源源不断地提供了这种材料。课间的十分钟，我基本上全用在上厕所了，根本谈不上休息。小便还好解决，就是钻入甘蔗林和木薯地亦无不可。但大解就麻烦了，茅坑太少了，经常得排长龙。中国人排长龙，在何时何地都是一大奇观。屁股一蹲下，无数只蚊和蝇就飞扑而来，让人不得安生。

该厕所后来成了我发噩梦的源泉之一。在梦中，它跟我设想的地狱有重叠之处。如果可以选择，我是不愿意到这个地方去的。但孙知对之视若无睹，升学的渴望压倒了一切。他往往一看书，就到了夜间十二点后才返回宿舍。他除了这个地方，也没有更好的去处了。有一次，值班老师孟东查房，一看孙知不在，就要记下名字。我说：“他上厕所了。”同学们发出窃笑声。校规再严，也不至于严重到不让人上厕所。教师方才作罢。后来该教师多次查房，均不见孙知，忍不住到厕所侦察，见此情此景，不禁大为感动。孙知勤奋好学的事迹，感动了领导，特别批准他可以像毕业班的学生一样，作息自由，在课室里学习。但孙知反倒不适应。他照常在厕所里学习。他声称厕所尤其清静，更有利于思考问题。他私下跟我说：“闻惯了那味儿，不闻反而无法集中精神。”

班主任刘芳多次在班会课上表扬他，一到鼓励学生士气，就说：“人生能有几回搏？像孙知同学，他肯定会实现理想的。他不仅会考上高中，还会考上大学。”按常规来说，孙知的智商不能算天才，但也不差，考个普通高中应不成问题。但我们都觉得刘老师不是盲目乐观，就是睁眼说瞎话。因为黄花初中每年考上高中的寥寥无几，考不上是常态，考上的都是西边出的太阳，是会下蛋的公鸡。经验告诉我们，奇迹跟中头彩相似，总是百年难得一遇。孙知也明白这个道理，所以他倍加努力。除了自习，他不放过任何一个向同学讨教的机会，但同学所知有限。及至向老师请教，发现老师跟学生的水平也没什么两样。除了初三数学老师张林辉还不错，也欢迎他来。但对于大多数老师来说，都等于是给他们出难题，乃至让其下不了台。他们没有能力搞掂教科书上的习题，更何况是练习册或题库上的难题。特别是英语老师王二，一看到孙知就避犹不及。在这样的情况下，孙知的英语成绩可想而知。

黄花初中的师资力量就是如此，也别指望教师会积极备课，认真教学。班主任兼历史老师刘芳连秦始皇是哪个朝代都说不清，但好在历史课不是必修课，也就问题不大。语文老师钱志豪经常去帮镇政府的某些部门刷石灰标语，赚外快。政治老师由校长朱温兼任，还过得去。数学老师陆平是一个猪贩子。他们都是代课老师起家的，后来也没有进修过。由于他们收入菲薄，就得赚些外快贴补家用。我们班的师资力量在学校还不算最差。

我刚升上初一时，有一个科班出身的英语老师，是个女的，姓白。她也就二十岁出头，身体苗条，四肢修长，一张脸很美，五官仿佛由玉石雕琢而成，举手投足间，透露出一种乡下人罕见的东西。钱老师在课堂上一讲到“气质”，就喜欢拿白老师来举例说明。她一张嘴也是一口悦耳动听的广州话或普通话，偶尔也会说几句英语，但她知道说英语没有一个人听懂。诸位有所不知，教师上课用的都是黄花镇一带流通的土话，尽管也是粤方言的分支，但语速飞快，音调高亢、尖利，不及广州话好听。这种方言的长处在于吵架。白老师来黄花初中，仿若仙女降临凡尘，让男教师们都傻了眼。荒僻小镇，哪儿得见如此人才？其中有两个教师，一是体育教师孟东，一是数学教师张林辉，争相向白老师献殷勤，你追我赶，争先恐后，最终狭路相逢，短兵相接。白老师一时摇摆不定，终究陷入了三角恋的旋涡之中。那孟张二人明争暗斗，为抱得美人归而不择手段，最后三十六计全都用上来了，最后还惊动了警察，一时间闹得沸沸扬扬。而白老师对谁也没兴趣了，最终黯然离去。

琥珀说：“这个事儿没有谁比孙红梅更清楚，她也是当事人之一。所谓三角恋就变成了四角恋。孙红梅现在是红梅缫丝厂的老板，精明强干，当年她为了这件事情付出了童贞和声誉，而完全是为了爱情。可惜那个狼心狗肺的男人不懂得珍惜。这事说来话长，暂且按下不表，有空再跟你细说。话说回来，白老师的离开是学校的一大损失，最遗憾的就是孙知。孙知其他功课凭借死记硬背，狠下苦功，倒也马马虎虎，但英语就一直无法有微小的进步。他连续参加了两次中考，每次都败在英语上，也就差了那么十分八分。太遗憾了。”我同意这个说法。孙知的失败是命中注定的。因为白老师的到来只是偶然，而她的离开却是必然的。哪个有点本事的老师愿意留在黄花初中？她的离开，仿佛是一次错误遭到了纠正。这是学校绝大多数学生的命运，孙知付出的无疑更多。他没有第三次中考的机会了。

2. 大美人张瑶

但我此刻的注意力从孙知转移到了白老师及其遭遇上了。我的眼前浮现出了她超凡脱俗的脸庞和新潮的衣着打扮。她身体纤巧，略显瘦削，但眼睛洋溢出的温柔让人心碎。我后来多次梦见过天使，其形象多以白老师为蓝本。到初二的时候，当我们见到了从别的学校转学来的张瑶，不禁大吃一惊。她的容貌和白老师有惊人的相似性。她的广州话和普通话跟白老师相比毫不逊色。最让人瞠目结舌的是，第一堂英语课她居然就叽里咕噜地跟英语老师王二说了一通，流利，悦耳。同学们面面相觑，无一人能听懂。这就是我们学了一年多仍不得要领的英语吗？王二老师在开头两句还勉强对答，但三板斧一砍完，就面红耳赤，汗如雨下。他掩着嘴说：“牙痛死了，大伙儿先休息。”他的嘴像蛇在咝咝地吐气，像被火钳烫伤了。

同学们望着张瑶，惊为天人。那一刻，我觉得她就是白老师的孪生妹妹或她的化身，起码也是被白老师灵魂附体了。否则，她的外貌、嗓音及语言能力咋那么像白老师呢？但她的衣着又显得奇特，她留着男仔头，穿着格子衫，脚蹬运动鞋，活脱脱是一个男孩子的打扮，胸部亦未见明显隆起，真有几分像一个俊美艳绝、玉树临风的翩翩公子了。多年之后，我看过不少电影里的男人扮女角，譬如韩片

《王的男人》里的李准基；或港片里女扮男装的造型，譬如林青霞在《笑傲江湖》里饰演的东方不败，总让我想起张瑶。琥珀撇了撇嘴，说："那个人妖啊。她太嚣张了。"我不想跟她争吵。琥珀一直以为我跟张瑶有问题。那时我跟琥珀的秘密恋情刚开始发芽。

当时我的头脑纷乱至极，无数件事情或场景蜂拥而至。我想起了那个身材瘦小的体育老师孟东，他不是一个合格的体育老师，他的篮球打得很差，但他的语文水平很不错。他还在《茂州日报》上发表过诗歌，在那个年代，这可了不得。我最初尝试写诗并往外投稿，就多蒙他的影响和指点。他堪称是我的文学启蒙老师，而不是那个水平不高的语文老师钱志豪。钱老师对我作文的评价是："中心不突出，层次不分明，结尾也没有升华，还有一些莫名其妙的句子，存心教人看不懂。"那些我绞尽脑汁想出来的得意之笔，全被他打上了红叉，认为晦涩费解，不知所云。

琥珀打断了我的回忆。我无意中提到的张瑶，让她醋意大发，非要我老实交代不可。我赌咒发誓说："我跟她有什么好交代的？我还来不及跟她熟络呢，就落入了你的魔掌之中。她不是在中考前夕被开除了吗？我跟你都没什么大不了的事，何况是跟她呢。"我说的是实话。当时大家年纪小，营养不良，发育迟缓，对男女之间的事情也懵然无知。我跟琥珀的恋爱跟肉欲关系不大，几乎像蒸馏水一样纯净。我顶多跟她亲过嘴，摸过她的胸膛，而她后来姣美的乳房，当时还不见踪影。她要变成一个美艳妇人还是日后的事。

现在，我跟琥珀如漆似胶，仿佛要将这二十年耽搁了的性事全补回来，并没有多少情与爱在里头。与其说我们依然为二十年前的初恋所维系，不如说这是我们沉湎于情欲的漂亮借口。

张瑶似乎对我真有好感。九月开学了，过几天就是教师节（当时教师节是每年新历九月十日），然后是国庆。众所周知，每逢这样的重大节日，每班都要出墙报（粉笔字版）以志庆祝。而这个任务就落在我的头上。那时我爱好比较广泛，尤其喜欢画画和写东西。我有多年练习白描及水彩画的经历，当然也是自己照着小人书瞎画的，但在黄花初中没有美术教师的情况下，可能是画画最好的几个人之一。我经常在中午无人的时候，用粉笔将梁羽生《白发魔女传》的插图搬到黑板上去，独自享受一番，然后不无遗憾地擦掉。至于写文章，教师布置作文题目，我一交就是三篇，还有好几个同学的作文由我代笔（当然并非无偿，我总能得到几张柴票或一斤半斤米的报酬）。尽管语文教师钱志豪对我的作文全盘否定，但他无法否定我的写作兴趣和热情。让我愤愤不平的是，他每次朗读的范文，在我看来都俗不可耐，充满陈词滥调。而让我几乎崩溃的是，有时被他充分肯定的作文，就是由我操刀的。瞧着被他表扬而洋洋自得的同学，我差点将真相脱口而出。而那些为稻粱谋的文字，我从不认真对待。都是我胡编乱造、一挥而就的。

我仿佛天生就具备了编辑能力，找稿子（其实全由我撰写，一篇言论，一篇散文体的文字，一首诗，几则小幽默），画刊头及版花，将稿子用彩色粉笔抄写到黑板上去，我一人包办了。在学校的评比中，也总能拿到好名次。那个时期，我的字写得最好，我练过好几年黄若舟的字帖《怎样快写钢笔字》，模仿得有几分神似。这是我惟一感兴趣的字帖。现在没有人知道他了。后来，我才发现黄氏书法是从王羲之那儿来的。每次出墙报，张瑶都饶有兴趣地观望。教师节我临的是孔子像，国庆节我干脆拿来旧纸币，将万里长城或天安门搬上黑板。我笔走龙蛇，宛若行云流水，瞬间就画出大概，再刷刷几笔润色，即大功告成。直看得张瑶目眩神摇。我对自己也有几分佩服，对后来不搞美术引以为憾。那一次，张瑶用字正腔圆的普通话朗读着上面那首献给教师节的诗，听得我有点飘飘然。她忽然说："这是你写的吧。很美啊，你可以投稿。"

张瑶是惟一一个鼓励我投稿的同学。而琥珀就比较理性和实用，她老批评我将太多精力花在写文章上，都有点玩物丧志了。她觉得我在做游戏，而不是训练作文。起码，中考语文试卷的作文，不会出一道写诗的题。要考上高一级的学校深造，就不能偏科，而我的英语和数学都让人堪忧。她说的有几分道理，我原本抱着一种游戏的态度在写文章，写出来了，心里就舒坦了。没想过凭借文字获取好处，也没想过有朝一日成名成家。至于考高中，我不是没有想过，但一直将该念头压在心底。我觉得太难了，那几乎是不可能完成的任务，所以就没有多想。有几个人可以考上高中呢？

在傍晚的广播里，我听到了大喇叭甜美的声音中出现了我的名字和那首小诗。那么美妙的声音，除了张瑶，不可能有别人。那时，她刚来学校，就以其非凡的素质引起了校方的重视。先是任班娱乐委员，又高升校广播室主播的职位。这是每一个嗓音甜美的女孩子梦寐以求的岗位，譬如琥珀就做梦都想当播音员而未能如愿。也许这是她俩结怨的导火线之一。

这是张瑶在黄花初中两年生涯的高峰时刻。她一时成了黄花初中的风云人物，尽管她的胸部坦荡如砥，但其艳若桃李而酷肖白老师的脸蛋，让不少男生甚至男教师垂涎三尺。当时，她脑后的反骨尚未暴露，或者说校方对她估计过低，完全忽略了她的能量。她绝非等闲之辈。她仿佛是白老师卷土重来。或者携带着白老师的复仇烈焰，尽管她们并不相识。白老师当年涉入的轩然大波，她本人虽是起因及核心，但她毕竟没有直接出手，她也是受害者，遇人不淑，有眼无珠。

而张瑶却代表着某种鬼怪般的叛逆力量，强大，诡异，向校方的秩序发起了正面强攻。当然，她必败无疑。但她单薄身躯里隐藏着火山或海啸般的巨大摧毁力，无人胆敢忽视。即使二十多年过去，仍在琥珀的心中留下极大震荡。而她对张瑶的失败是拍手称快的。张瑶离开了，我就更逃不脱琥珀的手掌心了。其实，不用多久，我跟琥珀亦劳燕分飞，天各一方。

此后，广播里经常会播出我写的小诗或短文。这都是张瑶从黑板报上用纸抄录去朗读的，我们之间有了一种深刻的默契。如果没我的东西读，她就会给我点歌，歌的标题和内容都称得上惊世骇俗。她从不跟我打招呼，而我也从未当面道谢。但两人偶尔遇见，相视一笑，一切尽在不言中。这就有了点眉目传情的味道。这一切进入了琥珀的双眼，让她妒火中烧。这个事情，终于引起了嗅觉灵敏的校长朱温的注意。首先，他认为张瑶妄图勾引我，让黄花初中最有前途的学生腐蚀落马（其实，她的成绩及综合素质远在我之上，而我也远非老师认为的如表面上那么驯服，早已跟琥珀打得火热。但这就保护了我的恋情尤其是琥珀。老师多次监控张瑶，对我的一举一动却屡无所获，就认为我不仅成绩不错，定力亦佳。当然，这都是他们循循善诱诲人不倦的结果。殊不知，张瑶乃坦荡之人，清清白白）。其次，她选播的那些歌曲并非革命歌曲，而是港台新兴的流行曲，譬如王杰的《谁明浪子心》、齐秦的《大约在冬季》等，像邓丽君的靡靡之音亦时有耳闻。什么浪子呀，情爱呀，跟学校的德育工作格格不入，对学校好不容易营造起来的校风有很强烈的破坏作用。

朱校长断然采取了行动，将张瑶撤出了广播站。于是我的诗文及诸种靡靡之音戛然而止，又换回了对好人好事的倡导表扬和对教师及学校的反复歌颂乃至对校领导的肉麻吹捧。当然，从早到晚都要听的是《团结就是力量》《学习雷锋好榜样》等积极健康催人泪下的歌曲。

张瑶被撤了职，刘芳对她仍寄予厚望，毕竟她是很合适的文娱委员的人选。张瑶居然不领情。我很不解，问她是何缘故。她回答："没意思。"这就将刘老师得罪了。很少老师会遇到一个不愿意做班干部的学生。但张瑶的各科成绩均不错，刘老师一时抓不到她的把柄。机会终于来了，接连几周的劳动课，我们都是去邻近山坡挖芒果树坑。张瑶脸蛋儿粉妆玉琢，白里透红，吹弹得破，是一个水做的人儿。她那双手啊，十指修长，丰润，犹如笋尖，好看是好看，但柔弱无力。那个该死的芒果树坑，要挖一立方，是有报酬的，办果园的人出了钱，但都进了校方的腰包。山坡很死实，铲开草皮，却是砂石混杂着泥土，比混凝土还要坚硬。一锄头抡圆了砸下去，火星迸溅，锄头也崩口了，却只能撼动指甲大的小片。

可怜张瑶自幼到大，娇生惯养，小时候就学着唱歌跳舞，双手连菜也没有摘过，除了弹电子琴就是拿画笔，何曾拿过什么农具？能拿稳锄头就不错了。她咬紧牙关，挥汗如雨，折腾了半个小时，那个树坑仍浅得如海碗，未见雏形。而她双手已血泡淋漓，却是再也举不动锄头了。刘老师说："你必须完成课堂上的任务。这是作业。树坑挖得不符合要求，那就是劳动课不合格！"张瑶水晶般的大眼睛充满了血，她拍了拍裤腿上的尘土，居然扛着锄头扭头就走。我们都吃了一惊。刘老师气急败坏地说："好，你走吧。你不要读了，就收拾行李回去！好像你还怕人家不知道你被橘城中学开除过，我今儿个就抖将出来！"

我的体质较弱，虽然经常干农活，但这样的树坑，即使是壮劳动力也相当费劲。我好不容易挖好，通过验收了，也快要下课了。但我仍在磨磨蹭蹭，待众人散去，我就鼓舞斗志，要将张瑶的树坑也挖出来。那次，我一直干到暮色降临，浑身无力，才拖着疲惫不堪的身体返回宿舍。张瑶这关算是过了。但挖树坑的事儿，这仅是开端呢。我们每周得上一至两次劳动课，我望着掌心磨起的水泡，不禁绝望地想，我根本不可能承担两个人的任务。另外，琥珀也嗅到了风声。她寸步不离地跟着我，我没机会再帮助张瑶了。

我现在回想起来，觉得跟张瑶的关系有些暧昧或古怪。我们之间甚少交流或说话，但相互帮忙，心照不宣。我对她的内心世界所知甚少。挖好树坑，我们下来有一节劳动课，去收集肥料，诸如草木灰、黑塘泥之类。最好是到附近村庄的牛栏去偷牛粪。实在没有更好的选择，也可以到学校的三级粪池挑粪水，但两担粪水才顶一担肥泥。这也是大多数同学的选择。张瑶连树坑也挖不好，这个挑粪的事儿更是不干。她坐山观虎斗，看着同学们挑着木粪桶在粪池旁排队装粪水。她捏着鼻子，溅上一滴两滴，就像遭了蛇咬似的跳起来，避之而惟恐不及。这副小资产阶级娇小姐的臭毛病被刘老师看到了，就十分反感。她指着张瑶说："每人十担肥料，或二十担粪水，你不去完成，我就当你旷课论处。"众所周知，考勤中，有迟到、早退、请假、缺课、旷课诸项，最怕就是旷课了。旷课满十节记一次小过，积三次小过记一次大过，三次大过那就是严重违纪，要被勒令退学或开除学籍。当然，若有其他重大违纪情节亦会记过或马上开除。但考勤是最起码的纪律，同学们宁愿乱混，也不想违反。张瑶这劳动课还是来到现场的，但她出工不出力。现在听刘芳老师如此一说，索性就跑了。

夏天里的劳动课异常沉重，到秋天，刘老师又带领着我们去帮镇长的一个亲戚收割水稻。这都是乡间异常沉重的活计。而张瑶索性连影儿也不见了。初二第一个学期过去，她已被记了一次大过。

3. 四面楚歌

到了第二个学期，镇上的中学要举办一次《中学生日常行为规范》知识竞赛，赛事主要有三项，背诵、抢答和谈学习心得。每校出两人，一男一女。黄花镇也就几所中学，除了我校，还有黄花中学、黄花附中及石湾初中。石湾是一个管区，但因为地处交通要冲，人口密集，亦设了一个初中点。我是黄花初中的一个选手，另一个最合适的人选非张瑶莫属。尽管比赛不要求使用普通话（说普通话，考官也听不懂），但张瑶的记忆力及反应无与伦比。校长朱温已基本摸清了张瑶在原校的一些情况，譬如她曾经夺得这个竞赛的全县第二名，当然也掌握了其他材料。于是，他让刘芳做张瑶的思想工作，让她跟我一块参加比赛，并承诺会因立功而撤掉那个大过，但前提是必须取得优胜奖。我觉得这对张瑶来说是一个好机会。但张瑶不肯去。最后朱温亲自出马，说就算拿不到名次，但只要好好努力，那个大过一样撤销。张瑶说："以前没认真看那个规范，那还好。现在看一看，对这个强加给我的规范无法认同。要我去宣扬它，肯定它，我做不到。"

这个规范是上面统一制定的，集《弟子规》《颜氏家训》等中华传统经典智慧及新时代德育成果之大成，其目的是保障中学生抵制社会不正之风，以确保中学生茁壮成长。内容倒是包罗万象，涉及学习、生活乃至思想道德修养等诸方面，共有条文六十则。老师也没法逐条对照每一个学生的日常行为。因此，也是为了应付上头检查，做做表面文章，没有谁会当真。但张瑶这番说话就显得大逆不道了。朱校长一听，脸就黑了。话说到这里，大家就没什么好说的了。

后来，张瑶跟我说："他们把我当成什么人了？这是一笔肮脏的交易。我不会出卖自己。”最终，我跟初三一个叫马小娟的女同学搭档参加比赛，铩羽而归。这样，张瑶和校方的梁子，算是结下来了。

祸不单行，正在张瑶四面楚歌之际，班上有一个叫方世宝的男同学跟她较上劲了，指着张瑶骂她是人妖，没波没箩（粤方言，指没有丰乳肥臀，贬称女性身材不佳），就是脱光在他面前，他也不会勃起！张瑶气得浑身发抖。但是她强行压抑，一声不吭。这个方世宝，平时满口粗言秽语，上课就睡觉，作业全抄别人的，整天像梦游睁不开眼睛，像个纸人飘来荡去。据说他每个月至少去黄花镇上的夜总会找两次小姐。早跟镇上的涉黑团伙“十八罗汉”有什么勾连，是其中一“罗汉”的小喽啰。人是烂口，但平时也不怎么闹事，欺负同学是第一遭。

这让我愕然不解。我问过张瑶，她忽然羞恼交加，生气地说：“这跟你没关系，你不要管我！”那方世宝看中张瑶美貌，但人家不理他，故因爱生恨了。我想起张瑶被一滴粪水溅到衣衫都无法忍受，而那个嫖客方世宝，比一堆大粪还臭，怪不得她感到深受污辱。琥珀说：“事情不是这样的。你还记得有个叫方桂花的政治老师吗？她是方世宝的姑姑。方世宝由她罩着，即使违反纪律也不会受到处分。”这方桂花长得满脸横肉，腰如木桶，整个人四四方方，形如巨石，眼如铜铃，目光中闪烁着毒蛇般的凶光，瞪着人看很吓人。而她的上唇长满铁丝般的黄须，俗称“美人生须”，但实在骇人。有时男生之间相互取笑，被方老师强奸，那算得上是一等一的诅咒。当时，我就觉得方老师十分古怪，老爱叫女生到其宿舍去，谈心、辅导功课、做思想工作之类，这跟大多数女教师恰好相反，像白兰花、刘芳都是喜欢男生的。我当时年幼不懂事，如今听琥珀一说，茅塞顿开。我说：“方世宝既然如此恨她，想见她是拒绝了方桂花，以她刚烈的性子，是宁死不从的。”琥珀说：“这事儿谁知道呢。她也不像你说的那么冰清玉洁。后来不是跟镇上的烂仔混在一起吗？你心目中的天使堕落了，心疼是吧?”

我不理她。那段记忆像藤蔓缠绕在我的头脑，牵来扯去，让我胸口堵得闷。之后，张瑶常彻夜不归，有时周末也难得见到她的身影。晚上住宿是黄花初中管理很严厉的制度，未经请假，不准外出，更不准在外头留宿。值班老师的花名册里，已做了甚多不利于张瑶的记号。我还见过她躲在走廊上抽烟，有时早上上课碰头，还能闻到她的酒气。以前，她还偶尔跟我聊聊天什么的，如今对我也爱理不理了。那时我开始偷偷摸摸地向《茂州日报》投稿。我很想让自己的诗变成铅字，然后拿给她看。当然一次也没有成功。刘芳幸灾乐祸地说：“这个小婊子，是破罐子破摔了。”

在初二第二学期期中考试后，班里举办中秋联欢晚会。正在晚会进入高潮之际，外面忽然闯入几个留着长头发的阿飞，走到方世宝面前，一板凳砸下去，将他砸得血流满面，痛得哇哇大叫。等大伙儿反应过来，那几个烂仔已冲下教室，翻越围墙逃之夭夭。几乎在同一个时刻，方桂花被歹人破门而入，打翻在宿舍里，胸口肋骨断了三根，她连是谁下毒手都不知道。

据说，有人怀疑张瑶就是幕后指使者，但她若无其事，安之若素。闯入校园殴打教师，这事非同小可，也就惊动了派出所，抓了几个肇事者。但打人者一概否认受谁指使，且强调这不是私人恩怨，而纯属替天行道。那方桂花是个人妖啊，她不知污辱了多少个清纯的女学生。这样的人渣，不教训她是不行的。供来供去，也没有一字对张瑶不利。也不知是出于什么原因，总之校方没人找张瑶的麻烦。奇怪的是，张瑶在此事过后，倒是安分守己了，修身养性，一副洗心革面重新做人的样子，不再旷课及外宿了。即使是那令她谈虎色变的劳动课也努力去完成。前段日子，她的功课一落千丈，即使是她引以为傲的英语，也在单元测验中首次被琥珀赶超了。再过一年多就要参加中考了。她不可能不知道这个重要性。方世宝自从额头被缝了十几针后，在张瑶面前学会夹着尾巴做人了。

然而，对于张瑶来说，她在某些人心里种下的仇恨种子，已萌芽多时，就要开花结果了。作为黄花初中高层的眼中钉，非要受到拔除不可。当时发生打人事件之后，刘芳巴不得公安机关循着蛛丝马迹，擒获那个呼之欲出的幕后黑手，最不济也让她声名扫地，开除学籍，最好是抓去劳改坐牢。但张瑶安然无恙。这样，朱温就必须出马了。从某种意义上说，朱温只不过是刘芳的一个爪牙。作为刘芳的姘夫，朱温无法拒绝她的哭闹和威胁。当时这两个人的关系早已传得影影绰绰，犹如墙缝中泄露的灯光。二十多年后，我从琥珀的嘴上终于得到了证实。那么，刘芳究竟跟张瑶有什么深仇大恨，非要置她于死地不可呢？

“此事说来话长——”琥珀说，“当时刘芳跟镇税务所黄所长的儿子黄文龙在谈恋爱，眼看就要攀上高枝了，但后来事情却黄了。那天凌晨两三点许，月亮又大又圆，在急速地向西倾坠，月光明亮得可以看见蚊子的脚爪。张瑶从镇上回来，月光呈淡黄色，像落叶从她的头上、肩膀簌簌而落。而张瑶就像一把钝锯，将玻璃般的月光锯成碎片。她惊异地看到，一个披着长头发而身形苗条的身影，像女鬼一样从朱温的宿舍飘出来。出于好奇心的驱使，她迎面走上去，以图看清此人的面容。当两人一照面，双方都骇得双腿发软。而那人也看清了张瑶。她就是刘芳。真是冤家路窄。张瑶倒吸了一口凉气，身躯在刹那间冷却。刘芳双手掩着脸，一言不发地往自己的宿舍走去，但过于耀眼的月光将她暴露无遗。没几天，她跟黄文龙的婚事就告吹了。她越想越冤，她跟朱温的事情尚在萌芽状态呢。就这样，她恨死了张瑶。”我大惑不解：“刘芳当时的男朋友不是赵云老师吗?”琥珀说：“跟赵云的事情，还没开始呢。”我说：“瞧你说得有板有眼的，好像当事的两个女人之中，有一个就是你。”琥珀说：“这本来就是刘芳说出来的嘛，当然是多年之后的事了。”我说：“那也很难说明这是张瑶告的密啊。”琥珀说：“不是张瑶说的，那黄文龙怎么知道？刘芳又不是傻瓜。”

但张瑶当时循规蹈矩，无可挑剔，她甚至成了《中学生日常行为规范》在黄花初中最认真的实践者和楷模。尽管她身负两个大过，朱温要处分她，却一时抓不到她的把柄。最后，政教处主任郑策附在朱校长耳边说如此这般，朱温大喜，遂按计行事。原来，当时张瑶虽然发誓要跟全校学生搞好关系，夹紧尾巴做人，并全力以赴于功课。但她左冲右突，总是无法摆脱一些莫名其妙的纠缠。

当时有个叫谭人望的老教师，是教语文的。他终身未娶，行将退休，不知出于何种目的，居然迷上了摄影。他买了一台海鸥牌自动照相机，整天在校园及校外四周的河岸、田畴及山坡上晃悠，去拍风景照。当他拍完了几个胶卷之后，终于发现最美的风景就在身边，就在那些少女红彤彤的脸蛋和含苞欲放的前胸上。于是，在课余时间，他免费给他暗中锁定的一些目标拍照并洗照片，还去镇上的时装店买回了几套连衣裙、高跟鞋、帽子、手饰及手提袋诸物，作拍照用的道具。他的宿舍俨然成了有模有样的摄影室。黄花镇上惟一的“罗记”摄影室，就有不少这样的衣物作道具之用。像超短裙、手饰和高跟鞋之类，按校规女生是不准穿戴的。但在密室之中，拍拍照片了事，那就问题不大。谭人望打算拍一辑黄花初中版的“金陵十二钗”，做一本精美的少女写真集，其中薛宝钗的最佳人选就是张瑶。

我得补插一笔，张瑶自从重新做人之后，换上了女儿妆，也留起了长发，身形婀娜，风情万种。最令人惊异的是，她的平原上一夜之间耸起了两座高峰。有好事者吟诗曰：万丈高楼平地起。有好事者做过统计，以乳房的形状、高度和优美而论，张瑶身上的那对丰乳乃是百年难得一见之奇葩。这些好事者自然是男教师，尤其是以郑策为首的青年教师。我一直想不通，一个人怎么可以突然发育到如此程度？这堪称奇兵突出，让人目瞪口呆。琥珀恨声说："这婊子一直深藏不露，肯定是用布带之类将其紧紧束缚了。"就因为这样的一对乳房，张瑶就将白兰花彻底比将下去了。至于别人，自是不在话下。

孟东老师以为她就是白兰花的升级版，一见到她，就失魂落魄，好在没过激的行为。而郑策心怀鬼胎，多次约张瑶上酒馆遭到婉拒。这郑策乃心计深沉之人，表面上不以为忤，实则怀恨在心。

4. 金陵十二钗

张瑶不情愿给谭人望拍照。尽管她不想得罪谭老师，但她也有自己的原则。应当说，这谭老师在众多男教师之中，还算不错，起码不会像别人一副色眯眯的样子，盯着她的乳房看。但她认为拍那劳什子的"金陵十二钗"，实乃无聊之举。也许，她压根就瞧不起那另外的十一钗，譬如"林黛玉"李玉燕虽然身材苗条，但一对扫帚眉，仿佛脸上被谁涂了一笔墨汁。谭人望花尽心机，拍好了十一钗，只差一钗便大功告成了，一时又没有别的人选。他是固执之人，一直对张瑶纠缠不休，让她不胜其烦，一时又找不到解决之道。谭人望被胸中的一股欲望所焚烧，他觉得自己正在完成一个前无古人的壮举。张瑶是否参与，乃是此举成败之关键。他绝不轻言放弃。事实上，他的拍摄游戏已经升级了。他先是拍了一套十一个女生的古装版和现代版，又拍了一套裸体版。至于他用了何种手段让那十一个女生一丝不挂并按要求摆出种种让人流鼻血的姿势，那真是因材施教，方法之多，让人眼花缭乱。谭老师将其循循善诱的教育水平发挥到了无与伦比的程度，达到了其一生中的巅峰。此乃后话。总之，他按计划完美地完成了任务。

一天午后，他以辅导功课为由，将张瑶叫到了自己的宿舍，他先拿两辑古装版和现代版的照片让张瑶看。张瑶翻了翻，照片相当不错。谭人望的摄影技术有了很大提高，那十一个女孩子也颇为上镜。总之，这是两辑十分漂亮的照片。但张瑶不为所动。

谭人望说："我不客气地说，这个拍摄计划是一个天才性的构想。就我目前完成的照片来看，在全县'橘花杯'摄影比赛中拿个金奖是没有问题的。这是艺术啊。小张，我觉得你不是一般的女孩，很有艺术气质，也有自己的想法，你不是那种拘泥于世俗的人。作为一个少女，你是上帝的宠儿，你是完美无缺的。哎，你先别走，你别误会我，我完全是从艺术的角度来欣赏你的，我不像郑策之流的想法那么龌龊和下流。我是一个艺术家啊，捕捉美和捍卫美是我的天职。这点你应该看得到。现在，国外有一门新兴的艺术，就是人体摄影，其潮流正在波及乃至席卷我国的大城市——"张瑶脸红耳赤，她站起来就想离开。谭人望以手势阻止了她，说："你听我说完这一句，我保证再也不跟你谈这个事了——"他从抽屉又拿出了一个牛皮纸信封，他一副郑重其事的样子，仿佛里面装着价值连城的珍宝，说："你先拿回去看看，考虑清楚了再答复我。你肯拍，我当然高兴。如果你坚持不拍，我也不再勉强你了。我希望你好好考虑，千万别意气用事，也别急着下决定。这对你或我来说，都十分重要。现在你的美，已经到了登峰造极的地步，这是大自然对你的厚爱和毫不吝惜的馈赠。你要好好珍惜。基于我对女人的了解，再过几年，哪怕是再过几天，你都要走下坡路了，只有我才会如此用心良苦地帮你留住一生中最美最辉煌的时刻——”他越说越激动，他声音颤抖，泪水盈眶，几度哽咽着终于说完了这番话。

张瑶狐疑不定地接过了那个信封。她的手发抖，仿佛接过了一块烧烫了的铁。她尽管不太赞同谭人望的观点，但略为他的诚挚所打动。

当天晚上，张瑶躲在被窝里拧亮手电筒偷偷地打开了牛皮纸信封，她几乎被吓呆了。里面就是那套裸体版的“十一钗”。张瑶在同龄人中，称得上见多识广，但也没看过这样货真价实的裸照，况且还来自身边的同学。那些照片的确拍得美轮美奂，尽管并非全无瑕疵。譬如李玉燕版的“林黛玉”脸太大了，眉毛也很粗。大多数模特的乳房都有问题，不是肥乳，就是太小，总之不如她挺拔、姣美。某些女生的腿部也不够挺直，或太过瘦削。但她还是看出这辑照片十分漂亮，那种青春蓬勃的气息扑面而来。另外，那种交织着放纵和羞涩感的神情，也让人怦然心动。她们一副豁出去了的表情，有一种就义似的英勇，又有一脚踏入陌生而奇异之境的好奇与惶恐。

张瑶红着脸，在被窝里偷偷将胸罩和汗衫脱掉，那对乳房像猛兽腾地蹦出来。她瞅着，用手轻轻地托了托，再旋转一圈，那两只雪白粉嫩的物事就像嬉戏的小兽你追我赶。连她自己也不得不承认和迷醉，这的确是一对无与伦比的乳房。再也不可能有更完美的时刻了，之后就会起皱，耷拉，并像倒空了的布袋垂挂下来。张瑶开始幻想，如果拍成裸照，那又是何等的美丽和震撼。她感到心底升起了一股火焰，全身都变得滚烫起来。那两颗金丝枣般饱满而柔软的乳头，忽然变得坚硬如玉石。她全身像面团一样绵软无力。她一下子不知所措。她被一种类似于虚荣或情欲之类的古怪情绪所折磨。理智告诉她，她必须抵制那个拍摄裸照的欲望，而她却又一再浮现出自己赤条条地站在镜头前的巨大眩晕和幸福感。

一直过了两天，她依然没有拿定主意。另外，她对这些照片的处理，也像潮水一退就要暴露的石头那样，变得赫然在目了。

郑策就是在这时介入的，他对张瑶说："小张，你近来的表现非常好，我们都注意到了。我个人非常满意。老实说，你前些日子的所作所为，让我们很失望，但你现在的表现，让我作为学校政教主任，一个老牌的德育工作者十分欣慰和骄傲。而以你的成绩，也有可能成为少数几个给黄花初中带来光荣的学生之一。我希望你继续努力，不辜负学校对你的栽培和期望。我这次来找你，还有一件事，听说这段日子来，老有不怀好意的男教工对你图谋不轨，这是绝对不允许的，校方一定会保护你，这个你大可放心。"张瑶愕然不解地望着郑策。郑策说："谭老师给你的那个东西，性质相当严重，可能影响了学校声誉，甚至触犯了刑律。我建议你赶紧上交给校长，事关重大，即使是我也负不起责任啊。这件事跟你无关，剩下来的，你就交给校长去处理好了。"张瑶尽管聪明，人也早熟，但毕竟是一个十六七岁的少女，被郑策连哄带吓，一时方寸大乱。她半天说不出话来。她想到的倒不是那十一个女生的裸照，而是自己子虚乌有的裸照。她不禁脸上发热，又羞又恼。她觉得自己内心的隐秘欲望完全暴露在郑策那双锐利的眼睛下了。她终于做出了一个无可挽回的选择。她拿着那个牛皮纸信封走入了校长的办公室。

第二天，她就被校方开除了，理由是收集并传播淫秽照片。在她交出照片的那一刻，她从朱温无法掩饰的奸诈笑容中幡然醒悟。无论朱温如何巧舌如簧，软硬兼施，她都拒绝说出那些照片的来源。她哭了。她感到了一种被愚弄和被出卖的屈辱。谭人望后来还是出事了。关于那件事，还有后续。我想说的是，对于张瑶的惋惜。她再过几个月就要参加中考了，但她被剥夺了这个机会。被学校开除的学生，就失去了学籍。

后来，张瑶音讯皆无。有人说她嫁了个香港大老板，有人说她出国了。有人说她在乡村嫁了个农民，一连生了四五个小孩。但这些说法并没有真凭实据。

“张瑶被开除是必然的。她太嚣张了。”琥珀说。我也同意，她有被开除的必然性，但关于原因则有不同看法。我不喜欢琥珀那种幸灾乐祸的口气。无论如何，这都是一个悲剧的事件。我跟琥珀一时无语，连她也被伤感所笼罩。

就在我们要返回时，下午课放学的铃声响了。学生像潮水般往校门口汹涌，刹那间消失于不同方向的大路和小路上。黄花初中就像一具掏空了血肉和肝脏的大鱼的骨架，显得空洞无物。晚霞打在校舍灰暗的屋顶上，泛着辉煌而颓败的光芒。在刹那间，我恍惚回到了二十年前，在那时，我跟琥珀从两个不同的方向迅速地钻入了暮色涌起的木薯林，并准确无疑地在同一个地方碰头。我们就像两只机警而慌张的竹鼠。琥珀望着我，她嘴带笑意，双眼涌起柔情。我跟她相视而笑，分头就走。

约三分钟后，我跟她相遇于一丛高大而茂密的木薯枝叶下面。木薯地里泥土松软，干爽，而木薯的枝杈错杂，叶片密实，红色的夕光透过叶隙打下来，使地里幽暗却温暖。我抱住了琥珀。琥珀知道我的意思。她说：“我们要的是复活昔日的记忆，而不是为了贪图一时之快去篡改历史。”我点了点头。这样，我就放弃了褪下琥珀裤子的念头，但手还是顺着她的衣襟滑入她的胸膛间。忽然，琥珀猛地甩开了我的手，她仿佛被施了定身法，全身僵硬，绷紧，动弹不得。我正在大惑不解，忽听得四周响起了一阵阵枝叶被拨动的声音以及慌不择路的脚步声。我扭头四望，只见一个个或深或浅的身影，像幽灵一样出没并逃逸。仿佛有某个神奇的力量控制着，凌乱的脚步声此起彼伏，在木薯林的深处震颤并蔓延，最终完全消失了。突然，一个男生从斜刺里冲出，跟琥珀狭路相逢，琥珀说：“我在研究木薯生长规律呢。”男生扭头就跑了。琥珀望着木薯林外那些不见踪影的逃逸者，但毫无愠怒之色。

那一刻，她不是一校之长，而是那些逃逸者的其中一个。在二十多年前，她已身为同伙，而她有多少年背离真实的自己了。琥珀放松下来，她的脸被一种奇异而温情的光辉所笼罩。她一声叹息，将她的嘴唇盖上我的嘴，就像用杯盖盖上了杯子……

我跟琥珀离开校门，我觉得守门的小老头似曾相识。他望着我，双眼刹那间亮了。琥珀望着我，欲言又止。

回到宾馆，琥珀瞅着衣裤上的草根和土屑，很不好意思。她先是骂自己真是不要脸了。如果让学生看清了她跟某个禽兽在一起。我赌咒发誓，绝对没有人看到我们，因为林中暗黑，四下无人。林外的人不可能透过密实的木薯林瞧见里头分毫。况且，当时我们也没做什么出格的事。她又责怪我说：“你为什么要勾引我？让我违背了初衷。该死的，你将那一切美好的回忆都破坏殆尽了。我最不爱听你扯张瑶那些事。”

我不理她。往事不复重现，记忆也会歪曲、变形和遗忘。总之，过去的事情并不像我们自以为的那样靠得住，但也不是想忘就忘得了。我们稍事休整，饭毕，洗了澡，精神就来了。我们的心情慢慢平复并变得愉悦。双方均感到一切来之不易，而今天并没有虚度。

第三章　我们的秘密

1. 危险的想法

我对琥珀说："回头看我的读书生涯，感觉就像坐黑牢。譬如说黄花初中吧，就像是一座监狱或劳改场，学生的生活和作息都像犯人那样不得自由。而周边的那几十亩坡地，也就成了劳动教养的场所。跟犯人不同的是，我们得自带粮米。后来我大学毕业，好不容易媳妇熬成婆，做了两年教师，那又成了刽子手。"这种话琥珀不爱听。她现在还是教师，且乐在其中："我不赞同你的观点。一、如果不是教师的教诲，你也不可能有今天。你就在黄花镇种田去吧。二、为人师表是光荣的职业，不能说是什么刽子手。就说过去吧，也并非漆黑一团。至少我跟你的那些日子，是生命中的结晶，那种畅美不可言的感觉，我此后再也没有过。只要稍为回想一下，我都心如鹿撞，心醉神迷。"

我不能反驳她。她说的并非全无道理。我们也不必各执一词。我既是老师心目中的乖学生，也是其反对者。没有老师的教导，我也许仍在乡下种田，但若非我反抗，也不可能是今天的模样。

关于我跟琥珀的关系，在那时触犯了禁忌，今天思之犹不寒而栗。而我是如何绕过了命运险滩中的礁石，没有舟覆人亡，回想起来更是毛骨悚然。我不能不反抗，但那种反抗又不是正面的、直接的。张瑶的下场让人唏嘘。我的反抗是隐秘的、压抑的。我被分裂成两个我。一个我严格按照教师的指令，成为考试机器，像绵羊一样视考试如青草，争取长大后成为一颗合格的螺丝钉，镶嵌到祖国机器辽阔的版图中去，有一分热就发一分光，为社会主义的四个现代化建设添砖加瓦。我基本上做到了教师所期望的，当上了班干部，成了“三好”学生。但另一个我蜷缩在黑房子般的内心深处，对这一切皆不以为然，我很小年纪就学会了对高大全的怀疑或对某种道貌岸然的厌恶。我以为一个人做一件事情，应当出于其内心的需要或抉择，而不是因为某种堂而皇之的号召。

总之，另一个我跟学校的一切都格格不入。不喜欢每天都板着脸孔的校长朱温。不喜欢另一个听话的自己。但也只能隐忍着，敢怒不敢言。二十年后，我成了一个作家，随着写作的深入而倍感悲哀。像前辈及我们这一代，先天不足注定了我们无法摆脱自身的局限而获得成长和蜕变。我一直到三十岁才有所觉悟，我花了二十多年才将头脑里的毒素痛苦而艰难地清扫出去。那种教育几乎在中学就将人的天才和灵性扑杀殆尽了。奇怪的是，那些不学无术的教师，在精神控制上表现出了惊人的才华和一致性。即使我解毒成功，我也不可能回复昔日的诸种可能了。我已将老迈。无论我今后如何努力，也不可能获得伟大的成就，就像一个患病多年而痊愈的人，就算不成为残废，也不可能问鼎世界拳击冠军的宝座了。毕竟，我已经是一个有缺陷的、被扭曲的人。无论是思想、才华乃至话语方式诸方面，我都在多年以前就被框定了边界。这就是我乃至这一代写作者的悲剧。好像一棵树苗，在刚生长的时候，它纤细的树干就被恶作剧的孩子打了一个小结，它即使活下来，也无法长成大树了。它一辈子都得跟那个“树结”作搏斗，能挣脱就是奇迹。

琥珀默然半晌，说：“既然毫无指望，那你为什么还要写?”

我说：“结果也许不太重要。对于具体的写作者来说，过程才是最重要的。这不妨碍我竭尽所能去做好这个过程，即使对别人毫无意义，但对自己还是有用的，这是一种自我教育的方式，也是修行乃至获取真理的途径。即使我一辈子也写不出不朽之作，但也在追寻过程中赢得了尊严。西西弗斯不断地推巨石上山，他无法改变这个荒诞的处境，却在不断的努力中获得了某种意义上的自由与解放。毕竟时代在进步，我寄望于下一代。我的老师跟现在的老师还是不同的，譬如你，我相信就不是刘芳可比。”

琥珀说：“不管怎么说，时代在进步，社会在发展，现在的学生有了更大的自由度和诸种生长的可能。我倒是觉得他们太自由了，太放任了。对于孩子来说，太过放任是一种不负责任的表现。我建议最好取消所有的网吧，禁止学生上网，可惜，现在是一发不可收了。还是过去的孩子听话。你对现在的学生还不能批评得太凶，否则他跳楼给你看。”我说：“那么一点自由也是鲜血换取的。天上没有掉下来的馅饼。”琥珀恼怒说：“不跟你扯这个，我堂堂一个中学校长，有课不上，在跟你鬼混，我容易吗?你尽说些无趣的事。现在社会风气败坏，贪官层出不穷，都是你这种资产阶级自由化思想在作祟。还是过去好，就不见这么多贪官和丑行。还是搞运动好。你再说这个，我回校给学生上课去!”

我只好闭嘴，也幸亏她是校长，换了是哪个教师，还真不能这样自由。做领导的就享有充分的自由，做平民的却未免诸多限制。我隔了一会，说：“以前没有贪官，不等于当官的高尚了，而是无物可贪无缝可钻，好比一个美女从来没遇见过美男子，其贞洁是廉价的，经不起真正的考验。如果一个人受到诱惑仍能坐怀不乱，那才是真本事。”

上课的礼仪有很多。有个教政治课的献计，从《弟子规》出发，让学生听课双手相挽，置于身后，就像犯人被反剪双手，一节课下来，腰酸背痛，不再像属自己所有。据说可以避免搞小动作（譬如偷看课外书、转笔玩等），有利于专心听讲。迟到的同学，要先报告，经教师允许才能进来。上课时先说“老师好”，老师还以“同学们好”。下课铃响，老师说“下课”，学生回说“谢谢老师”。上课期间不准交头接耳，不准说话乃至喧哗，未经举手申请同意，不准提问等等。上课时一律不准外出，拉肚子或病况严重者例外。

这些也不算什么，我还是很乐意听老师讲课。课间十分钟是休息时间，得赶紧上厕所。男生小解还方便，大解就得排队。女生就辛苦了。这数十年来，我注意到中国任一公共场所的厕所，女性如厕总得排队。也许是建厕所遵循男女平等的原则，在数量或空间亦一样吧。从初二起，学校来了个正儿八经的音乐老师杨玉美。她为了一显身手，给朱温递交了一份报告，将课间十分钟一分为二，后五分钟用来合唱革命歌曲，一来活跃校园文化气氛，二来达到陶冶同学革命情操的目的。如此一来，满口满耳都是慷慨激昂的豪迈之声。我觉得活动空间受到了侵占，顿有倍加窒息之感。我一般是嘴唇翕动，拒不发声。我对合唱素无好感，也许就肇始于当时吧。平时上课，一般有科任老师管理课堂纪律。纪律从来是针对好学生的，坏学生不在受限制之列。当然谁也不能扰乱教学秩序，否则再温和的老师也无法忍受。不想听课的学生，可以打瞌睡，可以旷课，总之自有班主任跟他秋后算账。

自习课尤其是晚自修，则全由班干部管理，轮流值班。我忝列班干部，也得轮值，坐到讲台上去，眼观六路，耳听八方，密切注视课室的一举一动，即使是空气中飞过的一只蚊子，也休想逃脱我的视线。将各种违纪的情况如说话、嬉闹等记录在案，自修课后交给班主任。一个晚上，就这样消耗了。我不喜欢扮演监视者的角色，但没有办法。我尽量少记一些名字。我经常忘了螳螂捕蝉，黄雀在后，我背后还有一个隐秘的监视员，同样是班干部，但多由刘芳的心腹担任。有时班主任也在窗外逡巡，暗中监视。这就是班干部参与班级管理。

值班的学生会干部，还得参加全校的考勤管理，譬如记录各班出操、自修及午休晚睡情况，将缺勤者登记在案，将违反纪律的学生汇报给教师并相应做出处理。至于巡逻队，则由身高力壮的男生担任，在校警的带领下巡查校园。我也参加过值勤，手臂戴着红袖章，手上托着花名册，显得神气活现。

我承认当时有点飘飘然，自以为“大权”在握。我读大学也担任过学生干部，譬如学校学生会宣传部部长及文学社社长之职。但我寡言少语，也没有多少组织领导的才能，居然有做干部的机会。上头选择我，可能是因为我成绩不错，有点威信。另外看上去也是乖学生，属于听话的可信之人。我没跟任何一位老师有公开冲突。我对某些事情的反感隐忍不发，藏于内心。我后来反省为什么要当干部呢?如果不去当，也许心灵的扭曲乃至挫伤，就会轻些。我还是对头头抱有指望，以为有利可图，对权力带来的幻觉仍抱有不真实的幻想。一个男人，最难看破的就是金钱、权力和美人。而权力是欲望之首，有了它，其他一蹴而就。我跟这一切格格不入，最终放弃了对权力的角逐和迷恋。我认识到权力带来的虚荣或幻象多么可笑。正是这一点，让我的读书时代深陷其中。我明白了自由之可贵及权力之肮脏。我不想管别人，更不想别人管自己。当我大学毕业后做班主任统治着六十多人时，是多么可恶和丑陋。

琥珀说：“我是一所学生逾千人、教职工逾百人的学校的校长，但我不觉得这是什么领导，我只感到肩头担子的沉重。你好奇怪，一个班主任算什么统治者?”

我说：“你觉得累吗?”琥珀说：“我当然累。但我比任何一个教师都要自由。这几天陪你，我说了算。不管在哪儿，都不可能没约束，不管教师还是学生，概莫能外。你一味谴责过去教育之种种，语含嘲讽，是没道理的。我们今天依然要这样做。只要我们还得围绕着高考的指挥棒转，只要学校还得排名次，我们就必须以考分说话，其余都是假的。”我说：“我理解你说的这些。所以我选择了自由写作。自由太可贵了。”琥珀说：“不是每个人都能成为作家。也不是每个人都喜欢你这种苦行僧式的自由。你的好处和坏处都是没有一个女人管住你，你单身太久了。”

关于监视同学，最头疼的还是男女生之间的嬉闹。像我们班上的春卷，是公认的美女，发育得早，乳房很大。不少男生总是跟她搭讪。坐在前排的杨成安总是扭脖子去看她，脸色阴郁。众所周知，杨成安暗恋春卷，但对方不为所动，还用某种家畜来形容杨成安的矮胖蠢笨。其实杨成安当时已暗练轻功，身手敏捷之至。这是我早已知晓的秘密。

午睡时，总有同学开卧谈会，而这是不允许的。那天我跟班长周立诚一组去考勤，里头有个男生说话很大声，还动用生殖器问候了刘芳老师冰清玉洁的未婚之躯。这让周立诚义愤填膺。但那个家伙捏着嗓子说话，又夹杂着一片哄笑声，所以没法听清楚是谁。

周立诚说："我知道你是谁，有种站出来！"里头没有人接腔。周立诚又说："何旺，我早听出你的声音了。"还是没有人接腔。我跟周立诚走入宿舍检查，一个一个地看，里头睡着的十几个同学鸦雀无声，但何旺的床位空空如也。周立诚说："就是他了。可能他趁我们不注意，溜了。"我嘀咕说："如果有人溜出去，我不可能没看见。"周立诚恨声说："你敢保证他不会拨开竹棚从教室溜走吗？他天生是一个贼头。"这种可能性当然存在，而平时确实有人拨开竹棚在教室和宿舍之间穿梭。可巧的是，何旺正从外头进来。宿舍又爆发出一阵哄笑声。

周立诚面红耳赤，他下午跑去向刘芳汇报，一口咬定是何旺对刘芳老师不恭。刘芳气得浑身发抖，来找何旺的晦气。但何旺拒不承认，他说："我从来没有用生殖器问候过任何人，尤其是我敬爱的老师。我被别人栽赃陷害了。"刘芳扭头望着我说："你说是不是他？"我尚未作答，周立诚说："就是他，我听得清清楚楚。他虽然捏着嗓子，但他声音里的油腔滑调是改不了的！"刘老师白了他一眼，说："没问你，就不要多嘴。"我支吾一阵，才挤出一句话："我真的无法肯定。"这句话就得罪了周立诚。而周何二人，从此就算结下了深仇。两人日后还会纠缠不休。

尽管何旺仍被刘芳批评教育了一个下午，但他对我感激不尽，还主动送我五张柴票以作酬谢。鉴于曾有何旺用假票蒸饭的传闻，我惊诧地问："你这票不会是假的吧？"何旺笑着说："你说呢？"我翻来覆去地研究，实在看不出是真是假，后来也拿去用了。

我说："黄花初中当时的规章制度固然严厉，但也并非滴水不漏，最可怕的是精神上的压迫。想要得到老师的好评，诸如评上'三好'学生，或在学生手册上写个好评语之类。其实，这些所谓的好评一文不值。”但一个十几岁的孩子，不可能有这样的觉悟。即使有，也不可能有勇气去反抗。班上的学生，一部分是想在老师面前表现好的，听话，学雷锋，学习认真，劳动积极。有一小撮差生，逃学旷课，不守纪律，劳动课时偷奸使滑。当然，大多数属于这两者之间，很难进入教师的视野，学雷锋或违反纪律都属偶然现象，他们不引人注意。如果我将自己定位于差生，很多规章制度就形同虚设，破罐子破摔，跟坏学生狼狈为奸，沆瀣一气，深陷于泥潭之中。但这是我极不情愿的！我真的热爱学习，尤其是写作文。我跟小镇上那些留着长头发、穿着花格子衫流里流气的阿飞格格不入。这是性格使然。我跟他们终究不是一路人。但我跟所谓的好学生也隐伏着鸿沟。

要做一个好学生，付出的代价太大了。但做一个自然成长的人，想成为自己喜欢的人并向他走去，那不可能。老师早已给我们树立了成长的榜样，设计好了我们的人生道路乃至步伐，只需要按照园丁手上的剪刀规定好的尺寸去生长就行了。倘有逾矩，一把大剪刀“咔嚓”一声，就会剪掉多出来的部分。我们没有任何选择的可能性。但是我表面恭顺，内心不屈。我自己想成为的那个人，跟老师们树立的榜样毫无关系，不管是有血有肉的雷锋和焦裕禄，还是抽象意义上的螺丝钉和小草，都不是我人生的方向。我只是想成为一个稍为自由的人，按照自己内心的意愿去生活而已。成为什么样的人，这并不重要，重要的是我有自己的选择而非别人的强加。

那时我的想法偶一泄露，总是将琥珀吓得面无人色。她小小年纪就深谙“政治”，她再三警告我说：“那些想法太危险了，就像野火一样。你为什么不能像大家一样呢，按照老师的要求去做就行了。思想使人堕落!”我说：“你能保证老师讲的都对吗？如果不能，我就不应该放弃我自己思考的权利。”琥珀说：“还是单纯点好。你这个人太简单，不懂世故及变通，很容易吃亏的。”我承认我怯懦。我只是暗中积聚着反抗的力量，而从未跟老师有过任何冲突。校方最可怕的不是那些禁忌，而是你的义务。换言之，不准干什么还不算可怕，最可怕的是你必须做的事情。譬如你有提高思想道德水平的义务，你有学雷锋做好事的义务，你有为教师挑水或干活的义务，你有无穷无尽的义务。至于你能否考得上高中，这不是你一个人的努力所能决定的，所以大可置之不理。

2. 饥饿的滋味

我当时一个星期的伙食是五斤大米一斤黄豆。大米蒸饭，黄豆当菜，我还得花钱购买糠头以换取柴票。即使是这样，父亲已愁眉苦脸。如果一个人不幸出生在二十世纪七十年代的乡村家庭，就免不了要受苦受难。诸如吃不饱，穿不暖，要读书又没有钱。我受过的苦难并不少，譬如在乡下耕田时，跟小黄牛打架，老是被它顶得四脚朝天，但这些都比不上饥饿让人恐惧。我在黄花初中读书，就对着米袋子发愁，我想不出有什么办法可以用五斤大米对付一个星期。在那时，一条野狗从我身边跑过，都会让我想起一大块香喷喷的红烧狗肉。我经常梦见大饼和烧鹅，但总是没有吃饱就饿醒了，忍无可忍的胃终于像一支起义军揭竿而起，要把我打倒在地，再踩上一脚。那种饥饿的感觉几乎让我绝望，当年李闯王进入北京，我想大明朝的崇祯皇帝就有过这种感觉。

我虽然身无分文，但要解决饥饿也不是没有办法。譬如去偷乡下人的瓜果，或者上街去乞讨。我一直到今天都不去做小偷和乞丐，这应当归功于我的语文老师钱志豪，他常常教育我们说，在唐朝时有一个学生，穷得没有裤子穿，宁愿渴死也不饮盗泉之水，宁愿饿死也不吃嗟来之食，但还是废寝忘食地学习，结果考上了“大学”，又成了大诗人，比李白还要出名。我对该人马上肃然起敬，要把他当作学习的榜样，可惜钱老师一时忘了他是谁。

我要说的办法其实就是上山去打猎。如果去捉人家养的家鸡家兔，就是强盗之行径，不是好汉之所为；如果去山上捉野鸡野兔，就不会损害我一世的英名，野鸡野兔的味道想来也不会差到哪里去。黄花初中后面有座名叫中火嶂的大山，也算林木幽深，清泉淙淙，料想也有野兽出没。如果我捕获到一头野猪或一只野鹿什么的，就不用愁吃愁穿了，肉可以红烧或炖焖，皮可以剥下来做一件漂亮的大衣，外加一双皮鞋。

我想到了打猎，就感到生活有了奔头，遂兴致勃勃地制造武器，准备大干一场。我的武器有三件：一柄长矛，一副弓箭，还有一面盾牌。长矛是由一根木棍做成的，棍尖包着一块捡来的铁皮，磨得锋利。弓箭就相对复杂些，我用拗弯的青竹片做弓，用一根橡胶管做弦，用插上铁钉的芦苇秆来做羽箭，威力相当惊人。考虑到野猪的獠牙和虎狼之类的利爪，我又拿来一只烂铁桶，把它碾平做了一副盾牌。就这样，我在一个秋高气爽万里无云的周日，背上弓箭，持着盾牌，挥舞着长矛杀向学校后面的中火嶂。这样，我看上去就不像一位二十世纪八十年代的初中生，反倒像一名冷兵器时代的武士。

一个人要是饿昏了头，什么事都有可能做得出来。想想我那时也够残忍的，整天想着剥皮抽筋的勾当，虽然要去剥的是野猪野鹿的皮，也失之慈悲，没有环保意识。我终究没有剥到任何一只野兽的皮，黄花镇的野兽早在一百年前就被赶尽杀绝了，如果黄花镇曾经有过野兽的话。我上山的时候，有点兴奋，也有点忐忑，如果捕获了一头野猪，我是否有足够的力气把它弄回去，如果碰到了一只猛虎，我是否能像武松那样把它打倒在地。但我在山上转了一圈，不要说大虫野猪，就是一只野鸡野兔也没有见到。我无比沮丧，又累又饿，一屁股坐在长满了野花和青草的地上。没有野猪大虫之类的猛兽跟我搏斗，我像一位打遍武林找不到对手的高手，第一次体会到了高处不胜寒的孤独滋味。

猛兽没有，麻雀之类的小鸟倒是有不少。有一种嘴角鲜红、屁股通红的小鸟，尾后竖着长长的翎羽，煞是好看，叫声也很动听。我不知道这是什么鸟。但它们老是在我的面前挑衅地撅起那丑陋不堪的红屁股，就激怒了我。我遂用手中的利箭去招呼它们。罢罢罢，我的武器本来打算是用来对付虎狼之辈的，不想如今用来对付小鸟。那些鸟儿太小了，如果它们长得像鸵鸟一样高大，又像肥猪一样笨拙，我肯定百发百中。可恨的是，这些小鸟比鸵鸟的眼珠还小，又比克格勃特工还要灵敏，我的箭术就大大地打了折扣。我一直忙到夕阳西下，暮色降临，才打到三两只鸟儿，烤熟了还不够塞牙缝，如果不是采到了一挂野香蕉，我差点饿死在山上。

黄花初中坐落在一个山坡上，四周是一片肥沃的田野。这片田野在春天是绿色的，因为种水稻，到了秋天就是金黄色的，因为水稻熟了。冬天则不值一提，因为什么也不种，田地被农夫大片大片地犁翻过来，晒得发白，像一片片灰白的鱼鳞。我对这些季节不感兴趣，只有夏天例外，因为夏天是收获番薯的季节（那时我为饥饿所苦，整天绞尽脑汁讨好我的肚子）。众所周知，无论是多么高明的人，也没法把地里的番薯一个不剩地收回去，多少会有一些漏网之鱼。事实上，地里的番薯就像当年中越边境上的地雷，不可能扫得一干二净。

在夏天，同学们经常看到一个人拿着一把扫雷器似的东西在收过后的番薯地上逛来逛去，偶尔还蹲下身去，利用手中的工具去挖掘。那个人的头上戴着树枝和草叶编织成的帽子，把半边脸都遮住了，身上又披着两块宽大的香蕉叶，看上去就更加奇怪。不少同学满脸亢奋地奔走相告，以为看到了战争片中无比英勇的战士。但我总是一声不吭，脸色变得很难看。因为那个人就是我。我需要地里的番薯填充我像防空洞一样的肚子。只有这些圆滚滚、热乎乎的家伙才能让我抵挡腹中穷凶极恶的饥饿。我拿在手上的当然不是什么扫雷器，而是一把自己制造的锄头。它由木棍、石头和绳子构成，因此有名无实，但用来对付藏在地里的番薯也绰绰有余。至于我为什么要乔装打扮，是不想我的同学认出我，靠捡番薯来过日子，太丢脸了。天地良心，我不是故意要伪装成英雄来欺骗大家的。

但我也骗不了几天，同学们认为我根本就不是什么英雄人物。因为所有的英雄都不会像我这样毛手毛脚，缩头缩脑，东张西望。我手中的工具反倒有点像是历史老师兼班主任刘芳介绍过的山顶洞人使用的磨制石器，因此，我极有可能是一个原始人或野人。那些人越想越兴奋，还跑来跟我商量，希望我给他们制造几副弓箭和绳套，准备把该野人生擒活捉送去做科研。当然活捉不了，射死勒死也不要紧，反正还可以制成标本。我一听此言，几乎被吓破了胆，从此不敢去捡番薯了。乔装打扮去挖番薯，这就是我的秘密。

学校周边也有不少农民的菜地和薯地，像西红柿、黄瓜、红薯和白萝卜，洗一洗就能吃，大可以充饥。但我没有去偷过，我觉得一个人不能像盗贼那样干。这得益于父亲的教导。偷摘农民蔬果的事情，在同学中屡见不鲜。有次出过大事，有个叫彭强的同学偷吃了田里的黄瓜，口吐白沫，全身发软，敢情中了毒，幸好送到镇卫生院抢救及时，总算捡回了小命。那些瓜果喷了钾铵磷之类的剧毒农药。像学校的木薯和甘蔗，都是能吃的。木薯烤熟或煲熟了吃，香气四溢，粉如面包，但有的木薯品种含毒，村子就有人因吃木薯而毒亡。木薯通常要切片晒干再做成淀粉方能去掉毒性。

学校的巡逻队由各班的保卫委员构成，在校警的带领下，戴着红袖章，不仅巡察校园诸处，也同样照管学校的物产。偷东西的学生给逮住了，必定是处分的事情。

回头来看，我不敢说自己是一个成功者，即使抛开世俗的成功不论（我向来以蔑视世俗相标榜），也谈不上在精神事务上有所建树，但至少我努力过并一直在努力。我现在选择写作，并不以为写作有多么重要。归根到底来说，人总是虚无而荒诞的。这种荒诞无处不在，这就是我们的共同处境。但并不代表我们没有出路，生命的价值正在于对抗荒诞战胜虚无，在不可能的处境中寻求可能的自由。成果是次要的，但写作也是自我教育的途径，我可以通过写作来达到人的完善乃至自我完成，通过追求写作来实现人的自由。吊诡的是，没有黄花初中，就没有我后来的这一切。但正是黄花初中的数年生活，差点让我窒息乃至毁灭。公允地说，黄花镇的青少年，大多数都有接受初中教育的机会，但绝大多数亦止步于此。肯定有无数乡村少年也抱有美好的梦想，但就像种子还没有发芽的机会就腐烂了。

3. 我的理想

老师教导我们树立远大理想与科学人生观。理想远不远大，人生观科不科学，当然由老师说了算，所以有不少同学越来越像木偶。但我有另外的想法，至少要保留梦想的权利，不肯接受别人设计好的人生目标，结果老师们大失所望。他们苦口婆心地教导我说，世界上最伟大的理想是以天下为己任，把全人类中受苦受难的三分之二解放出来。凭良心讲，这样的理想者很让我辈肃然起敬，但真的要我去奋斗，把天底下的穷人一个个解放出来，就显得有点不自量力，多少有些不切实际。你瞧，我连自己都没有办法彻底解放。想一想在初一班会课上老师问过的我们的理想吧。同学们纷纷回答，长大后要做科学家驾驶宇宙飞船去探索月球。有的同学说要做作家，有的说要做医生。而我当时的回答让班主任刘芳老师深感难堪。

在班会课上，班主任刘芳问我有什么样的理想。我的回答是得到一条比较完整的裤子，以免我的臀部遭受日晒雨淋之苦。刘老师提问的是一个崇高的问题，我却煞有介事地搬出了臀部，刘老师气得脸色发紫，浑身打颤，以为我存心要跟她作对。刘老师是一位刚走上工作岗位的年轻教师，老是怀疑别人要打她的主意、吃她的豆腐，所以觉得我这句话含有挑逗之意，用今天的话来说就是性骚扰。但我当时只有十几岁，整个人一团混沌，又能挑逗到哪里去？无非是实话实说，并无对她不敬之意。

同学们发出了阴阳怪气的笑声，继而纷纷对我指责。在他们看来，我属于鼠目寸光、胸无大志之徒，有什么资格来讽刺老师！当然我的追求太渺小了，跟老师倡导的理想一对照，不禁汗颜。其实我也有不少比较远大的理想，但当务之急还是裤子问题。我家里太穷，裤子“漏洞百出”，老是被女同学取笑，她们惨无人道地用橄榄核掷击我裸露出来的臀部一角。我的臀部遂成了众矢之的，每天都要承受数以百计子弹般呼啸而来的橄榄核，让我叫苦连天。

就因为这条出了问题的裤子，刘芳老师横竖瞧我不顺眼，总想找我的碴。功夫不负有心人，她终于找到了一个机会，马上揪住不放，冲着我咆哮道：“你穿着邋遢，丑态毕露，身体语言不文明——归根到底一句话，就是存心要给班集体抹黑！”

那一次，刘芳老师将积聚多日的怒火向我倾泻，我连大气也不敢出，倒是冷汗直冒。我想，这也不能怪人家刘老师，这次可是给人揪住了小辫子。事情是这样的，我们班集体参加学校举行的广播体操比赛，我们做得很好，动作优美，队列整齐，总之表现出众，但我们没拿到名次，问题就出在我的身上。当我做到踢腿运动时，一时用力过度，那条该死的裤子竟“哧”地崩裂了。全场一起鼓掌，哄笑声一片。这就是喝倒彩，我无地自容，双手掩着这条应该千刀万剐的裤子夺路而逃。就这样，我们班被扣了十分，一败涂地。

我觉得刘老师骂得有道理，就跑回家去跟父母大吵大闹，声泪俱下，一五一十地哭诉：“你们瞧，我的屁股都让人打烂了！不给我做一条新裤子就捡包裹回家，书我不读了！”父母一看，也脸色一变。父亲灵机一动，建议我把家里废置多时的铁锅拿去用细绳子缚在臀部上，以抵御橄榄核雨点般的袭击。母亲抽抽搭搭，只顾着用一条脏毛巾擦眼泪，长吁短叹，抱怨自己当年鲜花般的人儿，却瞎了眼睛，嫁了一个穷鬼，害得儿子没有裤子穿。父亲反唇相讥，针锋相对，吵得不可开交。总之，就是没有人提做裤子的事。我折腾了半天，没有结果，只好垂头丧气地背起书包上学去。

我终于意识到，裤子的问题一日不解决，我就一日不能安宁。有一次，我在一场美梦中把难题给解决了。在梦中，我来到一座白云缭绕、虚无缥缈的高山上，遇见了一位美如班花春卷的仙女。只见她随手摘下一块芭蕉叶，裁剪成裤子的形状，吹了一口仙气，我就拥有了一条最漂亮的“的确良”裤子。后来我不幸看到了《聊斋志异》，书上就记着这样的内容，白纸黑字。我不禁面红耳赤，我这梦不明摆着是抄袭人家的吗?

我这人有一个优点，就是一遇到困难就动脑筋，一动脑筋就想出了办法，使难题迎刃而解。我赶快去动脑筋，果然想出了一个好办法。我跑到黄花镇上的缝纫店，捡回一麻袋布角儿，让母亲把这些五颜六色的布角儿一一拼缝起来，给我做成了一件衣服。这件衣服的款式很奇特，又长又宽，样子有点像孔乙己一天穿到晚的长袍。但它又是一件名副其实的百衲衣，五彩缤纷，花团锦簇，怎么看怎么像唐僧的袈裟。尽管我穿上去像一位画符捉鬼的法师，但也顾不上这么多了。至少，我的臀部不会再给我丢脸了。

我刚松了一口气，班主任刘芳老师在班上宣布，每人必须给灾区的人民捐献一件衣服。她还咬着牙强调说，这是一个人有没有同情心的表现。

同学们争先恐后地完成了任务，但我心有余而力不足。刘老师冷笑着说：“别看你平时表现得还马马虎虎，一到节骨眼就经不起考验了！像你这种人，万一将来国家有难，别指望你会挺身而出保家卫国!”刘老师这样说让我很伤心，也很恼火，心说，我花了九牛二虎之力才做成了这条裤子，想不到您倒来打我的主意！但她毕竟是老师，我敢怒不敢言。刘老师见我不吭声，以为我知错了，竟然抬高嗓门喝道："限你今天交上来，就是身上这件！"我梗着脖子说："好好，马上脱下来都行，但请老师先给我一张稍大一点的报纸——"刘老师一听，柳眉倒竖，继而脸上一红，紧绷着脸走了。

我终究没有捐出这件来之不易的百衲衣，我不能做暴露狂。没有衣服穿，绝对是一件令人难堪的事。我没有替换的衣服，穿来穿去都是那件百衲衣。但同学们觉得很奇怪，因为我的衣服看上去似乎也不脏，结果大伙儿以为我有两件一模一样的长袍。其实不是的，只不过我在洗衣服时神不知鬼不觉罢了。

我是在中午放学时洗衣服的。要洗衣服，我就跑到黄花河畔的小树林去，树林中有一棵很大的龙眼树。众所周知，龙眼树枝叶茂盛，叶子密密匝匝，像一把巨伞，连阳光都照不进来。我跳进了黄花河，在水中完成了洗衣服的任务。又四下里睃视了一圈，四野岑寂，空无一人，我赶紧飞快地爬到龙眼树上去。我把湿衣服拧干了些，挂在枝丫上，一丝不挂地倚靠在树杈上呼呼大睡。这样，这棵龙眼树就像一只巨大的鸟巢，而我像一只还没有长出翅膀的雏鸟。《西游记》里有一位道行高深的乌巢禅师，大概就是这个样子。等我一觉醒来，衣服也就快干了。

这些事情不应该发生在冬天，因为我没有胆量脱光了衣服裸露在北风之中。不是阳光灿烂的日子，我也不敢洗衣服，就是洗也干不了。但天有不测风云，我又不是气象专家，有好几次就吃了大亏。经常发生这样的事，我洗衣服时还阳光灿烂，等洗好了，却又雨如瓢泼。我只好自认倒霉，像落汤鸡一样穿着湿衣服赶回学校。光屁股在树上睡觉，这就是我的另一个秘密。

4. 学生官制服

关于衣服，刘芳跟我的事儿还没完。我的成绩不错，表面也恭顺。老师在《中学生手册》中写的期末评语通常有好评，平时对我也不错。但刘芳作为班主任，对我这个学习委员有诸多不满。她认为我身为班干部，没有以身作则，起不到应有的带头作用。譬如班集体的旅游、订练习册及给灾区人民捐款之类，我每次都拖了后腿。这些事情都需要钱。真要命。我哪儿去弄钱呢？我读初中期间，没订过一次练习册，没有参加过一次旅游活动，也没有真正捐过一次款。但琥珀是一次不落，于是，我就借用她的练习册，叫她讲述旅行见闻，仿佛她代我去了一趟。她每次都帮我捐五毛钱，总算勉强过关。尽管刘老师知道我家里很穷，但班上的学生都来自乡村，终究没几个是有钱人家，都不配合了，那她这个班主任也没法干了。

所以她多次找我做思想工作。其中有一次是这样的："沈博，去湛江湖光岩旅游，会见到大海呢，多好的事呀，你不能不去。"我说："我当然知道是好，但我交不起这十五元钱。我一个学期的零用钱也没这么多啊。"刘芳说："总之你得去，你不去就起了反面教材的作用，这是班集体的活动，这是一个同学有没有集体主义精神的表现，一个也不能少。你还是班干部呢，就是别人不去，你也不能不去。你得想办法，实在没钱，我可以先借给你。"话说到这个份上，我一时不知该怎么办。

我离开刘老师的宿舍，心情很恶劣。在橘城西南边七八十公里有一处风景名胜叫湖光岩，大伙儿可以高高兴兴地去旅行。我不能怪这个地方，不去这儿也有可能去电白虎头山玩，我也不能怪父母那么穷，交不起这笔旅游费。我甚至不能怪刘老师，每个班主任每个学期都必须组织一次旅游活动，以增强班集体的凝聚力以及培养同学们的集体主义精神，并领略祖国的大好河山，以激发爱国热忱。尽管我不用激发也很有爱国心，但不是哪个老师都相信。琥珀说："要不将我那份钱让你去好了，我实在也弄不到更多的钱。"我拒绝了，也不全是自尊心的原因。我不想妥协。我只要去一次，以后就还有第二次。这一步我不能让。我不让很麻烦，但让了更无法活。

每次旅游归来，刘老师都在班会课上指桑骂槐地说："作为班集体这个大家庭的一员，每一个人都要积极维护班集体的声誉，积极参加班级组织的集体活动，增强同学之间友爱互助的感情。但有极个别同学就不是这样，每次旅游都找借口不去，还是班干部呢，影响极坏……"我听得脸上阵阵发烧，泪滴在眼眶里打转。但是我也感到了一种几近恶毒的快意，好比赢了一场隐秘的战争。刘老师越是疾言厉色，愈见其心虚和不满，而她对我一点办法也没有。事实上，是我对搞到那笔钱毫无办法。

刘芳老师除了是我们的班主任和历史教师，还是一位十分出色的裁缝。她在衣服设计和缝纫上表现出的天才，远甚于她教书育人的能力。在她那狭窄的宿舍里，一块布帘将房间隔成两半，一半是卧室，另一半就是她缝制衣服的场所，摆着一台华南牌衣车，旁边堆积着五颜六色的布料。由于历史课不设作业，她遂得以有大量的时间研制衣物。她身材颀长，是一个现成的时装模特。但她穿着并不时髦，衣服颜色都褪掉了，还穿在身上。而一套套新款而靓丽的衣服源源不断地从她的双手流出。这让琥珀有些不解。那些衣服曾让她垂涎欲滴。

有一次，刘老师感慨地说："银匠没手饰戴，木匠没凳子坐，瓦匠没房子住，这真是至理名言。像我做了那么多衣服，但没有一套是我穿得起的。”这是该历史老师说过的最有哲理的话。可见，穷人不仅仅是我一个。当时不明白老师为什么喜欢搞旅游活动及征订练习册，后来才知道里面有油水。刘老师平时接一些活计，生意还是不错，但离她的设想，仍有很大差距，起码也得让自己穿得起几套新衣吧。她有一个宏图大计，决定先从本班的班干部开始。她没想到，这个致富计划在本班就遭到了阻力。我无意中成了绊脚石。班上的十二个班干部，除了我每个人都定做了一套夏装，白衬衫，蓝裤子。女生的衬衫领口及衣袖略有变化，做成花瓣状，以见女生妩媚。刘老师的手艺果然了得。这套“官服”穿上去，大方得体，精神抖擞。

刘老师对我说：“就剩下你了。我们打算让谭老师帮忙，拍一辑班干部合照呢。”我愁容满面地说：“我拿不出一分钱。”刘老师说：“我每次想办法建设班集体新风气，你都要来拖后腿。我跟你说，不唯独我们班，到时全校的班干部，都会人手两套制服，一套夏装，一套冬装。你不要跟我对着干!”我嗫嚅说：“要不我不做班干部好了。”刘老师冷笑着说：“你就是普通同学，也得赶快准备订校服的钱吧。现在镇一中的学生都统一订了校服，咱们校也是早晚的事。到时我都忙不过来呢。”后来，刘老师也没有免我的职。我除了没钱，其他方面还说得过去，尤其是成绩。我一直是学校派往镇里参加智科竞赛的几个选手之一，尽管从来没有拿过名次。

显然，刘老师做完了夏装，又做冬装，这笔业务非同小可，得有两三百套吧。刘老师每晚都加班加点，搞得自己筋疲力尽。但她乐不可支，满脸憔悴而心花怒放，对我们也宽容多了。她总算为自己挣上了一套像样的新衣服，连衣裙下的小腿步步生莲，灿然生辉。

琥珀说：“她就是那时跟朱温姘上的。没有校长的支持，她如何能成事。但人总是不知足。”刘芳提出要以一人之力，为全校七百多名学生制作校服时，朱温觉得她疯掉了。即使刘芳没有任何教学任务，这也是不可能完成的任务。朱温对她说："这样吧，学生官制服这个设想很好，每学期定做冬夏装各一套，这笔业务就由你垄断了。至于校服嘛，我自有分寸。"刘芳一语惊醒梦中人，倒让朱温想到一条生财之道。他对比了镇上的几家制衣厂，从中挑了一家，要求学生每人订两套校服。

这一次，由于是学校下的死命令，连我也难逃毒手。最后，板子还是落到了我父亲的屁股上。他挑了一担稻谷去粜，才凑够了这笔钱。我穿着那套衣服，心情十分复杂。衣服固然不错，但我的眼前总是浮现出了那一担黄澄澄的稻谷，一颗扣子就花掉了我们家人一顿饭。

刘芳绞尽脑汁，一计不成，又生一计。她建议校长让她来为全校教职工也缝制一套制服，以供庆典和集会之用。朱温觉得这行不通，弄不好会犯众怒，斥道："你想钱想疯了！"朱温二人貌合神离，渐行渐远。赵云乘虚而入，大献殷勤，就是在那时俘获了刘老师的芳心。

5. 杨成安的轻身术

林间空地铺上一层落叶，青草在风中摇摆，平时人迹罕至，又隐蔽又幽静。我对该树林很有感情，没有它，我又怎能光着屁股洗衣服？整座树林就像是一件奇特的衣服，我穿着这样的一件衣服，就像鱼披着流水，惊恐于风吹草动。不过，我爬上龙眼树，匿藏在密密匝匝的枝叶间，犹如穿着一件隐身衣。即使有人来到，也难以发现我，但我可以透过枝叶间的缝隙发现别人。我就是这样发现了杨成安的秘密。

那是一个阳光白亮的夏日午后，我晾好衣服，在树杈上睡着了，并如愿以偿地做了两个美梦。第一个是拥有了一百套漂亮的新衣裳，我恨不得一天换五套。第二个是我的面前摆着各式各样的美味佳肴，我活动一下手脚，正要放开肚皮饕餮一顿。由于衣不够穿，饭不够吃，这样的梦我每天都想去做，但不是每天都能做成。在那时，我的梦想，就是经常有这样的好事进入我的梦境。这样的梦想就比较容易实现，我将梦境当成现实。这就是白日梦。但很不幸，我的耳畔忽然响起“嘭”的一声，我被惊醒了。那一记声音绵软而结实，犹如一只沙包坠落在地上。我张开眼睛，只见杨成安用手撑着地面，慢吞吞地站起来。他拍了拍屁股上的尘土，尽管痛得龇牙咧嘴，但看上去很开心，这就使得他脸上的表情有些古怪。我想刚才的响声就是他制造出来的，但我不知道他用的是身体的哪一个部分。

我有点懊恼，因为我刚享受完第一个梦。但第二个梦的佳肴刚刚摆上餐桌，我还来不及享用就醒过来了。

我揉着睡眼，目睹了身材矮胖的杨成安纵身跃起，往一棵歪歪斜斜的相思树上走去。天哪，他要干什么呢？居然有人试图用双脚走上一棵树！我仿佛掉入了奇幻的梦境，不禁又揉了揉惺忪的眼睛。杨成安的确在尝试用双脚走上树巅。当然，他不可避免地失败了。他仅在树干上停留了一秒甚至更短暂的时间，就蹬蹬蹬地从树干上倒退回来。幸好，这一次他没有摔在地上。他仰着脸，深深吸一口气，又一次向树上冲去。我的睡意消失了，就像竹篮里的水一样。我一动也不敢动，惟恐被杨成安发觉。

校园中树木到处皆是，他选择了这个隐秘的树林，显然不想别人发现他的事，更不想受到打扰。身材矮小、肥胖的杨成安，就像一头肥肉颤动的猪在尝试直立行走。他要走的又不是路，而是一棵棵树木。我盯着他崭新、宽松的衣服垂涎欲滴，料想质地不错。在他庞大的身躯上，要耗费多少布料呀。换了是我，完全可以做成两套！出于内心的嫉妒，我不怀好意地想起了一句本地的民谚：教猪上树。该民谚大意是说，某人在干一件他不可能完成的事。我认为这句民谚，对杨成安同样适用。他正在驱使自己去做一桩不可能完成的任务，何况他笨拙的姿势跟一头猪何其相似！我想，如果他长得瘦一点，就算无法做到身轻如燕，但也有可能像猴子那样灵巧地爬上树去。但看他现在这个样子，与其说他想用双脚走上树去，毋宁说他利用这些高难度的动作来达到减肥之目的。然而杨成安心无旁骛，他目不斜视，集中精神，一次又一次执拗地、顽强地冲向树木。林间轻风吹拂，鸟儿啁啾，四下里一片死寂。除了杨成安一次次地踩上树木发出的“啪啪”声，以及偶尔摔在地上发出的“嘭嘭”声，树林的安静几乎让人窒息。由于我长时间不敢动弹，手脚麻木，身子一滑，几乎要从树上摔下来。

幸好，午休结束的钟声从山坡上传来了。钟声悠扬，杨成安脸色安详，蹲在河边洗净双手，又抹了一把脸，才脚步沉稳地离开树林。我的衣裳也干了，我穿上它，赶回课室。

胖子杨成安是我的同班同学，他的家就在黄花镇上。我曾对他泛着红光的脸和一身肥肉肃然起敬，我想他家里一定很有钱，那身肥嘟嘟的好肉就是证据！我面带菜色，双目无神，瘦得胸口的肋骨一根一根凸出来，清晰可见，这都是拜贫穷所赐。其实，我的猜测缺乏根据。杨成安不是什么有钱人家，他父亲是磨豆腐的，他有吃不完的豆腐渣。那些堆积如山的豆腐渣，轻而易举地养大了杨成安。除了养他，杨家的猪栏还养着好几头大肥猪呢。杨成安父亲就像喂猪一样将儿子养大成人。杨成安虽然体积庞大，但他在班上仿佛是隐身人或透明人。在我的印象中，他总是沉默寡言。除了上课，他几乎不在我们的视野出现。课间十分钟是同学们嬉戏打闹的黄金时间，同学们打成一片，众声喧哗，但这样的场合跟他是毫不相干的。运动场上从来不见他的身影，课室也听不到他的声音。倘若他从同学们身边经过，也显得无声无息，犹如一道影子在飘过。通常，他像一缕烟雾消失在更大的空气中。他对集体活动好像有说不出的厌恶，每逢迫不得已，他就尽可能在人群中掩藏自己，譬如大合唱或上劳动课，他总是匿身于隐秘地带或不起眼的角落，俨然以边缘人自居。在茫茫人海之中，杨成安妄想像一滴水那样注入，不发出一丝响动。但他错了。我想起二十世纪八十年代末在校园风行一时的《散文诗》杂志上出现过的一个句子：最嘹亮的恰恰是寂静！

有一段时间，我将杨成安当成自己人，因为我也是一个沉默寡言的人。我想两块沉默的石头有可能擦出友谊的火花，但我错了。当我跟他搭讪了几句，不得不承认他是一块真正的石头。他双眼迷惘，心不在焉。他仿佛在眺望天边的浮云，又像在盯着虚空中一件不存在的东西。他的世界宛若一个漆黑的、封闭的城堡，他蜷缩其中，既不打算让别人进去，也不打算出来。我只好中止了这样的尝试。尽管我性格木讷，但我渴望融入温暖的集体中去，我是如此害怕过早袭来的孤独。我平时有点郁郁寡欢，那是为由于家境贫穷导致的不体面而感到自卑。那么杨成安离群索居是因为什么呢？这对于我来说，是一个谜。不过，我不打算刨根问底。我觉得杨成安淡水湖般平静如镜的外表，潜伏着一股巨大的能量。我不知那是一种什么样的能量，但我绝对不想它冲我爆发出来。何况，每一个人都有权拥有自己的秘密，这跟别人没什么关系。如果有一个人将我光屁股在树上睡觉的事揭穿，我也不好受。但无论如何，这个谜就像一颗种子埋入我的心田，我不知道它是否会萌发。

自从无意中窥见杨成安用脚爬树，我有点惴惴不安。我有一种古怪而难受的感觉，仿佛偷窥女人洗澡。的确，每一个人的隐私都有点像女人的裸体，无论偷窥者还是被偷窥者都感到难堪。

第二天，我跟杨成安擦肩而过，他毫无异样，看来不知道我发现了他的事情。他礼节性地向我点了点头，看上去像个镇上的领导，我差点笑出了声。这个家伙！据说他因为有一个磨豆腐的父亲而愀然不乐。这点我是很难理解的。我的父亲也很卑微，但我依然爱他。他是一个靠推鸡公车谋生的人。鸡公车在这个时代逐渐销声匿迹，这种车辆因效率太低而被淘汰乃是必然，终将被双轮车或机动车所替代，懂得驾驭鸡公车的人越来越少。父亲正是这种古老技艺之硕果仅存者，他不慌不忙地扶着车把手，推动着车板上堆积如山的货物或柴禾，似乎毫不费劲，嘴里还哼着轻快的小曲呢。车轮滚滚向前，车轮和道路的接触犹如亲吻，所发出的声音悠长而响亮。鸡公车有一个优点，就是可以在十分崎岖的羊肠小道上行驶，它需要的路面不多，只要容得下木头轮子就可以了。除了它，我还没见过任何一种交通工具跟道路有如此深刻的联结，它们互为对方的影子，宛若情人在拥抱并发出低吟。鸡公车在父亲的手上，不亚于一件乐器。

那一天，杨成安不知怎么跟春卷发生了争执。春卷是一个长得十分结实的女孩，胸脯和臀部都非常结实，结实得有些夸张，仿佛里面囚禁着什么凶猛的小动物。后来，我发觉用结实来形容这样一个女孩不准确，她长得那么漂亮。她的美丽又突如其来，气势汹汹，犹如一支伏兵从斜刺杀出，让不少男孩猝不及防。在这些为数众多的男孩之中，就包括了行为怪异的杨成安。我们班上有几个女孩也很漂亮，她们的美犹如暗礁隐藏于海水中，将在未来的几年水落石出，但目前还看不出任何端倪。于是，春卷犹如一朵灿烂的红花，在一大片绿叶之中卓然独立，不可一世。那天，杨成安涨红着脸，仿佛他的脸是被眼前的这朵大红花映红似的。他没有吭声，也许是找不到机会说话。春卷用手指点着杨成安，几乎戳到他的额头，嘴里像发连珠箭似的说："你看你，横着量比竖着量还大，没事干就去减减肥吧。你老爸还是磨豆腐的呢，如果你换了一个不是推豆腐磨的老爸，说不定我还会考虑。你是癞蛤蟆想吃天鹅肉，也不撒泡尿照照自己！"

春卷越说越刻薄，她总是这样，仗着自己比别的女同学多了两个圆滚滚的东西，从不将别人放在眼里，甚至在赵云老师面前也大大咧咧。刘芳老师很看不惯，她一张脸也很俊俏，就是胸前坦荡如砥。就此而言，我跟春卷都是刘老师的眼中钉，应该站在同一阵线才对，可惜春卷双眼长在头顶上，只愿意用鼻子跟我对话。

春卷越骂越大声，杨成安的脸越来越红，继而发紫，等她骂完了，他的一张脸就像猪肝似的。他最终一句话也不说，抬头看看天空，转身就走了。他走路总是无声无息的，夏日的阳光将他的身影打在地上，仿佛一只笨拙的黑鸟被剪掉了翅膀，又像披镣戴铐的囚徒拖动着沉重而缓慢的步伐。

显而易见，杨成安向春卷示爱遭到了无情的拒绝，不仅如此，他还暴露了致命的弱点：他最怕别人说他父亲是个磨豆腐的。后来，凡是跟他有争执的同学，无不抓住了他这个弱点迎头痛击，屡试不爽，稳操胜券。但我对此不以为然。冤有头，债有主，有过节可以争吵，甚至动刀子也没什么不可，但何必将人家的老爸搬出来呢？如果我的意中人因为老爸推鸡公车而嫌弃我，我该怎样处理呢？我发觉自己难以抉择。但我对杨成安似乎有了点理解。

那一幕是琥珀告诉我的。琥珀说："他俩在操场的篮球架下演了这样一出好戏。春卷越说越激昂，杨成安的脸色越来越难看。别看杨成安不声不响的，倒挺会那个呀。这就是无声狗咬死人。"琥珀咯咯笑着，又说："但春卷就不同了，每次有男孩追求她都要大肆张扬，惟恐全校还有一个人不知道。末了，她总爱说，我怎么会跟人相好呢，这是违反校纪的事呀。但这个婊子养的，迟到，早退，上课打瞌睡，她有哪项纪律没违反？杨成安不是第一个失败者，也不会是最后一个。"我说："也不能怪杨成安，你瞧人家春卷多迷人呀。"琥珀曲着手指往我脑门爆了一个栗凿，啐道："我看你是被这个狐狸精迷住了，满脑子黄色思想！"

琥珀为人热情，性格开朗，又有几分调皮捣蛋。她经常莫名其妙地哈哈大笑，或者满教室用拖鞋追打着男生，像草原的小鹿一样矫健地从东倒西歪的桌椅上横跨而过。她双腿修长，腰肢纤细，无疑就是那种在数年后焕发惊人美丽的少女。尽管美丽仍潜伏在她的身上，仍像古船中的宝藏沉睡于海底，但她扑闪扑闪的大眼睛却非常迷人。

6. 一套新衣服

我的第一个秘密昙花一现，因而无所谓保守或揭穿。而第二个秘密却被杨成安发现了。我多次藏身于树丛之中，窥见他练习用双脚在树木上行走。我发现他进步很快，技艺与日俱增。现在，他能在树木上行走八九步之多，这是一个了不起的成绩。从树根一直跑上树杈的杨成安的身体，几乎跟树木构成一个直角，又跟地面保持平行。这样，再用猪之类蠢笨的动物来形容他，恐怕就不大合适。他现在比狸猫还要敏捷。当他奔跑到树杈之后，就用手轻巧地抓住树枝，身体往上一仰，干净利落地翻身骑坐在树杈上，然后再顺着树干滑下来，开始新一轮的练习。这个努力在树上行走的少年给人一种诡异的感觉。我屏住呼吸，惟恐惊动了他。杨成安在一棵棵树上进行着艰巨的练习，终于轮到了我栖身的那棵龙眼树。他顺着树干蹬蹬蹬地奔跑，竟然一路冲入了树冠之中。就这样，他看见了赤身裸体的我。我措手不及，双膝一软，差点从树上摔下来。杨成安倒是比我想象的镇定得多。他赤裸的双脚凌空踩着一根粗如儿臂的树枝，随着树枝的晃悠而轻微地起伏，就像一位银幕上精通轻功的武林高手，又像一只大鸟翩然欲飞。

这个面目阴郁的少年，忽然对着我咧嘴一笑。少年明亮的笑容犹如璀璨的钻石，在刹那间照亮了鸟巢般暗黑的树冠。杨成安如此灿烂的笑容，我还是第一次看到，也是仅有的一次。他从树上滑下，依然无法掩饰眉眼间的浓烈笑意，扬长而去。

杨成安没有将我的秘密公之于众，我在河畔洗衣的习惯一直持续到冬天。但从第二天起，他就不再在河畔的树林中出现了，我知道他不愿意练功时有人旁窥。我恍然大悟，原来他在练习一种类似于轻功的技艺啊。那个年代，《少林寺》《霍元甲》之类的武打片方兴未艾，李连杰和梁小龙成了无数少年的偶像，少年们纷纷舞刀弄枪煞有介事地操练起武功来。我有幸得到一本线装油印的《少林秘笈》，也练过其中的几样。一种是“绵掌”，我将一沓旧书放在方形石头上以掌缘击之，一起一落，犹如厨子切菜。一种是“拈花功”，练法是用拇指、食指和中指捏着一颗黄豆，以顺时针方向用力挤捏。书中说，绵掌练成之后至刚至柔，可透过一块豆腐将石头击得粉碎，而豆腐毫发无损。拈花功也非同小可，分筋错骨，伤人立死。可惜，我练了几天就捧着红肿的双手半途而废。而杨成安的轻身术显然略有小成，我不禁大为佩服。

九月到了，秋意渐凉。秋天到了，冬天还会远吗？我的头脑浮现出一句相似的诗，作者是谁我忘了，但这句诗让我刻骨铭心。我马上泛起了鸡皮疙瘩，仿佛冬天的北风已提前吹入我的身体。这是一种寒冷的记忆在我的体内复苏，每到冬天，我就像一只寒号鸟蜷缩在课桌上，冻得瑟瑟发抖。顺便说一句，那时我对诗歌或一些莫名其妙的句子走火入魔，并尝试着写下一些“阳光淋湿了父亲的脊背”“晃动的牛尾像鞭子驱赶着老牛”之类的句子偷偷地向本市的小报投稿。此乃后话。同学们纷纷换上了秋装，而我依然披着那件布片拼凑成的百衲衣。这件衣服，在夏天我嫌它太热，在冬天嫌它太冷，而在秋天则不冷不热，所以我对它颇为满意。

那是一个清凉如薄荷的秋日清晨，天蒙蒙亮。一切都影影绰绰，太阳将在二十分钟之后爬上河畔的林梢，并将金色的光芒洒满大地，但此刻仍沉睡在镜面般的河水中。学生陆续来到操场，这就是我们做早操的时间。体育老师孟东站在数百名学生组成的歪歪斜斜的队列面前，调整着队形，他喊得声嘶力竭，但没什么效果。同学们大多睡眼惺忪，呵欠连天，耷拉着脑袋，站在那里就像发瘟鸡似的，再也懒得挪动一下。朱温校长勃然大怒，不知道他从哪儿操来一根长长的竹竿，贴着地面从学生的脚跟狠狠地犁过去，从队头到队尾，竹竿过处，操场上留下一条条直线的痕迹。同学们纷纷跳跃躲避，就像猴子一样上蹦下跳。就这样，队伍总算有了点笔直的样子。

我永远忘不了那个清晨。当一套体操做完，晨曦柔和地打在身上，阳光像银白的小鱼，在操场上跳动，一片耀眼。孟老师一声哨响，队列马上像一座建筑在沙堆上的城堡，顷刻间分崩离析。倘若说刚才的队列还称得上是一张四四方方的纸，那么这张纸现在已被撕成了纸屑，并且正在被风扬起，四处纷飞。琥珀跟我擦身而过，她飞快地从怀里掏出一个纸包递过我，我不假思索，一把接了过来。我并没有正视她，她也没有看我。我相信不会有第三者看到我俩之间隐秘而迅速的传递。我感到手中之物异常柔软，一阵温热透过指尖传了过来，我无法控制因激动而颤抖的双腿。同学们像退潮的波浪脱离河岸一样，迅速离开了操场，最后只剩下我一人。

我伫立在空旷的操场上，拆开了纸包，那是两只半球状的、白花花的面包，这两只面包就像两个一模一样、无限缩小的太阳在发光，给我带来了温暖。我说不清那些热量，是面包固有的还是来自琥珀的体温。我的脸上一热。我瞅着手上的面包，莫名其妙地想起了春卷发育成熟的乳房，它们在春卷的胸前隆起，仿佛平原上的山丘，呈现出奇崛险峻之美。我认为春卷的胸膛十分好看，我曾经在梦见衣服和食物的间隙梦到这对形状优美的乳房。但奇怪的是，我从来没有在梦中见到春卷的脸庞。

我在早读课上狼吞虎咽地干掉了这两只面包，它们在我喉咙上停留的时间十分短暂，但它们留给我的滋味和感觉却异常悠长，甚至在二十多年后的今天，我依然能清晰地记起。这两只面包就像两面金牌一样，深深地珍藏在我记忆的橱窗里，这是两面铭刻着友谊和温情的金牌。但我认为金牌的得主应该是琥珀。我将腮边残留的一点面包屑抹入了喉咙，当我一转身，就看到了琥珀明亮的眼眸和嘴角的笑意。琥珀的眼睛眨了眨，她的眼波，就像细浪一样荡开水草般葳蕤的睫毛。我觉得她在用眼睛跟我说话，我点了点头，我读懂了她眼睛里的全部内容。我刚才咬嚼面包发现了馅里的一张纸条，上面写着——傍晚课后请到后山一聚。字迹娟秀优美，显然出自女孩子之手。异性之间传递纸条一向普遍，其实她大可不必如此小心翼翼。不过，她郑重其事的做法，却使一场简单而寻常的约会变得有了几分悬念。顺便说一句，琥珀住在镇上，她父母是镇上赫赫有名的面包师。

在课间十分钟，琥珀一反常态，既没有跟同学嬉戏打闹，也没有站在走廊上远眺风景，而是安安静静地坐在课桌上。她在飞快地翻着一本书，但目光没有停留在任何一页上。我一向就寡言少语，只是心怦怦乱跳，犹如春潮激荡，一时难以平静。当天的课程，我根本无心听讲，我知道我跟琥珀将会缓慢地滋长一个共同的、属于我们两个人的秘密。我预感到这将是一个致命的秘密。出于一种对未知事物的向往和恐惧，我跃跃欲试，又惶恐不安。

傍晚，我如约来到后山。琥珀早就到了，她坐在青黄的草坡上，小巧的下巴抵着膝盖。她捻着衣角，没有直视我。她的眸子，向来如万里无云的碧空，此刻却有了复杂的内容，就像火烧云一样翻滚、飘忽和壮丽。我有点奇怪，也没往深处想，在一刹那间，我被她身上的衣服吸引住了。这显然是一件新衣裳，雪白的“的确良”布，胸前还绣着两朵带着修长叶子的兰花。我对别人的衣服十分敏感，一时两眼发直。我情不自禁地赞叹：“真好看啊!”

琥珀的脸上绯红，她误解了我的意思。她低声说：“真的吗?”她平时凶巴巴的，像一条张牙舞爪的母大虫，如今却变成了小绵羊。我点点头说：“我从没看过这么好看的。”这是我的肺腑之言，我对她身上的新衣裳艳羡不已，垂涎三尺。我想，该布料的质地一定不错，我升起了一个奇怪的念头。我无法控制我的手，我的手仿佛具有独立生命似的剧烈地颤抖，它们变得激昂起来，我眼睁睁地看着它们准确而迅速地捉住琥珀的衣襟，用力捏了捏，就像以前练拈花功一样。这是一双无比贪婪的手。它们没有动弹，像是喝醉了。琥珀打开我的手，说：“你想死呀，动手动脚!”我脸红耳热，双手就像被抽掉脊椎的蛇那样，一下子瘫软下来，它们才从触摸衣裳的迷醉中苏醒过来。此刻，夕阳越来越红，将晚霞照得透亮，一片辉煌。连远处的黄花河也金光闪烁，仿佛是一座金碧辉煌、四处流动的庙宇。金色的霞光照着琥珀脸上的茸毛，她的脸蛋儿像镶上了一道金边，看上去就像圣洁的女神。

琥珀说："你那个见不得光的秘密让我知道啦。你以后要乖乖地听话，不可有一丝违逆，否则我就告诉别人啦。"她的声音脆生生的，又夹杂着一丝小小的要挟。我心中一惊，乔装打扮去捡番薯也不体面，但总比别人发觉我光屁股好，就是不知她说的是哪一个。我说："我有什么秘密呀？"琥珀杏眼圆睁，斥道："你少装蒜！我说什么你自己清楚！"我说："你要我做什么呢？我倒不觉得自己是特别能干的人。"琥珀说："这我可不管，你做不到我就让你的屁股大白于天下。"她觉得这句话比较有杀伤力，比较逗人，不禁笑得花枝乱颤。她笑得掩着肚子蹲坐在地上，过了好一会儿，才说："首先呢，不准你跟春卷好。"我嚷道："谁跟春卷好来着？"琥珀说："现在是没有，但很难担保以后不会。难道你没有想过？我就不信，就是光想也不行！"我叫起撞天屈来，说："我真的没想过。"我说的是真心话，我除了被她的乳房所吸引，对她的确没什么兴趣。她也就是乳房有可取之处，其他不值一提。在当时，我除了对衣服和食物朝思暮想，其他的一切东西包括女人，对我并无特别的吸引力。

琥珀说："你那样子不好，人跟猴子还是有区别的。"我承认她讲得有理，但我也不想那样。如果我多一条裤子，王八蛋才会像猴子一样爬上树去。我嘴上却说："你有问题呀你，跑去看人家穿不穿衣服，这像什么话！"琥珀说："你倒指责我来啦，真是猪八戒倒打一耙！你既然有胆展览，就不要怕别人参观！那好，看到底是我不像话还是你脸皮厚，不妨让全校师生评理去——”她说着“扑哧”笑出声来。她这一手，可够损的，这样大伙儿不就都知道我的事了吗？我想到自己光屁股躲在树上被一双眼偷窥，尽管这是少女的明眸，心里也有些难堪，更重要的是，今后洗衣服的问题不容乐观。我注视着自己的双手，我感到连这双手也充满悲伤。

“你怎么啦？”琥珀凑近我，关切地问。她的气息吹在我的脸上，发丝拂上我的脖子，有点痒痒的。她的身体发出一种类似于木叶或草汁的清香，但又若有若无。我吸了吸鼻子说：“你像个水果！”

那段日子我沉溺于诗歌，喜欢用诗的语言来描事状物，那次我也是有感而发。琥珀听懂了我的意思，脸颊飞起一片红霞。她就像变戏法似的，从鼓鼓囊囊的书包里掏出了一团东西说：“你瞧，这是我送给你的，喜欢吗？”天啊，这是一套新衣裳，它是由士琳蓝布缝成的，质地细腻，手工精巧，我从没有过如此漂亮的衣裳，这该要多少钱啊！一股巨大的幸福感迎面袭来，就像一段圆木撞击在我的胸膛，我几乎被它撞翻！这样的一套衣服，不亚于一个穷光蛋面前出现的一座王宫，而该穷光蛋被告知，这座金碧辉煌的宫殿是属于他的。我无法忍住心底的狂喜，双腿因激动而战栗。我几乎不敢相信这是真的，不放心地问：“真是给我的吗？”琥珀横了我一眼说：“你瞧你，像个傻瓜似的，以后你还要脱光衣服爬到树上去，可别怪我用石头掷你！”

琥珀说着，忽然“哎哟”叫了一声，她皱着眉头，伸手揉了揉背部，脸上露出了痛苦而扭曲的神色。我扶住她说：“你没事吧？”她摇了摇头，说：“我有点累，我要回去了。”她挎着书包离开了山坡，但腿脚似乎不是很麻利。我感到非常奇怪。她仿佛掩藏着什么不为人知的东西。

暮色打下来，笼罩着她瘦削的肩膀，仿佛一阵轻雾。我望着她的身影，眼里涌起了一层水雾状的东西。我不喜欢流泪。我是一个坚强的人，但我无法抵御这突如其来的、排山倒海的柔情。在我的视线和她的身影之间，仿佛为一根看不见的纽带所联系，这是我俩之间的秘密。我决定恪守这一秘密。天黑了。夜色像漆黑的锅底倒扣下来，我捧着衣裳，在山坡上久久地伫立，尽管铺天盖地的黑暗完全抹掉了我的身影，但我心里有一叶火苗在跳动。我奇怪地认为，黑暗已经结束，而光明才刚刚开始。

7. 刘老师跟我较上劲了

所谓秘密，就是别人不知道的事情，而对于我来讲，说不想被别人知道更加准确。譬如我乔装打扮去挖番薯，譬如我光屁股爬到树上去。但秘密随着时间的推移，却有可能不再是秘密，或者说当事人以为是秘密，但事实上早已被人获悉。譬如杨成安及其轻身术，在很长的一段时间里，他也认为无人知晓。也许每一个人的心底都有秘而不宣的事情或渴望，只是不足为外人道而已。譬如丰乳肥臀目中无人的春卷，她的父亲是一个瘫痪在床长达十年之久的病人，她不想这个消息透露出去，但终究纸包不住火。是的，纸包不住火，这个谚语就像一团火焰，将围拢着它的秘密化为乌有，犹如火将纸片烧成灰烬。就此而言，所有试图掩盖秘密的想法都是不容乐观的，惟一可靠的是秘密并没有诞生。

我感到欣慰的是，我已经无须再为我的秘密被人察觉而担惊受怕，因为我的秘密已经消失了，就像清晨的炊烟消失在缭绕的云雾之上。

我的脑海里老是萦绕着一件事，挥之不去。那就是杨成安虽然不再在河畔的小树林练功，但按他的性格来说，他是绝不会放弃的，他肯定躲在一个不为人知的偏僻角落继续苦练。有一次我按捺不住强烈的好奇心，冲动地走到他的面前，想问一问他，但最终还是没有说出口。他对我笑了笑，对我的态度有所改观，但仍无话可说。我们不是同一类人。我注意到他近来心情不错，时常一个人在安静地吹着口哨。口哨声欢快而低沉，他仿佛在压抑心底的快乐。他从来就不是一个得意忘形的人。我打破头也想不到，这个面目阴郁、宛若木头的少年竟能吹得一手好口哨。料想他的"轻身术"又更上一层楼，现在走上树木应如履平地了吧。我觉得他在哪儿练功是一个谜，而为什么练功就是一个更大的谜。他练好了"轻身术"，总不会去做一个打家劫舍、偷香窃玉的绿林大盗吧。那时我们刚看了电影《峨眉飞盗》，这部精彩的武打电影教导我们，坏人即使一时得逞，但终究不会有好下场。这就是邪不压正的道理。我一念及此，不禁对杨成安大感忧虑。

自从琥珀给我雪中送炭，我就摆脱了那段光着臀部躺到树上去的日子，可以堂堂正正地像别人一样将衣服换下来洗了。我将它跟我的百衲衣轮换着穿。

琥珀送给我的裤子，才称得上真正的完整，我那件百衲衣则有名无实，因为它将裤子和上衣混为一谈。裤子就是裤子，上衣就是上衣，现在我才体会到这有多么重要，这关乎一个人的尊严。我觉得我的秘密已不再存在，现在我可以挺起胸膛做人了，但我心里滋长了一些疑团。我打量着身上的衣裳，冒出一个奇怪的念头，我觉得它们来历不明，形迹可疑。这样一套衣服，恐怕不少于二十元钱，相当于我半个月的伙食，琥珀从哪儿来这么多钱呢？我想，她肯定有什么瞒着我。我这样一想，就觉得背部爬满了虫子，周身不自在。我问过琥珀，她说："你有得穿就是了，干吗这么多废话？反正我一不偷二不抢。"她还警告说，千万不要将这件事捅出去，否则老师会疑神疑鬼的。我点了点头。中学生谈恋爱，被称为早恋，这在学校是不可宽恕的。如果被老师认为我们在谈恋爱，那可是要吃不了兜着走。我觉得我跟琥珀虽然很要好，但还不算是谈恋爱。我不知道爱是什么东西。也许，那是一种朦胧的、弥漫着的雾状物，我无力把握，这让我不安。我对一切未知的事物都感到恐惧。

一个月之后，班主任刘芳老师终于找上门来了，她让我下晚自习去宿舍找她。我心里忐忑不安，自从上次我拒绝购买"官服"之后，我觉得刘老师就对我横挑鼻子竖瞪眼，总之她每次找我，都不会给我好果子吃。刘老师的宿舍并不大，是一间普通的平房，前半截隔开当餐厅，摆着两张藤椅和一张小茶几，里面就是卧室，中间用铝线拉着一张布帘，但刘老师嫌出入麻烦，懒得拉上，遂形同虚设。我只瞥了一眼，就看清了卧室的全部摆设：一张床，床边是塑料布套在铁架子上做成的简易衣柜，靠墙的位置还用几块方砖砌了一个小小的天井，放着一口水缸，权当洗漱间。其实，我不用看也知道，老师宿舍的陈设大抵如此，千篇一律，没什么新意。因为房子空间狭窄，而这是最科学最实用的设计。刘老师见我一双眼睛骨碌碌地乱转，愠怒地瞪了我一眼。

刘老师凝视着我，冷静而凶狠，她仿佛要从我的眼睛发现什么破绽。我被她瞧得有点好笑，也有点毛骨悚然，气氛马上变得凝重起来。我站着不动，手脚都不知往哪儿放。恰好赵云老师也在，他正持着铰钻在一件玩意儿上钻孔，发出十分刺耳的噪声。那件东西像鲨鱼的巨翅，是由坚韧的木头做成的，染着白色的涂料。近来，校园传闻赵老师正在夜以继日地赶制一架神奇的木质滑翔机，料想这就是机翼的一部分。

赵老师放下手中的活计，笑眯眯地看了我一眼，有点幸灾乐祸的样子。我意识到了问题的严重性，但要命的是我根本不知道是什么问题，所以也就无从防守。“既来之，则安之”，我索性放松身心，饶有兴趣地去瞅赵老师干活。刘老师将我这种态度视为一种挑衅，她认为我这是死猪不怕开水烫。她终于图穷匕见，凶相毕露，咆哮道：“你不吭声就以为我不知道了吗？你必须老实交待，你是什么时候跟琥珀好上的？”我如梦初醒，啊，原来如此！但是我没跟琥珀谈恋爱，所以用不着惊慌，我只是奇怪为什么有这样的无稽之谈。于是，我问道：“这是谁说的？”刘老师冷笑说：“你甭管是谁说的，你只管低头认罪就行。你想知道是谁举报的，然后实施打击报复对吗？我告诉你，这绝对没门！”我听了很生气，说话也就有点放肆，我大声说：“我没有跟琥珀相好，没跟任何人相好，我从来就没想过要跟一个女或男的相好。刘老师您别以为您跟别人相好就觉得全世界的人都要相好，刘老师您不要推己及人！”刘老师一听，用手指着我说：“你你你——”

她气极了，一时无言以对。由于我这句话涉及刘老师的男朋友赵老师，所以他放下手上的螺丝刀，奇怪地向我扭过头来。他眨了眨眼，双手一摊，意思好像是说别将他拉下水。

我觉得很滑稽，整件事情都非常好笑。我盯着赵老师，强忍住心中雪崩般想大笑一场的欲望。这股欲望就像一束雷管，它就要在我的心中引爆。我咬着嘴唇，憋得脸色通红，我终于将大笑的欲望成功地扼杀在摇篮之中。我就像一个高明的拆弹专家，成功地排掉了一次潜在的爆炸。我的神情肯定十分古怪，刘老师见我有恃无恐，摸不准我葫芦里卖的是什么药，一时不敢轻举妄动。终于，我对着赵老师露出了蒙娜丽莎般的笑容，我缓慢而清晰地从嘴里吐出了一句话："我的心肝儿，不要说是一棵灵芝，你就是要月亮我也会给你摘！"这不是一句话，而是一记重拳，准确而凶猛地打在赵老师致命的部位上，他的脸色霎时大变，惨白如纸。他像一个鬼那样难看。

幸好刘老师没有留意，她的注意力集中在我身上，误以为这是我跟小情人讲的甜言蜜语，兴奋得哇哇大叫，说："这就对了，你还做了什么，必须全部交代！"我没有吭声，我的脸上露出了神秘的笑容，我觉得站在刘老师面前接受审判和拷问的人，不应该是我，倒应该是她的男朋友。赵老师终于镇定下来，但他马上将我推掇出去，说："刘老师你不要着急，对早恋问题要积极引导耐心教育嘛，夜这么深了，沈博也要休息啦，有什么话明天再说吧。"赵老师一边劝着刘老师，一边用衣袖偷偷抹着额头的冷汗。

我趁机脱身，但我有一种冤屈的感觉，我不服气地说："到底是谁造谣生事，我一定要他好看！"刘老师骂道："我看你是不见棺材不掉泪，琥珀给你买衣服全校的人都知道了，你还想抵赖不成？她不跟你好，会给你买衣服？她就因为这个被老爸揍得半死，你是不知道还是装蒜？"

刘老师的话就像毒蛇咬伤了我，我一夜无眠。第二天傍晚，我偷偷约了琥珀。由于担心流言蜚语，我跟琥珀是在镇上一条偏僻的小巷里见面的。给我买的衣服要二十多元，琥珀家里卖面包利润甚微，每天所得也就二三十元。她不敢多偷，只好每天拿一点，一共偷了好几次才凑够，但最后一次终于被父亲发觉了。父亲勃然大怒，剥下她的衣衫，在她赤裸的背上打断了两根焦黑的烧火棍。我问琥珀："这是真的吗？"琥珀摇了摇头。我想起了那个黄昏她揉着背部呻吟的样子，不禁冲动地撩起她的衣衫。但见她的背部光洁如玉，触手所及，滑如凝脂，似乎也没有丝毫挨打的痕迹。琥珀羞红了脸，挣脱我的双手。她低垂着头，整好了衣衫。

当我回到学校，赵老师找了我好几次，他终于在晚自习时找到我。他示意我出去，态度谦恭，甚至有点卑躬屈膝的味道。他先说了一大堆我的成绩那么好肯定前途无量之类的废话，然后切入正题，谄笑着说："我们一向是好哥们对不对?"我暗觉好笑，说："我不会将您的秘密捅出去的，请您放心。但我跟琥珀的确没有相好——"赵老师打断我说："我信，我信，你是品学兼优的好学生呀，刘老师那儿由我负责搞掂。但校长不好对付，你要当心——"他咽了一口唾液，又说："也难怪你动心啦，琥珀这小妞真迷人!"

8. 赵老师的滑翔机

关于赵老师的事情，这得从我爱好写诗说起。我的成绩不错，但作文的得分时高时低。语文老师钱志豪在班上点名批评我的一篇作文，主题不够鲜明、层次不够清楚，结尾又没有升华，尤其是语言逻辑混乱、拖泥带水，让人读后如坠五里云雾中，堪称不知所云之典范。钱老师将我的作文贬得一无是处，又充满讥诮地说："你干脆去写朦胧诗好了，存心是不让人看懂!"我很感兴趣，当着全班同学问他："请问钱老师，什么是朦胧诗?"钱老师支吾再三，又说不出个子丑寅卯，他不耐烦了，黑着脸摆一摆手说："所谓朦胧，当然就是让人没法看懂的啦!"钱老师的解释，无法让人满意。我私下认为那篇作文分数不高，很有可能是因为老师看不懂，但这句话憋在心里没说出来。也是说者无意，听者有心，我决定去写诗，本市报纸的副刊常发表诗歌，就认真去模仿。

有一年或者更长的时间，我投入了写诗的工作之中，绞尽脑汁，孜孜不倦。我的写作非常隐秘，我不想让旁人知晓。尽管我对诗歌所知甚少，但我一直认为，写诗是一件危险的事，或者说我无法把握。我在纸上写了一些奇特的词语，它们犹如眼中的沙子，细小，坚硬，伴随着滚滚而出的热泪。写诗这种带有很强私密性的事，跟我略显封闭的生活方式大致吻合。那段光屁股躲在树上的日子，是我写作的高峰期。我用圆珠笔在一个笔记本上记了一首首诗，优美、脆弱和忧伤。我文思如泉涌，冥冥中如有神助，仿佛不是我写下了这些诗，而是在记录着另一个人的口授。他就躲在我的身体中，然而我无法看清他的模样。我所写的也不是自己或身边的事物，而是另一个世界的东西，我惊恐于这一切。词语的沙粒，汇流成诗句的长河，那些长蛇似的句子，宛若闪电撕裂一张张白纸内部的黑暗。

在一刹那间，我仿佛看见了另一个自己，他隐藏在过去还是未来的岁月之中？那种陌生的感觉让我为之战栗。这是另一个世界，跟现实生活完全两样。我仿佛走在荒凉的旷野中，或无人的山谷，一种巨大的孤独感劈头袭来，就像夹杂在风中徐徐吹来的草籽的芬芳一样真切。我不知道哪一个世界更好，我茫然不知所措。然而，另一个世界，有一种陌生的醉意和奇美，这让我无力自拔。与其说我在享受尝试写作的乐趣，毋宁说我因羞怯而守口如瓶。

有时写得兴起，我用小刀在树皮上刻写即兴的诗句，我仿佛在一件青铜器皿上雕刻美丽的花纹。我的诗在数月之后，将跟树木的生命融为一体，宛若树皮上斑驳的花纹。这些诗句长久地得以保留，将深刻地楔入树木的年轮，这也是一棵树的记忆，就像风声和雨雪。然而，我的诗并不是献给这棵树的，这棵树就像一张纸一样，它只起到书页的作用。我没有一个献诗的对象。世界对于我来讲，乃是一个巨大的虚空。

我曾经用树枝作笔，在河滩上写诗。沙子洁白，细软，湿润，我能真正体会到那种沙沙声的乐趣。当我第二天去看，字迹已被涨潮的河水无情地抹去。沙子依然是同样的沙子，但沙滩却不是过去的沙滩了。它崭新得像一张刚制成的纸，在等待着我的新一轮书写。

我甚至在河水上写诗，我认真地、一笔一画地写下我的诗句。河水一刻也没有停留，我看不见我的诗行，我只能体会到那泉水般汩汩迸涌的诗意。我陶醉于这种依附在虚空中的书写，我的诗并没有消失，它只是随着奔流不息的河水到达了远方。也许，下游的大河才是它发表的杂志，而浩瀚的大海才是权威的选本。

在我走过的地方，我留下了我的诗。譬如树木、沙滩和河水，这是三种特殊的纸张，它们曾经记载着我火焰一样吹拂或月光一样纯净的诗篇。

奇怪的是，一等我从树上跳下，我就蔫了。我说不清这种原因，正如我无法解释为什么要写诗。我坐在课桌上目光呆滞地注视着黑板，搜索枯肠，一无所得。那面又宽又大的黑板让我感到一种无形的压力，我认为黑板是人世间所有发明之中最乏味的事物。那些粉笔在黑板上划过的痕迹，仿佛是世界消失的部分。是的，它们在短暂显现之后将被彻底擦去。干净意味着完全的漆黑。黑板仿佛是银幕的相反之物。电影银幕是白色的，在天黑时分，它被一束强光照亮，画面马上生动起来，五彩缤纷。银幕上的人与事物仿佛不是一些影像，而是真实世界的一部分。我对银幕的热爱，恰好跟我对黑板的厌恶形成对比。但作为一个初中生，我必须长时间待在黑板面前，默默诵记那些粉笔留下来的、就要被擦掉的白色字迹。

自从有了替换的裤子，我就用不着赤身露体躲在树上了。但让我想不到的是，我已经养成了坐在树杈上写诗的习惯，根深蒂固，无法更改。我只好拿着纸笔爬到树上去。有一次我动了将衣服全部脱掉的念头，但马上掐断了。这是毫无理由的，我不能过于迁就自己。琥珀有时跟着我，她坐在另一个树杈上，双腿在虚空中晃荡。她没有吭声，怕打扰了我，只有她的眸子在茂密的枝叶间闪闪发亮。

那是一个阴晦的午后，深秋的风很大，但云朵像打湿了的棉絮，黏糊糊地贴在天上，似乎只要用力一拧，就会滴出水来。我匿身于龙眼树婆娑的枝叶中写诗。突然，我被一阵脚步声惊动了，脚步很沉，很缓慢，那些脚的主人仿佛正在遭受某些重物的压迫。我拨开枝叶一瞧，只见赵云老师和春卷扛着一大堆木板吃力地走入树林。他们在林间的空地将木板放下来，赵老师气喘如牛，似乎比春卷还要累。春卷大声说，热死我了。她用一条花手帕不断地擦着额头和脖子上的汗水。赵老师以前制造水车，曾经让我做过助手，这次他造滑翔机却选择了春卷，这让我有点想不通。我不认为春卷是合适的人选。他们在空地上叮叮当当地忙开了，春卷协助赵老师将木板按照榫口拼接起来，那些木板现在组成了一个圆筒状的东西，可以容纳两三个人。料想这就是赵老师那架木制滑翔机的机舱部分，看来他的造机工作已接近尾声。就在此刻，让我目瞪口呆的一幕出现了，赵老师像狗熊那样笨拙地爬入“机舱”，伸出了双手，春卷嘻嘻地笑着，迈步走过来。与其说她在跨入“机舱”，毋宁说她跌入了赵老师的怀里。

赵老师趁机关上舱门，我就看不到他们了，只能看到这具圆筒状的、奇特的机械在剧烈地摇晃，甚至在地上快速地滚动起来，并发出木头与地面碰撞的响声。“机舱”如此狭小，两个人挤在一起，就是想转身也很困难，这是哪一道工序呢？我的耳畔传来了春卷哧哧的笑声。

我吃了一惊，圆珠笔从我颤抖的手中掉落，但“机舱”中的两人似乎毫无觉察。这也难怪，圆珠笔掉落在地，不会比一根枯枝折断发出更大的声音。春卷说，你答应过我的，可别忘了。“我的心肝儿，不要说是一棵灵芝，你就是要月亮我也会给你摘”这句豪言壮语，就是赵老师在当时的情况下脱口而出的。但赵老师说得含混不清，似乎他的嘴巴塞满了海绵状的东西，而这句话就像海绵里的水被彻底地挤了出来。

在很长的一段日子里，那具圆筒状的木制机械在地上剧烈滚动并发出轰响的情景，总是萦绕在我的脑海之中，挥之不去。我看见了不该看见的一幕，心里很不舒服。

9. 春卷的失望

随着日子的推移，我写的诗越来越多，我将它们工整地抄在笔记本上孤芳自赏。我觉得这些诗句不比本市报纸发表的那些诗差，心里滋长了一个勇敢而荒唐的想法，我决定去投稿。但我还是心存怯懦，我担心被别人发觉而耻笑，我不希望任何人知道这件胆大妄为或异想天开的事情。我决定在夜深人静的时候，偷偷摸摸地将稿件塞入镇上的邮筒，就像做贼一样。学校离镇街不远，两者为一条曲里拐弯的小径所连接，中间要经过一片竹林和一道水坝。秋夜的月亮又大又圆，月光静静地照耀着大地。四周一片静谧，只有一些不知匿身于何处的秋虫在唧唧地鸣叫。那条小径在月光下发白，而它的四周乃是梦幻般的黑夜。这是一条结实而干净的泥路，现在它仿佛由玻璃碎渣般的月光铺筑而成，但在夜间看来，又显得何其飘忽，就像一条白纱巾在黑夜轻轻飘动。

我独自一人在夜间行走，眼观六路，耳听八方，惊恐于风吹草动，显得鬼鬼祟祟。我终于来到了镇上的邮电局，镇上没有一星灯火，一片死寂。我借助月光的照耀，看见了那个方形的邮筒以及它嘴唇似的缝隙。我的心在怦然跳动，我做了一次深呼吸，将稿件塞入了邮筒。我有点不放心地往缝隙里瞧了瞧，但什么也看不到。这就是我激动而胆怯的第一次投稿经历。当然，那次投稿最终石沉大海，我的诗没在报纸登出来，但这一次让我难以忘记。

当我返回的时候，我看见了杨成安。他就在水坝的墙面跳跃和攀缘，捷如猿猴，迅若飞鸟。我恍然大悟，哦，原来杨成安自从在树林里练功被我撞见之后，敢情就改在夜间到水坝练习了哩。

说说那道水坝。其实它就是山塘的塘堤，只是山塘相当宽阔，蓄水量不亚于一座小型水库，所以塘堤也就筑得高大厚实，相当壮观。它是由一块块花岗岩用石灰浆垒砌而成的，尽管石头的表面粗糙，一眼看去却很平整。而石块与石块之间的石灰浆形成一个个不规则的多边形，宛若蜂巢的平面图。它就这样气势磅礴地矗立在稻田边上。而水坝的顶部就是道路，每天都有自行车和机动车在坝顶上风驰电掣地掠过。水坝的前方是一垄垄良田，山塘里的水灌溉着这些稻田，一道水渠在静夜中哗哗地流淌。现在是秋天，成熟的稻子已收割归仓，田里露出短小的稻茬。稻茬上的月光像霜一样发白，而散乱的稻草随处可见。

我停住了脚步，我不想再一次惊动这个毅力惊人的少年。但是我也不想错过这奇特的一幕。我看到杨成安站在距水坝约二三十米的稻田上奔跑。他越跑越快，就像一架在跑道上起跑的小飞机，终于跑上了水坝那几乎跟地面垂直的墙面。他就在墙面上倾斜而危险地疾走，飞檐走壁，如履平地。他很快就到达坝顶，稍为喘息一下，又沿着笔直的墙面走下，速度快得惊人，就像传说中的大鸟，在御风而行。这一切，让我瞠目结舌。杨成安一次次地重复着这些动作，我心里涌起一种莫名的惊恐。我眼前的杨成安是如此陌生，他在月光下辗转腾挪的身影，犹如一个轻盈而飘忽的幽灵。杨成安的轻身提纵术看来已有几分火候。他练轻身术的目的，对我来讲始终是一个谜。

果然，刘芳老师不再来找我的晦气了，我知道这都是赵云老师的斡旋之功。来而不往非礼也，我投桃报李，自然不会将他跟春卷的事泄露出去。随着时日的推移，我发觉跟琥珀的关系有点复杂了，倘若说这是友谊，那也是一种说不清道不明的友谊，里面掺杂着太多杂质和未知的东西。我跟琥珀渴望每天都能跟对方待在一起，分享每一个时刻，但我们却不谋而合地约束自己，尽量避而不见。我心里仿佛生长着另一个毛茸茸赤裸裸的我，他仿佛要从我的体内纵身跃出，甚至凌驾于我的头顶之上。尽管我还不能清晰地知道这就是欲望的化身，但是这个崭新而陌生的自己，却让我惊惶。我们在隔了一段时间之后，终于约会了。我一见到她，就抱住她，我怀里的少女全身战栗，她细小的乳房顶着我的胸口。她有点惊慌失措，但并没有拒绝。我们在落日中一直拥抱到天黑。黑夜像一些漆黑的丝线在天与地之间游走、飘动，最终像厚重的帷幕被拉下，完全覆盖了白天的舞台。我将少女抱得气喘吁吁，心中滋长了一些陌生而奇异的东西，它们或许是爱，或许不是。那时我太年轻了。

我跟琥珀的故事就是这样的，没有结果，仿佛永远是开端。我无法忘却这个天使般的少女。直至今天，她明眸皓齿、巧笑倩兮的模样，依然栩栩如生地活在我的记忆之中。

杨成安的故事接近了尾声，这个故事在更多的时候，跟我没什么关系。我只不过是误入别人的生活，或无意中窥见别人的故事。而我的故事平淡无奇，不值一提。既然是这样，就让我将所目击的讲述出来吧，也许会更有意思。我所没有见到的东西，将无从揣测，只有保持缄默。

赵老师的木制滑翔机吴刚－1号终于制造出来了，但能不能说制造成功，还得看以什么样的标准来衡量。这具神奇的机器得以制成，当然少不了助手春卷的一份功劳。

这是一个阳光和煦的秋日，赵老师马上要在黄花初中的操场上进行试飞。当时，里三层外三层地挤满了学校的师生和镇上闻风而来的居民，还来了两个头上戴着鸭舌帽、肩上扛着摄像机的年轻人，据说他们是县电视台的记者，他们将对赵老师的这一惊人创举进行录制并播出。然而，令人遗憾的是，赵老师的飞行并不顺利。当他发动引擎的时候，滑翔机并没有像通常的飞机那样在操场上滑行，而是急剧地弹向天空，那个样子有点像一只巨大的癞蛤蟆在弹跳。这样的后果可想而知，滑翔机在距离地面数米的空中，经过极其短暂的停留之后，"轰"地发出一声巨响，然后飞快地坠落下来。那些木片做成的机翼被摔得四分五裂，撒了一地。而圆筒状的"机舱"在地上迅速地滚动，里面发出了一声撕心裂肺的惨叫，让人万分惊悚。人们赶紧将里面的赵老师救出来，赵老师被摔得头崩额裂，鲜血直流，牙齿也磕掉了几颗。他木然地盯着地上支离破碎的滑翔机，忽然咧嘴一笑。由于他磕掉了两颗门牙，使得他的笑容有些残缺，让人无法分清他脸上的表情，到底是失望还是嘲笑。这具机器花费了他无数的心血，但最终变成了一地碎片，料想他一定很难受。

忽然，我听到人群中传来了一阵哭声，循声望去，只见平时飞扬跋扈的春卷掩面啜泣，涕泪交流，看上去她比赵老师还要沮丧和失望。这就有点让人奇怪。作为赵老师的助手，只有她才清楚自己为这架机械付出的心血及代价，或许她的心里还有着不为人知的事情。

午后，秋风渐起，地上的尘埃和纸屑被风扬起。操场上，瞧热闹的人群在逐渐散去，受伤的赵老师被火速送去医院。他将作为一个异想天开的疯子或天才般的人物，长久地停留在唾沫横飞的黄花镇人的嘴上。当然，人们也不得不承认，他还是有两下子的，起码能使这具有几分飞机模样的巨大机械跳上空中，并停留了至少十秒钟的时间。

一直到暮色降临，春卷仍坐在操场上，尘屑打上她的脸，但是她毫不理睬。她缩着双肩，全身蜷缩成一团，头发在风中乱如麻絮，仿佛她才是真正的受伤者。谁都看得出来，她的心都碎了。在一刹那间，她仿佛被一场在劫难逃的灾难当头击中，整个人都被摧毁了。她看上去也支离破碎，跟地上的机器碎片何其相似！她曾经有过的美梦，就像一个七彩的肥皂泡，在弹指间被粉碎了。阳光在她美丽而憔悴的脸留下深刻的阴影。

就在这时，杨成安回来了。但他不是自己走回来的，更不是坐车回来的，而是躺在一把简易担架上被抬回来的。他的双腿包裹着一道道白色的绷带，密密匝匝。他的额头沁出黄豆般大的汗珠，想来痛彻心扉，但他一声不吭。送他回来的是中火嶂山坳下的两名村民，他们在砍柴时发现了这个摔在地上的少年。当时他已昏死过去，奄奄一息。村民说，这个可怜的孩子哟，双腿都断了，只怕以后要变成残废。据村民说，有人看见杨成安是从中火嶂的悬崖摔下来的，伴随着他掉下的还有簌簌而落的沙砾和石头，而他就是那些石头中最大的一块。当村民问他，为何要冒险爬上那道难以攀缘的峭壁？杨成安虚弱而礼貌地表达了获救的感激之情，但对该问题不置一词。我惊讶的是，以他苦练多时的身手，怎么还摔断了腿？但当我看到他的脸，又红又肿，肿得像一只发胀的猪头。这种红肿不是摔的，更不是打的，而无疑是马蜂的杰作，连普通的大黄蜂都不会这么厉害。我这才恍然大悟，这个倒楣少年当时的情形，也就不难想象了。

暮色逐渐笼罩下来，打在春卷的双肩上，仿佛沉重的铁板压迫着她，她几乎挺不起身体。在愈来愈浓的暮色中，她断断续续的悲恸声显得古怪而滑稽，似乎她的哭声暗中叩合了杨成安的悲剧，但这两者之间，似乎也没什么关系。她似乎缺少一个痛哭的理由，但一个人的悲伤需要理由吗?

她冷漠地瞥了一眼担架上挣扎着要挺起上半身的杨成安，又垂下了头。即使这一瞥那么冷漠，那么短暂，更谈不上关心，杨成安已经激动得脸色泛红。他说："我根本就没看到任何一棵灵芝，否则我就是死也要将它摘回!"好心的村民附和说："中火嶂的百丈绝壁上传说有千年灵芝，可以延年益寿，但这也仅是一个传说而已。"

第四章　龙争虎斗

1. 恐怖的劳动

朱温作为一校之长，其铁腕统治让学生不寒而栗，而其经济头脑亦十分活络。他除了赚学生的钱，还利用学生去赚钱。前者呢，就是通过给学生订辅导书、资料和报刊，组织补课班及旅游活动等，大搞创收。后者的主要方法是带领学生利用劳动课，挖果苗坑、修水利、挖树桩，这些工作都是有报酬的。当然，大半进了校长的腰包，教职工尤其是班主任也能分一杯羹。学校那几十亩坡地的木薯和甘蔗，春种秋收，也能带来一笔不菲的收入。

从小学到大学，“三好”学生都是大伙儿趋之若鹜的荣誉。最初，所谓“三好”就是德智体全面发展，除了考试名列前茅之外，其他并无竞争力。说到思想品德，我自然比不上村长的儿子或整天帮教师挑水扫地的同学好，所以读小学时评不上“三好”学生也毫无怨言。后来，“三好”发展到了“五好”，也就是德智体美劳，当然名称还是叫“三好”。至于教师所称道的“美”到底指什么，我至今不甚了了。而“劳”就是劳动，我在黄花初中的时候，每周一至两个下午的劳动课，什么都干，忙得筋疲力尽。

学校有几十亩坡地，全种上甘蔗或木薯。种木薯还好，种下之后除除草就可以了，大不了再去挑点粪水肥淋浇；到秋天，木薯成熟了，就可扛着锄头挑着箩筐前来收获。种甘蔗的活儿就多了，可以一直忙到收成之日。在种植的时候，须经过掘蔗坑、收集土杂肥、选种栽下等诸多工序。种下之后，整天都要挑粪水肥来浇。等到甘蔗苗钻出地面，甘蔗渐渐长高并变得粗壮，那我们的主要劳动就是将甘蔗上带状的长叶子剥离。这项活儿又累又烦，让大伙儿叫苦连天。而更为致命的是，甘蔗的叶子生长着一层细密的茸毛，沾在脸上、手臂上就像给毛毛虫蜇过一样，又红又肿，疼痛异常。但劳动是一种美德，我们为了博取班主任在《中学生手册》写上一句“该生劳动积极肯干，不怕苦不怕累”之类的评语，就是再苦再累也不敢吭声。相反，脸上和手臂上的红肿就成了积极劳动的标记，谁是最积极的人，只要看一下他的脸和手臂就可以了。我们就像农夫一样，持着农具在地上辛勤劳作。而教师从不劳动，他们戴着草帽或打着伞，坐在树荫下瞅着我们。他们有更重要的任务，那就是及时发现并口头表扬积极分子并对落后分子作出严厉的批评。

有时候老师也会带领我们下乡劳动，譬如修水利、割水稻诸如此类。修水利是黄花镇政府的工作，而我们割的水稻，也大多是乡镇干部家里的。这些劳动对我们构成了挑战，这种挑战不仅针对我们的觉悟和勤劳，也针对我们的意志和体力，直到榨干我们体内的汗水和力气为止。直到日落西山，群鸦鼓噪，教师才让我们拖着稚嫩而疲惫的双腿回去。

在一个初秋的下午，学校让所有学生都持着一把锄头、铁镐之类的农具，坐上了一辆“东风牌”敞篷大卡车。汽车驶出了黄花镇的街巷，然后驶入一条通向深山的土路，路上黄尘滚滚，而路边绿树成荫。这是一个天气晴朗的秋日，凉风拂面，天空高远而辽阔，云朵洁白而聚拢。尽管我们像罐头鱼一样密密实实地塞在车厢里，手上的农具也在磕磕碰碰，但我们的心情都不错。我们不知道将要开始的劳动是什么，但更宁愿将其视为一次金风送爽的郊游。

汽车在行驶了大半个小时之后停下来，将我们抛在路边。朱温校长一马当先，手拿着一个喇叭大声喊："同学们，我们到目的地啦，冲上山去——"这是一个宽广而低矮的丘陵，粤西地区像这样的面包山随处可见。然而山上光秃秃的，一眼望过去空空荡荡，山上一片焦黑，有焚烧过的痕迹。由于失去了植被的遮蔽，裸露出碎石、泥土和沙砾。待走近一看，山上并非什么都没有，至少有无数大大小小的树桩布满了山坡，那些树桩在泥土上高出一截，还残留着斧斫锯戮的痕迹。我注视着这么多树桩，心中想起了往昔这个山地上的树木，可以想见那翠绿而茂盛的树冠上面，栖息着多少麻雀和松鸦，而那林间的小径上，又有多少松鼠和野鸡在嬉戏奔突。如今这一切都消失了，包括那些生机勃勃的树木也被砍伐下来，用利刃削掉了枝叶，被汽车运送到不知什么样的地方去。我不知道那些树木是谁砍的，也不知道被砍下来作何用途，我只知道这片曾经繁茂的树林如今成了一个荒凉的山冈。我甚至不知道这是一些什么树，以我对树木的有限知识，并不能根据树桩作出准确的判断。那些在泥土上凸出来的树桩犹如砍下的头颅，那些树木美丽的身躯已不知所终。

现在，我们知道了自己的任务，乃是将这些树桩全部挖起来。当然，这些树桩除了当木柴去烧，也没有多大用途。校长说："不将这些树桩挖起来，待明年春雨降落，它们就会抽出一束喷泉般的枝条，并且很快就会长成小树。这块地是镇长承包下来的，他将会在山上种植龙眼和芒果之类的果树，所以必须要把这些树桩连根刨起！"校长说得有道理，我想不通的是镇长种果树跟我们何干？我挠破头也想不到我们的劳动课竟然会跑到别人的山地来上。也许，一切奥秘尽在于“镇长”二字。校长为了讨好镇领导而出卖我们的力气和汗水，这已经不是什么新鲜事。尽管我们不喜欢这样的劳动课，但除了执行教师的命令，别无他法。我们从没想过逃避。

我们扎紧了腰带，挥舞着锄头或铁镐向着一个个树桩冲去。用校长的话来说就是：“勇敢的小战士啊，我们誓要将敌人消灭干净——”这是什么样的敌人呀？树桩深埋于泥土，不言不语，仿佛一只被赶入死胡同的野狗，无路可退，只有任人宰割。

山上一片静谧，只有铁器挖掘入泥土或碰撞在树桩上发出“噗嘭”的声响。树根隐藏于地下的深度和牢固超出了我们的估计，它们并不像看上去的那么容易对付。在树桩扎根之处，泥土甚少，更多的是石子和沙砾，双手狠劲地将锄头掘下，只能掘开一点土块，而手却被震得疼痛难忍。令人难以置信的是，在这样贫瘠的地上，竟然能生长出这么多树木！挖树桩嘛，只要将树桩四周的泥土挖掉，树桩自然水落石出——这就是教师传授给我们的劳动技能，这也是挖树桩的惟一办法。女同学在教师的安排下专拣细小的挖掘，那些粗大的树桩全留给了男同学，众所周知，树桩自然是越小越好挖。我承认挖树桩是记忆中最艰辛的劳动，如果这算是一堂课的话，它除了耗尽我们的每一分气力，并不能带来更多的教诲。这堂课惟一的收获就是让我学会什么叫“根深蒂固”，那些树桩并不是好欺负的，尽管无路可走，倒也困兽犹斗。它们就像一些穴居的动物在无声地咆哮，我们举着铁锄，挥汗如雨，仿佛在跟一头猛兽殊死搏斗。随着我们的努力，树桩四周的泥土被一点点掘松、搬走，树桩的树根在一条条地显露出来，并最终原形毕露，就像一条八爪乱舞的章鱼那样浮出水面。这时，只要用铁镐轻轻一敲，就可以将树桩最后一条连结着大地的根须敲断。

我们抬走了树桩，这是一个长着无数利爪的怪兽。它曾以爪子跟最猛烈的狂风暴雨搏斗并取得了胜利，但不幸的是它这次的敌人是人类。它在人类的暴虐面前无能为力，首先是被砍走了躯体，然后是取走了深埋于地下的头颅。不要说是一棵树，就是一头真正的猛兽也逃不脱人类的毒手。在树桩离开的地方，留下了一个丑陋而不规则的坑洞。暮色越来越浓，那些坑洞犹如一只只失去了眼珠的眼窝，它们在暮色中张大空洞的眼眶，让人感到一种说不出的悲怆。挖树桩的劳动强度毕竟太大了，即使由大人来做也不轻松。而我们是如此的年幼，哪怕是最强壮的同学也叫苦不迭。天色渐暗，校长让我们将挖出来的树桩扔上车厢，他望着山上还没有挖掘出来的树桩，颇不情愿地挥了挥手，说："算啦，今天就到这里，下课！"由于车厢装满了树桩，所以我们只能步行回家了。由一位年轻的教师带队，我们扛着自己的农具迈上回家之路。我们坐车来时还觉得挺快的，但现在要步行，就觉得长路漫漫仿佛永远走不到尽头。我们又累又饿，拖着仿佛灌满了铅的双腿，像一队老弱病残的士兵缓慢地行走在越来越黑的山路上。只有黯淡的星光照耀着地面，道路两旁是一片漆黑的风景。

后来，我们又来到那座山冈上了好几堂"劳动课"，才将山上的树桩悉数挖掘出来。大伙儿松了一口气，以为这种苦役终于到了尽头，谁知更大的考验还在后头。

又一个秋日的午后，校长让我们带着铁锹、锄头和鹰嘴锄来到了山冈。这一次，我们的任务乃是挖果苗坑。树坑的要求甚高，长和宽各一米，深垂直一米，加起来刚好是一立方。如果在泥土中挖掘，这算不上是多么辛苦的事情，但当我们用锄头铲开那层薄薄的土皮和残留的草根时，下面的土层异常坚硬，密密麻麻的细石夹杂着沙砾和少量的泥土，每前进一寸都需要付出极大的力气。铁锹根本就无法撼动土层分毫，就是铁锄也在砾石中卷刃，只有那种由精钢打造的鹰嘴锄才能崩掉一小块。而每挥一下工具，虎口都会震得一阵疼痛，花九牛二虎之力才挖了一个浅浅的小坑。挖树桩和挖树坑，是我所遇到的最可怕的劳动，它打着上劳动课的幌子，其实是一种非人的苦役。我累得腰酸背痛，双手磨出了一堆血泡，稍一触动就会疼痛难忍。树坑挖得越来越深，我需要跳进坑中去干活，我矮小的身体几乎为树坑所遮蔽。我利用鹰嘴锄将土层掘松，然后利用铁锹将其抛出坑外。随着树坑在不断加深，我发现这其实是一个小型的洞穴。

我曾见过一个人在挖洞，那是非常动人的一幕：他弓着脊背，双手挥舞着铁锹，他把头脑中关于洞穴的观念通过手上的铁锹有力地传递到泥土中去。从他挖下第一锹起，洞穴开始现身并露出幽暗的面目。那个敢于挖掘的人，在前进中弯下了腰，泥土在不断抛起，洞越来越深，那个挖洞的人已深陷其中。蓝天越来越远，那个洞穴似乎永无尽头，他扔掉了铁锹，我看见他的头发在洞口飘动。洞穴并非出自某人的发现，更不是某人的创造。它本来就存在于泥土中，只要把多余的泥土搬走，它就会显露出来。然而那挖出来的泥土，无论放在哪里，对别的洞穴来说都是一种多余之物。那个持着铁锹挖洞的人，苦恼于新挖出来的泥土，已经填满了原先的洞穴。

那是一个人持着铁锹在地面上挖掘，那是一个人搬走了心中多余的东西。那是一个完美的洞穴在缓慢地成形，一个人像一架掘土机在跟大地搏斗，他仿佛要把越来越深入的洞穴挖穿，但搏斗的结果是扩大了洞穴的幽深。那个持锹挖洞的人，他也许首先要腾出身体中的位置，并把头脑里的杂物清理一空，以便堆放那些挖出来的泥土。那些泥土越堆越高，缩小了地面跟天空的距离。但有些东西却无法抛弃，譬如月亮的碎片，那是爱情的矿渣在少女的胸膛熔化并浇灌。事实上，没有谁可以把记忆的钉子全部拔除，它们像山冈上遥远而黯淡的群星，尖锐而锈蚀，跟闪电般划过的铁锹擦出了火星。

那个持着铁锹挖洞的人，忽然停顿下来。他侧耳倾听着阵阵从身体里传来的挖掘声，大惊失色，他知道有人在他的双眼中向外眺望并屏住了呼吸。但他无法反过来看清那个人的模样，他感到有一锹锹泥土被抛出体外并进入了现实中的世界。那个酷似深渊的洞穴仍在不断加深，他感到身躯正在被一把铁锹掏空，并变成一个洞穴的圆形内壁，而自己却在虚空中下坠。瓶子，坛子，甚至口袋，这些都是洞穴在生活中的模型。你可以把一个较小的瓶子塞进一个较大的瓶子中，却不能把一个较小的洞穴放入一个较大的洞穴里。如果所有的洞穴不是同一个，那么它只能是一个虚无，但那么多真实的洞穴在泥土的减法中加深。

你无法把一个洞穴像萝卜那样拔离地面，它依赖于那遮蔽它的一切，洞穴不过是一个虚空，但它需要坚实的四壁。在萝卜离去的地方，世界在泥土中凹陷，尽管下陷的尺寸微不足道，但那是一个人的观念像晾晒的布袋那样翻转过来。那个人仍在不断地挖掘，他小心翼翼的样子，仿佛在出土一件无形的古董。

在幼年，我曾见到一个人，在挖好的洞里种上树苗并填上泥土用脚踩实。那个洞仿佛从来就没出现过，却长久地停留在我的记忆中，他终于挖好了这个洞，我不知他挖这个洞有什么用。他正挖着的可能是一个树坑，可能是一个阴险的陷阱。也许，他根本就不是在挖洞，而是在掘取地下的东西，譬如埋藏在岁月深处的地雷，譬如一个时代的肖像和勋章。他要亲手挖一个洞穴，这就是悲剧的叙事之初，向下挖，向下挖。挖洞的人，感到洞穴越来越深。他甚至看到了神秘的泉源。但他终于放下手中的铁锹。他发现自己早已置身于洞底中，一直在对着洞口反向挖掘，仿佛在一棵树的根部往前挖，一直挖下去就是树冠，每一根枝条都指向新的歧路，每一根枝条都蘖生新的枝条，他在无数个方向中迷失了自己。树冠前面是天空，辽阔的蓝天犹如没有边界的洞穴让他倍感绝望。他多年来的努力，只不过是在别人的洞中，盲目地挖掘而不自知。他所触及的并不是真正的洞壁，而是另一个洞穴的边界，把他跟别人的梦境隔开。与其说他在挖掘中丢失了洞穴，毋宁说他在梦中抱紧了现实，他几乎看见了脱胎于泥土的上帝，其实这是他在流水上弯曲的倒影。一个梦游者在雨夜回到了家乡，草木可以作证，这一次是真的，但他在无限靠拢而最终无法抵达。

在一个潮湿暧昧的春日黄昏，我发现几个农夫在村庄附近的一个山坡上挖掘。这是一片种着花生和豆子的坡地，他们在地上疯狂地挖呀挖，泥土在身后堆积成了一座小山，泥坑中一片狼藉。

据说，他们知道地下埋着十几罐白银，这不知是从哪儿得来的消息，可能是神灵的启示，也可能是在梦境中获取的信息，总之宁可信其有不可信其无。银子没挖到，却挖出了几个陶罐，陶罐里只有一些清水或几只呆头呆脑的蟾蜍。那些陶罐具有洞穴的形状，仿佛是一个脱离于地底的古怪的洞穴，他们的本意并不是挖洞，但仍然得到一些洞穴的模型。换言之，他们并没有找到想要的东西，他们所能得到的乃是一些虚空。农夫们失望地扛着铁锄拖着疲惫的双腿离开了那儿。

我曾帮族人挖过井，那是一个有着圆形内壁的水井，这种井较之于树坑更像是一个洞穴。我蹲坐在井底，使用那种短柄的锄头在不断地挖掘，井口装着一个辘轳，那长长垂下来的绳子系着一个畚箕，我将泥土铲入畚箕中。族人只要转动辘轳上的绞盘，就可以将井中的泥土搬运到地面。我不断地挖掘，井底不断地向下推移，昨日的井底今日成了井壁，我知道一直往下挖就是深深的泉源。终于，那些甘甜的泉水从遥远而神秘的地方涌流出来，挖掘的工作才告终止。

农夫挖地三尺只得到几个虚无而空洞的陶罐，我在地底向下挖掘而获得甘甜的泉水。挖树坑是为了种果树，当然在种上果苗之前，会先往坑中填满沤烂的草叶以及牲畜粪便之类的土杂肥。那些将要挂满累累硕果的果树与我们无关，那是镇长的私人所有。而我们被驱赶来到这个山冈挖树坑，因为这是我们必须要上的课程。上劳动课是每一个学生的本分，但无人理会该劳动有初中生无法承受的强度，也无人理会这种劳动对培养学生到底有何价值。在劳动的名义下，我们成了校长向镇长献媚的牺牲品，无一幸免。从今天看来，这除了为镇长营造私人果园而付出血汗之外，毫无意义。

朱温的胃口越来越大，每周一个下午的劳动课已无法满足他的需求。到我读初三时，他拟效法职业中学，准备在毕业班上腾一个学期出来搞社会实践活动，让全体学生一分为二。男生组成一个建筑队，去做瓦工及装修工学徒，女生则分派到制衣厂或制鞋厂。反正学生毕业后的命运无非是这些，除了少数几个，都成了珠三角牛高马大的打工仔及心灵手巧的打工妹，何不早些让他们介入社会学习技能？这对他们日后的生计也有好处。我被编入建筑队学徒中，马上就要跟大伙儿开赴深圳时，我们的实践活动忽然被叫停了。镇教办收到了一封匿名信，其措辞激烈，事实确凿，颇对朱温不利，几乎让他下台。幸亏朱温树大根深，总算化解了危机。

事后有人说，该信是副校长陈茂写的，以让朱温落台取而代之。也有人说是赵云写的，以报他一再戴绿帽之仇。众说纷纭，不得而知。黄花初中毕业班的社会实践总算流产了，我得以在校学习，否则我升学“深造”的梦想势必破灭。琥珀说：“是谁告的状，朱温在第一时间就知道了。多年之后，他跟我们透露了为什么一定要开除张瑶，这就是原因。”

2. 果园看护者

我是内膳生。当时所有内膳生的伙食都不好，以米饭为主食，菜多是黄豆、眉豆及萝卜干之类，家境好点的同学，顶多是加几个鸡蛋。食材都是自带的。没有肉吃不打紧，在那些年头，我在家时也只有过年过节才能吃上几片肉。但没有蔬菜吃，心里就硌得慌，有谚语云：三日不吃青，行路不正经。

我们班有个叫程亚金的男生，特别馋嘴。他自己买了一个煤油炉，课后就躲在宿舍炒菜吃。菜有买的，有偷农民的，总之吃得津津有味。他又有一把钢制的小刀，随身携带着，课桌里塞满了半生不熟的菠萝、芒果、番薯及白萝卜，大多是偷邻近果园及田地里的。他削掉皮就往嘴里塞。他一天从早到晚，都在往嘴里塞东西。

有一次，他在晚上摸到了学校背后的“鸿发”果园里，伸手拨开如锯齿长剑般的菠萝叶片，就去拗叶丛中坛子般大的菠萝。守夜的人发现了，扑过去捉他。他拼命逃跑，手忙脚乱中，夜色又浓，他慌不择路中，竟掉进了果园边缘的荆棘丛中。那些荆棘是果园的人专门种来围园的，供防盗之用。他脸上、身上被尖刺插得千疮百孔，就如一尾鱼掉进了丝网中，动弹不得，手脚都是鲜血。他像野兽一般哀嚎。守夜人将他揪出来，用手电筒一照，见他脸上插满了利针似的尖刺，不禁哈哈大笑，扬一扬手，让他跑了。这就是程亚金第一次被逮住的情形。他回来后，一照镜子，镜中人像一个仙人球。他哭丧着脸，用小镊子及钢针将尖刺一根根搞出来，一直搞到天亮才剔除干净。

翌日，大家见他脸上布满针孔般的创口，问他是为何。他轻描淡写地说：“给蚊子叮了。”但他下一次去偷果子时，就没有这么幸运了。

当程亚金用衣襟装了满满一堆芒果，满心欢喜，正拟收兵之际，被守夜人发现了。是夜月光如乳，照得果园一片白亮，密密匝匝的果叶之间，形如猪腰的暗黑芒果罩着白霜。程亚金在前面拼命跑，守夜人紧追不舍。程亚金兜里的芒果不断坠地，一阵乱响。两人就在果林中穿梭，但程亚金一连跑了七八道林带，兀自找不到出口。他都忘记自己是如何潜入果园的了。而守夜人就像影子一样无法甩脱。最后，他只好停下来，叹了口气。守夜人抓住他，用绳子将他绑在一棵果树上，才顾得上大口大口地喘气。等他缓过气来，就着月光一看，骂道：“好啊，又是你！这次不给你点颜色瞧瞧，也对不起你走了这一遭！”

程亚金瞧着自己的双手，叠成“×”状，被麻绳牢牢捆在树木上，一动也动不了。

守夜人说：“你一共摘了多少个芒果？”程亚金说：“有多少？也就二三十个。”守夜人说：“好，你给我全部吃下去，我就放你走！”程亚金不禁心头狂喜，这芒果削皮去核，可吃的东西不多，就吃他二三十个，又有何妨？守夜人脸上浮出了古怪的笑容。他从树上摘芒果，摘一个，数一声，一共摘了十个，笑嘻嘻地堆在程亚金身旁。程亚金说：“你不放开我，我如何吃？”守夜人说：“我喂你便是。”他忽然一把扯下程亚金的裤子，程亚金看着裤子从臀部上滑落，脸上不禁升起一种无法形容的恐惧。守夜人将芒果对准他的屁眼，手掌狠劲一拍，将芒果拍入了他的直肠之中。程亚金痛得涕泪交流，他哭嚎道："饶了我吧，阿叔饶了我，我下次再也不敢了。"守夜人不理他，他在那堆芒果中仔细挑选，又拣起一枚，拍入他的身体。他像一个一丝不苟的工匠，在完成一个困难而有趣的工作，一连塞了五个芒果。程亚金早已无法承受，屁眼崩裂，血水流淌。

守夜人放了他，说："下次再犯了我，就没有这么幸运了。我下次请你吃菠萝。"程亚金痛得无法迈步。"我是怎么回到学校的？不要提了。我觉得这辈子从来没有走过那么长的路。"他后来说起这些事时，犹有余怵。那么，他还敢再去吗？这是不少人都关心的问题。程亚金当然还要去。开头是果园时的菠萝、芒果和番石榴的香味吸引了他，让他欲罢不能。而后来呢，仿佛那个果园有一种神奇的魔力，像漩涡一样将他卷入，无处逃逸。他跟那个守夜人较上劲了。他心中滋长了一个隐秘而可怕的愿望，那就是要争得上风，灭掉对手的威风。在长达一年多的时间，他或趁着月黑风高，或冒着细雨濛濛，一次次地发起了进攻，但他每一次都折在守夜人的手上。他就像赌徒输红了眼睛，越是不服气，越要逞能。

直到有一天，他终于彻底放弃了那个想法。后来，终其一生，也没有涉足那个果园乃至那座山坡。到底发生了什么呢？程亚金故作轻松地说："没劲，一点意思也没有。当然，什么也没有发生。能发生什么？两个大男人！"

程亚金在无数次受挫之后，忽然升起了一股强烈的愿望，他想看清那强大的对手，到底是一个什么样的人。只有面对面看清楚了，才能找到对方的破绽。但他每次与其遭遇，都是在夜晚，他从来就没有在白天去过果园。他决定深入虎穴。

一个午后，他从果园的入口大模大样地踏入园中深处，只见果林中有一座倒 V 状的茅寮，但他没有见到守夜人。守夜人是白天见不到的，否则又怎么叫守夜人呢。程亚金走进茅寮，爬到床上去，他舒舒服服地睡觉。他心想，只要等到天黑，守夜人就会现身的。但天色渐晚，仍未见其踪影。但既然天黑，那么同样看不清他了。程亚金想到这里，就睡不着了，一骨碌爬起来，忽然哑然失笑，为什么不趁现在没人的时候，摘些果子回去？他想摘多少就摘多少，想怎么摘就怎么摘。他决定先填饱肚子，然后再脱下长衫，做一个布袋，装满了各式果子。等他忙完这一切，太阳就要落山了。暮色像蛛网一样细密地吹拂。

守夜人终于回来了。余晖打在他的脸上和身上，他居然是一个比程亚金大不了多少的年轻人，肩膀很窄，脸很白，还带着娘娘腔。程亚金就笑了，后悔以前见到他，为什么要跑？他不但不跑，反而迎着对手走上去，他感到两个拳头激动起来，就像嗜血的野兽，随时有搏人而噬的欲望。小伙子咧嘴笑了，他有些羞怯，似乎为撞见程亚金而难为情。两人在对峙，程亚金终于大吼一声，纵跃向前，左拳挥出，他想象着那张白白净净的脸像西红柿一样稀烂。守夜人迎上一步，右手将程亚金左臂往下一压，肩部趁势撞上程亚金的胸膛，居然是太极拳借力打力的上乘功夫。程亚金被撞飞出去，跌了个四仰八叉。程亚金不服，又冲上来，但转瞬间又被击倒，屁股摔得开花，心胆俱丧，无力再战，只好束手就擒。守夜人用手掸了掸衣服上的尘土，笑着说："每一个守夜人都喝过夜粥（粤方言，指练武之意），小兔崽子，我告诉你吧。"天黑了，这次程亚金直到第二天清晨，才被释放。

"他没有为难我，也就是跟我聊天。他闷得慌啊。他还欢迎我以后想吃果子就去找他呢。但我讨厌那个娘娘腔。老子不稀罕他的臭果子，"程亚金说，"你们不信？不信我就不说了。"

那时，我对该守夜人怀着浓郁的兴趣，我自小就对奇人异事感兴趣，像赵云及杨成安，我觉得都非等闲之辈，可惜天不从人愿。我曾经也想过潜入果园去，见识一下那个异人。但被琥珀痛骂了一顿，还发誓说：“如果我踏入果园半步，或跟那个人说一句话，我就永远不跟你说话！”我只好作罢。我不明白她为什么要发那么大的火。那个人我从未见过，我对他的印象，也只是出于他人的讲述，但一直难忘。

3. 以牙还牙

吃饭是一个大问题，譬如说柴票吧，每张价值一角。我们都是辛苦买了糠头换取的，你想要直接用钱购买，厨房的人也不干。炊事员老马是一个小老头，他只负责将我们的饭蒸熟，他可不想自己去买燃料。只有不到一半学生内膳，每顿饭也就三四百个饭盒的样子。

我忽然注意到，何旺从来没有交过糠头，也照样有柴票蒸饭。一开头，我以为他是跟同学购买或交换的，其实不然，而是他善于伪造柴票。那些柴票像火花大小，油印着“黄花初中食堂，柴票”等字样，上面盖着一个圆形的印章“黄花初中总务处”。那些纸张很普通，又薄又脆，很容易破烂。他先手绘好柴票，再用番薯刻好公章，沾了印泥往上面一盖，果然难以分辨。早上蒸饭时，炊事员老马老眼昏花，也不留意。他靠着自己私造的柴票，蒸了大半个学期饭，也没有被发现。然而他还是被班长周立诚告发了。

周立诚无意中看见他躲在小树林里聚精会神地干着什么勾当，看上去有些鬼祟。这就激发了他时刻不忘保护劳动人民生命财产安全的觉悟和警惕性，遂悄悄摸上来，想大吼一声，吓那厮的一跳。当时何旺正在往画好了的一版五十张柴票上盖公章，周立诚的恶作剧吓得他魂飞魄散。那张八开报纸大小的“柴票”上盖了一半“公章”，小太阳般的印章红彤彤，这就被周立诚看到了。周立诚激动得浑身发抖，这次可立下大功啦。他赶紧伸手去抢。那何旺虽惊不乱，他手一抄，就将那张纸攥在手上，那只番薯做的公章连印泥一起送入嘴巴，嘎嘣几声，那块生番薯已被他咬碎吞入喉咙。他拼命往黄花河畔逃跑。周立诚眼看立功在即，哪儿肯放手？他在后头紧追不舍。何旺走投无路，忽然纵身一跃，跳入了黄花河里，那张纸一碰到水，就烂掉了。他再揉搓了几下，将其毁尸灭迹。周立诚毫不迟疑，纵身跳入河中，揪住了何旺。何旺得意地大笑。尽管周立诚向刘老师报告了事情的来龙去脉，并赌咒发誓说他看见何旺制作柴票的全过程，这是造伪钞啊！但他并无真凭实据，校方也不能拿他怎么样，只好让老马每天清晨，守在厨房门口认真检查好了。

后来，何旺倒是再也没有出过问题。但周立诚不服，一直想找到他的漏洞，有时突然去检查何旺饭盒上的柴票，但他也看不出有何问题。两人就此结了梁子，事情还没完哪。那何旺后来成了伪造证件的专家，早些年在镇上见过他一次，好像混得不错。“据说他开了一家什么‘太平洋办证中心’，结婚证、毕业证、军官证、身份证，无所不能。”琥珀说。

由于学生没菜吃，有几个老师及其家属就嗅到了其中的商机，并打起了如意算盘。学校也没有早餐吃，学校距镇上有一些路程，到镇上买早点殊为不便，于是学校的早餐就有无限商机。数学老师陆平和老婆就煲猪骨花生粥出售给学生，这是黄花镇最常见的早餐粥，生意十分红火。语文老师钱志豪和媳妇见有了榜样，遂依样画葫芦，除了煲粥，还做粽子。两家遂将黄花初中的早餐市场平分。午餐及晚餐两家又煲些菜汤卖，也就是两三斤菜煲一大锅汤那种，放些油盐，投几片猪油渣，一角钱一碗，清汤上漂着几片菜叶，成本很低，利润不菲。

我没这个钱，早餐吃不起，菜汤也几乎没沾过。这两家的生意都不错。既然变成了竞争对手，两家就成了仇人，以前还有说有笑的，现在见面连招呼都不打了。

到我们读初三时，两家都掘到了第一桶金，完成了原始积累。陆家开起了小吃店，钱家则开起了小卖部，生意都不错。但双方都恨不得将对手从这个星球上抹掉，钩心斗角，斗得你死我活，最终两败俱伤。鹬蚌相争，渔翁得利，郑策的老婆王小菊趁机出手，不但卖菜汤，还卖点肉汤。

大凡商家竞争，无非是抬高自己，打压对手。陆太让丈夫写了一个广告牌，声称自己的菜汤物美价廉，不仅菜叶多，还有蛋花。每锅汤里打了五个鸡蛋，那十个半球状的蛋壳就摆在锅旁边展览，以资物证。汤里果然有几星蛋花。琥珀笑道："蛋是打了，但是跑到哪儿去了，天知道。"钱家不甘示弱，又立起一个广告牌，上面用粉笔写得清清楚楚，其菜汤虽然没蛋花，却有若干肉丝，如丝如缕，时浮时沉。这样，菜汤就升了一级，美其名曰肉汤了。陆家再来刷新广告词，调整战术，对方则针锋相对，寸步不让。双方斗法，你来我往，煞是热闹。一家夸口说自己的菜汤鲜甜可口，美味无穷，吃了强身健体，延年益寿，最适合脑力耗损的毕业生饮用，以补充能量。另一家则信誓旦旦地声称其汤经精心烹调，营养丰富，天然食品，滋味之美，堪比山珍海味，最适合正处于长身体阶段的初中生服用，有增高之疗效，乃本店专为初中生量身打造之最佳营养品。光看那两块小黑板，观这两家的菜汤，实乃天上人间无上美味，既好吃，又有益，天下无双。其实也无非是几片菜叶，一碗清汤，那碗汤倒似汪洋，深不可测，菜叶青黄，浮沉其上。那时，我亦有机会在同学资助下品尝过数次，回味无穷，彼情彼景，二十年后亦难忘却。我有多久没沾过菜味了啊。

这就是双方的广告策略，先拔高自己再说。那陆家见一时难分难解，取胜无望，就打起了诋毁对手的主意。有一次，他在上课时，花了十分钟去抨击钱家的菜汤，基本上是刷锅水，为了省煤球，汤还没开就端起来了，喝了非拉肚子不可。不卫生的东西，最影响头脑，咱们黄花初中的学生老考不起高中，这跟他们喝这种菜汤有关系。他们喝傻了。

这些话很快就传到了钱老师耳朵。同学们马上就知道了陆家的汤喝起来滋味不错，是因为放了罂粟壳，喝多了，不仅会上瘾，还让人不能生育。黄花镇近年来为什么有那么多瘾君子？镇卫生院为什么多了那么多不孕不育的患者？个中原因复杂难明，但奇怪的是，他们多是黄花初中的毕业生，在校时又对某某人的菜汤趋之若鹜。他们是喝废了。

这招够狠，够阴损。陆家生意马上一落千丈。钱家生意的营业额直线飙升。那天，陆太煮了一大锅菜汤，无人问津。她的脸色就像那锅里的菜叶，时青时黄。她跑去看钱家，买菜汤的同学排着长龙，钱老师忙不迭地舀菜，钱太麻利地收钱。两人眉开眼笑，手忙脚乱。陆太双眼冒烟，她恨不得冲上去，一脚将那一大锑煲菜汤踢翻在地。她回到家里，望着那一盆菜汤，就是再多十张嘴，自家也喝不完呀。陆太对丈夫说："死鬼，你就不能想个办法？"陆老师愁眉苦脸，没有接腔。

过了两天，碰巧钱老师班上那个偷吃黄瓜的彭强同学中毒被送去镇卫生院洗胃。有人问他，到底是咋回事呢？彭同学躲在病床上，有气无力地说："陆老师家的菜汤好喝，我一时多喝了两碗，也不知道为什么会这样。"此言一出，学生哗然。一个小道消息迅即传遍了全校——陆老师的菜汤之所以好喝，都是味精放多了，据说味精吃太多，就会引起红血球增多，白血球减少，严重损坏了身体的抵抗力。那个汤呀，有时卖不完，又往里面添加了硼砂以防腐，第二天加热了再买。这硼砂乃剧毒之物，几克就让人口吐白沫休克而死！这些传言似无医学依据，况且本身就很可能是流言。但真假难辨，谣言一出，就等于绞杀了陆家的生意。

大半个学期以来，双方你来我往，激烈的拉锯战已呈白热化。之前是互有胜负，但此刻陆家已渐呈败象，关键倒不是那谣言，却是因为有顾客亦即彭强同学指证，陆家一筹莫展。

陆太急火攻心，竟上门去找钱家晦气了。她指着钱太的鼻子说："你的菜汤才下砒霜和钾铵磷啊，我哪儿下过硼砂？"

不管怎么说，菜汤都比萝卜干、黄豆好吃多了。琥珀是外膳生，她家就在黄花镇上，自然吃得好些。起码蔬菜是不缺的，偶尔还能吃到肉。

每年正月初二起到二月间，橘城境内村庄都做年例，家家户户大摆筵席，招待亲朋，是为粤西最大习俗。我们寒假过后，于正月十三四返学，还有四五个年例节可以赶得上。同学友好之间，呼朋引伴，不少同学也会叫上我，遂得以大快朵颐，虾米鱿鱼并不鲜见，鸡鸭鱼肉自不待言。时值二十世纪八十年代中期，百姓的生活已略有改善。脑筋活络的人，得风气之先，都掘到了第一桶金，万元户者不乏其人。敢叫同学去吃年例的人家，家境都殷实富足，动辄就是十几二十个同学，好歹得加多两桌啊。像我家已不做年例多年了，就因为缺钱。吃年例有个好处，大伙儿热热闹闹，男女打成一片，真是其乐融融，凭空添加了不少友情。窃以为，依靠年例，同学之间的集体主义荣誉感和友谊是大大增加了。还有一大好处，就是娱乐节目非常丰富。循惯例，各村会做木偶戏乃至大戏（粤剧）给神看，这对我们没多大吸引力。但一般还会为人着想，放上几场电影，乃至通宵达旦。一般是当时的国产武打片、侦探片、战斗片之类，偶尔也有港产的经典武打片，如《鹰爪铁布衫》《还剑奇情录》等，让人百看不厌。我们通常在晚自修逃课，去邻近村庄看电影至深夜方归。

无论我们在哪个时段潜回学校，都逃不过巡逻队的毒手，被戴着红袖章的值日老师和班干部逮个正着。有时月光皎洁，天地一片白亮。有时漆黑一团，伸手不见五指。但我们甫一露头，总是被揪个正着。我也是班上的学习委员，管理过学生考勤、午休之类，但没有做过巡逻队。也许是老师觉得我个头矮小、性情胆怯之故。但我也省却了很多麻烦。所有违纪的学生，当然都会受到相应的处罚。最常见的是罚站，就站在宿舍门口，一直到天亮。巡逻队是三班倒的，轮值的也不能睡觉，正好看管“犯人”取乐。但相比看电影的无穷乐趣，这些惩罚也就算不上什么。

那几年的初春，我跟随同学走遍了黄花初中邻近的大小村庄去看电影。同学梁亚金骑着旧单车，在泥路或乡间小道上驰骋。有时怕被校方抓住，索性看到天亮才赶回学校，但内宿生私自外出，也早被值日生记录在案，自然有处罚条例在等着我们。然而，看电影的诱惑太大了。

在班里，跟我要好的同学有三五个，譬如姚天、梁亚金及杨秀。经常骑车搭我去看电影的，除了梁亚生，就是杨秀。杨秀的车技特别棒，有时天黑如浓墨，无法看清路面还是路基，他兀自骑得风驰电掣。我坐在尾架上，只感到耳边风声呼呼。我仰头望天，天空像黑幕一样庄严和神秘，心中未免惶恐。但从来没有出过事。

有一次，我们二十多个同学，在午后分乘二十多辆单车去黄花河下游的一处村庄吃年例。我们顺着河堤骑了一个多小时，河床很宽敞，河堤两边的田畴一望无际，青草编织成的地毯向天边伸展，天空高远而湛蓝。河流在下游越来越开阔，一条开阔的河流需要河堤的庇护，而河堤需要树根的铁线和青草的钉子来反复加固。我们骑车飞快地行驶在河堤上，江风拂面吹来，我感到视野非常开阔，我看到了高高的堤坝下面低矮的村落和斜坡上啃草的牛羊。村庄升起了炊烟，牛羊显得多么安详。没有人觉察一条河流就这样不知所终。大河依然流动着黄花河的水，但黄花河已经消失在它的流动中。大河总是处于动荡和奔波之中的，很难界定它的河床和流速。但它的方向是不变的，它总是向着大海日夜兼程并梦想拥有大海的蔚蓝和辽阔。一条大河有足够的力量指向海洋并向无限敞开。

在收割后的田野上，有一群年轻人在放风筝，笑声随风飘荡。其中的一对男女就是班长周立诚和女生方小嫣。周立诚将手放在方小嫣的细腰上，将她扳了过来，伸嘴去亲方小嫣的耳垂。方小嫣哧哧地笑。她手一松，那个做成猫头鹰模样的大风筝，就往天上飞去了，忽然坠落在河中。

看到这一幕，何旺就笑了。

琥珀说："你注意到没有？何旺当时笑得真阴险。"我说："我当时没注意他，没留意任何人。我眼也不眨地望着你呢。你走在河堤上，伸出双手，长发被江风吹动如旗，你仿佛就要飞起来，像一只大鸟。那一刻，我觉得你美极了。但又滋生出莫名的伤感，我觉得你会像天使一样飞走，而我跑在地上拼命追赶，两眼全是泪水，却毫无办法。只能眼睁睁地看着你越飞越高，最终消逝于天的尽头。”琥珀说：“但你当时什么也没说。我宁愿相信这些动人的言辞，是你现在瞎编的。你说得多好听啊，但听上去太假了。我宁愿你像以前那样望着我，一声不吭，却那么真实。”我说：“我们的悲剧在于，没有办法让对方信任。我们说的每一句话都没人愿意相信，即使是自己也存有怀疑。”琥珀说：“感谢你提起那个阳光灿烂的下午，还有大河，以及河堤上的景物。真的很美。我也想起了当时的你。目光恍惚，像一段木头，傻头傻脑，但我很喜欢你的样子。”

数学老师陆平被断了财路，他一点办法也没有。但天无绝人之路，他学会了去广西贩猪崽回黄花镇兜售，倒也渐入佳境。只是他一副心思全在那些小猪身上，哪儿还有心情教学？经常课上到一半，将粉笔一扔，大叫一声：“啊，我忘了喂猪啦。同学们暂时先自习吧。”

钱志豪却写得一手好字，他利用自己的特长，找到了一个赚钱的办法，那就是帮官家刷大字标语。他先用炭笔沿着直尺在墙上画好轮廓，再刷上洁白的石灰水，每个字都一米见方，端庄美观，像极了印刷体。钱老师制作的广告美术字堪称黄花镇一景，很快就闻名遐迩，名声由镇上传到了县里。有关部门慕名请他在公路旁边的房子上刷写标语，如“计划生育是一项基本国策”“一人参军，全家光荣”“一人超生，全村结扎”“人民教育人民办，办好教育为人民”之类。他的业务应接不暇，也是无心教学了。他好歹还能坚持上课，一下课就不见踪影。他一人忙不过来，见我写字还算端正，还有意培养我做他的助手，但我在纸上练了几天美术字，觉得难度太大，也就没有什么兴趣，钱老师只好作罢。正当他的生意如日中天之际，却陷身于一个几乎让他无法脱身的麻烦之中，自此一蹶不振。

那年春天，钱老师一连接了好几单生意，有好几个镇街的人武部都请他刷写标语：“一人参军，全家光荣”。钱老师骑着单车，在各镇之间穿梭。这几个大字他是轻车熟路，并不太费劲，就是要复制好几套，累得够呛。当他全完成了任务，回到家里才一夜，翌日，就连续来了几个口信，雇主说：“你来看看。”他跑去一看，标语全改成了“木人参军，全家光荣”，其笔画端正、刚劲，看上去天衣无缝，不像别人加上去的。雇主不悦地问：“这到底是怎么回事?”钱老师说：“我不会这么糊涂。咱们也不是第一次合作了。”雇主说：“这就怪了嘛。看来你是得罪人了。咱们只能换个人整了。”人武部请派出所的人调查，又查不出一点线索。

还是钱老师厉害，他见砸了饭碗，哪肯甘心？他假装没有被雇主炒鱿鱼，又装模作样地在黄花镇公路边的一堵旧砖墙上刷写“计划生育是一项基本国策”，就当是练书法好了。等他磨磨蹭蹭搞到天将黑，才蹬车回家。但他在半路上又兜了回来，就躲在那堵墙斜对面的一丛花木下。那行大字异常醒目，目标一览无余。而他就静候在暗处。等了一会儿，果然看到有个人提着一个小铁桶出现了。只见他矮墩肥胖，手脚倒麻利得很。一看他狗熊般颤动的身形，钱老师就认出来者正是死对头陆老师。当下一声不吭，冷眼旁观，看陆老师如何动作。陆老师身形如球，他从裤兜掏出一把小刷子，二话不说，刷刷刷，三下五落二，就完成了篡改。就如行云流水，连直尺也不用，更不用打底稿，而写得还不错，显然是训练有素。标语后面加上一个“NO”，这就显得有些大逆不道了。

钱老师也不去拆穿他，悄悄地离开了现场，一路上却在琢磨如何还以颜色，最好也在暗中下手。

过了几天，陆老师发现他猪栏里的十来只猪崽，有一只被割掉了舌头。半夜里，他半梦半醒中听到猪凄厉如鬼的惨叫，心中忐忑，到天亮一看，果然出了事。那只小猪可怜兮兮地望着他，仿佛目睹了惊人的秘密却无法说出口。陆老师抱起那头小猪，他就像抱着亲人那样心痛如绞。这样的猪崽，进食倒不太妨碍，但还有谁会买回家养呢？只能让自己去慢慢养肥了。到底是谁下如此横手？陆老师好久才知道元凶是谁。但这个回合，他显然又输了。

陆钱两家的矛盾，不仅在学校，就是在黄花镇也是尽人皆知的。这两人只是暗战，却不曾公开较量过。上次家属吵架，双方两败俱伤，却丢了菜汤的生意，自然不敢再轻举妄动。毕竟为人师表，倘若谁先动武，恐怕连饭碗也保不住。双方明争暗斗，你来我往，也互有胜负，他们的较量一直持续下去，在此不赘。作为旁观者，我跟琥珀都烦了。

陆老师知道这仅是一个警告，下来还会有更可怕的事情发生。果然，又有两头猪被刺瞎了眼睛。像这样的事情，原本是极隐秘的，像普通师生如何得知？但有一天，陆太和钱太终于爆发了大战，两人互揭老底，无一遗漏，相互对骂。两人唾沫横飞，声嘶力竭，时而羞愧无地，时而亢奋激昂，时而繁弦急管，时而低回婉转，手舞足蹈，唱念做打，就如登上了戏台一般。广大师生围了一圈，直听得众人痛快淋漓，有时忍俊不禁，有时毛发倒竖。陆老师和钱老师脸色煞白，不约而同地将自家妇人扯回家去。说也奇怪，这两个人的暗战倒是偃旗息鼓。也许是大家两败俱伤，已无心恋战。于是，陆钱两家重操旧业，养猪的养猪，刷大字的刷大字，河水再不犯井水。

4. 有味道的吴美丽

有一阵子，我感到愈加陷于孤立之境，没几个可以交谈的同学，也没有几个喜欢我的老师。喜欢我的吴美丽同学是我的一场噩梦，我喜欢的杨玉美老师则构成了另一场更大的噩梦。这两场交替出现的噩梦让我走投无路。我被孤立的原因是这样的，因为大家都看不起我，所以我不团结同学；因为我没有钱去参加班上组织的旅游，所以我不热爱集体；因为我在课堂上指出了老师抄错的数学公式，所以我不尊重老师；因为我没有钱捐献给灾区的同胞，所以我毫无同情心，肯定不是好人……因此，尽管我的成绩在班上还算上游，从来也不偷鸡摸狗，连迟到早退都很少，但由于我有了上述缺点，就很难被评为梦寐以求的“三好”学生。

我承认我当时思想单纯、爱慕虚荣，对班上的流动小红旗和“三好”学生之类的光荣称号垂涎三尺，整天希望老师在大会上点名表扬我。谁知道一进入初中，竟会遇到这样让人垂头丧气的事情，一开始真是万念俱灰，闷闷不乐。好在我认识了少女琥珀，人生才有了些许乐趣。班上还有一个人喜欢我的，她就是吴美丽，可惜这是我的一场噩梦，避之惟恐不及，当然也就不稀罕她的喜欢。吴美丽老是觉得我是忘恩负义的陈世美，觉得我这辈子欠了她比汪伦送李白还要深的情义。她认为只有她瞎了眼睛来关心我，而我竟然胆敢不领情，真是岂有此理！但我思来想去，觉得自己还是没有错。

吴美丽确实很美丽，她像一只长着美丽脖颈的长腿火鸡，身后披散的头发类若雌火鸡身上漂亮的翎尾。她也很有味道，但可惜不是油炸火鸡腿的味道——正是那该死的味道让我闻风丧胆，逃之夭夭。那时，我还不知道那种好像是从鸡屁股里涌出来的味道就叫狐臭。她身上的味道有类似于毒气弹的巨大杀伤力，如果在没有任何保护措施的情况下，站在她三尺以内的距离，谁都有休克或窒息的可能，我绝对不能冒这个险。

当然，如果采取了一定的保护措施，就不会有太大的问题。譬如我曾试过用硬纸板和塑料膜做了一个防毒面具来戴，以便接受吴美丽同学的友谊，结果只戴了三天，就被老师斥为装神弄鬼，有伤风化，简直是要故意跟全校的师生和“四化”大业过不去。我赶忙改在鼻孔塞了两颗红葱头，但又被大伙儿讥之曰：猪鼻子上插葱——装象！最后，我只好捡了一个瓦罐套在脑袋上，但套上了瓦罐就无法看清道路，结果摔了几跤，跌得鼻青脸肿，连瓦罐也摔碎了好几个。这次是吴美丽主动叫我不要戴了，她虽然做梦都想找机会来关心我，但也怕闹出人命。可是她坚持说：“如果你不理我，归根到底还是无情无义！”这句无情无义的话激怒了我，我咆哮道：“老子既不想戴瓦罐，也不想理你！”我很珍惜吴美丽同学对我的友谊，但也不能拿生命去开玩笑。

尽管我此后一见到吴美丽掉头就跑，但她对我的热情丝毫不减。有一次，她把我逼入了一条死胡同里，一只手叉在腰上，另一只手拿着一根狼牙棒状的东西，得意洋洋地说：“跑呀，怎么不跑了？看你往哪里跑？狗咬吕洞宾，不识好人心！”说着，她就把手中的狼牙棒塞在我的手里，原来这是一只硕大的火鸡腿。我马上闻到了一种最美好的味道和最糟糕的味道，这两种味道在空气中交织在一起，我不知道该是深呼吸还是掩住鼻子好。说句心里话，我只有在美梦中才见过香喷喷的火鸡腿。我真的很想带走这只价值至少抵得上五十条地瓜的火鸡腿，这是多么大的一只火鸡腿啊，就像是梁山好汉“霹雳火”

秦明手中的狼牙棒。然而，我终于把它扔在了地上，掉头就跑。我不能被她的糖衣炮弹击中，我在火鸡腿的浓香中仍保持着高度的警惕。我知道，如果我接过了这只香喷喷的火鸡腿，我就至少要戴一个月的瓦罐了。

出乎意料的是，吴美丽这次没有阻拦我。她气得浑身发抖，咬牙切齿地说："沈博，王八蛋，我永远也不想再见到你，你给我滚!"沈博是我的名字，王八蛋则是吴美丽所憎恨的所有人的名字，包括校长，所以我并不觉得她在骂我。她说永远不想见我，真是正中下怀。她以为是对我的残酷惩罚，谁知道恰恰使我获得了翻身解放。

吴美丽同学真的不理我了。不再理睬我的吴美丽同学看上去像一位高傲的公主，她只用手势跟我打招呼，只用鼻子跟我交谈，这样，她就有点像一个怒气冲天的哑巴公主。但她偶尔在偷瞥我的时候，目光中闪烁着一种非常复杂的东西，仿佛交织着一种对我苦大仇深的蔑视和一种源远流长的怨恨凄苦。这样的目光让我不知所措。如果她缺少那种让我见血封喉的味道，如果我的脸上没有长着鼻子，只要两者必居其一，我都可以接受她的伟大友谊。但这纯属虚构，所以我一点办法也没有。

其实，吴美丽身上的味道虽然可怕，但还不至于把我吓成这个样子。我不敢接近她是因为我惊恐于来自内心深处的隐秘欲望。她那南瓜形的乳房和磨盘似的大屁股让我心惊肉跳，头晕眼花。我无法摆脱她那硕大乳房和屁股的有力诱惑，然而，我并不喜欢她。这让我感到自己是一位流氓阿飞，而不是思想单纯的初中生。我只好躲开她，决不敢单独面对她的美丽乳房和大屁股。吴美丽身上这些圆滚滚的东西就像语文课本上所说的装着魔鬼的胆瓶，只要把瓶口打开，不知道会冒出什么样的魔鬼来。她身上的那对姣美的乳房就像埋在我青春地带上的两颗地雷，我不敢接近它们，更不敢贸然触碰。这出于一种对未知事物的深深恐惧。

5. 音乐老师美得像一件乐器

读初二时，学校新来了一位音乐老师杨玉美，这是我们学校有史以来的第一位音乐老师。在她来之前，我们的音乐老师一直由班主任刘芳充当，每次音乐课都唱《学习雷锋好榜样》和《解放区的天是明朗的天》。因为刘老师只会唱这两首歌，会唱的意思就是她能够冒着被我们笑死的危险英勇地唱完这两首思想健康、积极上进的革命歌曲。班主任唱前一首歌时就像母猫叫春，唱后一首则像野猪狂嚎，总之，她有本事把美如天堂的音乐课变成群鬼夜哭的人间地狱。直到杨玉美来了，才把我们受苦受难的耳朵从水深火热中解救出来，我们才懂得了什么叫解放区的天是明朗的天。

杨玉美老师刚从音乐学校毕业，年纪不大。她的声音像甘蔗汁一样清甜，像糯米酒一样浓香，她天籁般的歌声让我们领略到了音乐的无比美妙。她不仅教我们唱革命歌曲，还教费翔《冬天里的一把火》和张国荣的《沉默是金》。我们感受到后者要好听一些，实在是音乐那迷人的力量使然。但学校领导并不这样认为，所以学校广播整天播放的都是《学习雷锋好榜样》《小草》等歌曲。

杨玉美老师让我们大开眼界的不仅是夜莺般美妙动听的歌声，她还美丽得一塌糊涂，不成人样。我说她不成人样，是说她像电视连续剧《聊斋》里的狐仙或女鬼，超凡脱俗，人间罕见。比如她穿的上衣看上去有点像渔夫用的渔网，有无数丝织状的网眼；短裙则像一块斜放的芭蕉叶，只有一块布料裹住浑圆的臀部，露出两条大试管那样明亮、光滑又结实如象牙似的长腿。总之，杨玉美老师整天花样百出，让人目不暇接，叹为观止。

我们这些乡村少年从来没有见过一个人可以把衣服穿成这个样子，美得明目张胆，美得飞扬跋扈，美得触目惊心，见血封喉。更让我们大开眼界的是杨玉美老师的头部。所有人的头部都大致可以粗略地分为头发和脸庞两个部分，她的脸经过能工巧匠的精描细刻，自是美不待言。所谓能工巧匠当然是指杨老师本人，事实上，她把自己不可多得的脸庞当作一件完美无缺的艺术品来雕琢和加工。现在我要说的是她的头发，大凡头发，要么短得像针尖，要么长得飘扬如旗。比如吴美丽同学的头发就美其名曰披肩发，老是在我面前臭美，就像一只竖起了翎羽的雌火鸡。大不了就不长不短，还可以梳个小分头，就像青年刘德华和我本人的样子，英俊潇洒。但杨玉美老师的头发几乎不是头发，因为她把满头青丝弄得有时像一棵结结实实的卷心菜，有时像一面逆风飞扬的风帆，有时干脆就像孔雀开屏的那个屏，让我们瞠目结舌，呆若木鸡。这样，杨玉美老师就不大像一位循规蹈矩的人民教师，而像一件打破常规的工艺珍品，整天在我们面前免费展览。

我承认杨玉美老师吸引了我，她那梨形的娇小乳房使我目光迷醉，想入非非。她的乳房并不高耸，至少比吴美丽同学南瓜状的丰乳稍逊一筹，但那优美的曲线，还有像蛇一样柔软的腰肢，简直巧夺天工，让人赞叹不已。我知道把老师的纤腰比作蛇并不好，整天盯着老师的乳房来看就更不像话，天啊，写来写去，我把自己写成一位不折不扣的色情狂加小流氓啦。

但我没有办法，这是真实的事情。在那段日子，我压根儿没有想过好好学习、天天向上，更没有想过学习雷锋叔叔好榜样。我不禁为自己脸红，从去年到街道上为大伙儿免费修理单车以来，我有多久没有学雷锋了啊。是的，我正在陷入青春的泥淖，女人们的乳房像外星人的飞碟一样闯入了我的生活，让我无所适从。琥珀蓓蕾未绽的双乳，吴美丽南瓜似的丰乳，杨老师鸭梨状的乳房，无一不对我构成了致命的诱惑，尤其是杨老师裹在种种奇形怪状的衣裳下面之胴体，更是让我想入非非，不能自拔。

我这样下去要么会发疯，要么学街上的恶棍耍流氓，总之有点变态。如上所言，我虽然还不是“三好”学生，思想品德似乎也有点问题，但也不想去耍流氓，更不想做疯子。我欲望涌动的手，在琥珀汁液晃荡的身体前总是不知该往哪里摆才好，显得纯属多余。双眼又老是盯着杨老师生动曲折的身体不肯移开，总之，我的手有点像鼓上蚤，眼睛有点像西门庆，怎么也不会老实。只有鼻子看上去比较乖，在吴美丽同学的面前十足像一只缩头乌龟。所以我只好瞪大眼睛，像狱卒看管犯人一样盯紧我身上不够老实的地方，但后来发现我错了。在一波三折的杨老师面前，我不能瞪大眼睛，相反我得闭上双眼。杨老师山茶花似的粉脸，梨子状的乳房，莲藕般的长腿，几乎让我失去控制，溃不成军。

杨老师是如此美丽，以至于我不敢正视，因为我担心目光中洋溢的汽油会使我全身燃烧！我给自己的心装上了笼头，给双眼戴上了镣铐，我不允许自己在尊敬的杨老师前有半点失礼之处。为了做到天衣无缝，不着痕迹，我用白纸做了一副堪称神品的“隐形眼镜”。我对自己这双可跟鲁班媲美的巧手赞叹不已，十分满意。戴上这副眼镜，不要说是杨老师，就是连我自己也看不见了。但当时不知道戴着这样一副眼镜的我看上去很丑，在大伙儿面前怎么看怎么像翻着白眼的算命瞎子。

我说过喜欢我的吴美丽同学是我初中生涯的一场噩梦，后来我狠下心肠把她给我的火鸡腿扔在地上，这场噩梦才缓缓结束。然而另一场更大的噩梦就要开始了。

与其说这是一场突如其来的噩梦，不如说这是我有生以来最瑰丽的一场美梦惨遭破灭。那是初三时的“五四”青年节，我们在操场上搞联欢大会，杨老师突然爆发出飓风卷过大地或海啸冲上天空似的大笑，我的耳朵灌满了杨老师果汁飞溅般的笑声。但我看不见她的表情，我不知道她是在笑我，更不知道她是在笑我旧裤子上的崭新补丁——那两块补丁就像金牌似的挂在我的臀部上——杨老师从来没有见过有人穿如此朴素如此寒酸的衣服。我也莫名其妙地跟着干笑起来，同时，我听到了同学们驴鸣般的疯狂笑声。这时，我感到有一双柔软的手拉住了我，把我拉出了人群之中，耳边响起一个女孩带着哭腔的哀求声：“求求你们，不要笑他了——”一股熟悉而难闻的味道劈头盖脸地扑来，我知道这是吴美丽娇柔的小手，也是吴美丽气急败坏的声音。

我把“隐形眼镜”呼地扯掉，我看见了笑得前俯后仰的杨玉美老师和全班同学，还有一脸惊惶的吴美丽同学。我感到一盆冷水劈头泼在脸上，手脚不停地发抖。这刹那间，我仿佛全身都被冻僵了。

我为心目中女神般美丽的杨玉美老师感到屈辱和羞耻。我对同学们的嘲笑习以为常，但我从没想到杨老师也是如此粗鄙和恶俗。我感到了一件价值连城的珍宝在破碎、毁灭、彻底消失，我的心里传来了这件无价之宝碎裂和飘散的声音。我冷然地扫视了一遍所有的人。我的冷静异乎寻常，甚至超出了自己的想象，冷静得如同雪山上亘古不化的冰雪。我猛地甩开了吴美丽的手，强忍住眼角的泪水，挺着胸膛大踏步离开了操场。

6. 物理老师疯了

琥珀说："沈博，你今天虽然有了点出息。但也不能将尾巴翘到天上去！我很不喜欢你在追忆往事时，对昔日恩师的那种不屑口吻和亵渎态度。难道偌大的一所学校，就没有一个老师值得你敬重吗？"我说："那也不是。我觉得孟东老师就很不错。"琥珀说："孟东虽有点才气，但人品不敢恭维，他后来的下场也是咎由自取。"我问："他后来怎么了？"琥珀说："我们一毕业，他就被开除了。言归正传，我倒以为赵云老师才华横溢，人又老实戆直，让人肃然起敬。只可惜他后来的命运，唉——"我说："他还不是跟春卷钻进了他制造的'机舱'里胡天胡地？又能老实到哪儿去？"琥珀说："他是被春卷利用了的，春卷心计深着呢。"我点点头，说："赵老师的确是个人才。他后来又怎样了？"

琥珀说："他在制造滑翔机失败后，一直郁郁寡欢。他认为自己具备了制造滑翔机的技术和能力，而他之所以失败，完全是因为原材料的缘故。他购买不到飞机部件的精密零件，做机翼用的也是普通的木板及铝合金，使用的引擎是摩托车的马达。尽管他的滑翔机设计没问题，但由于各部位经不起推敲，顶多就是一个稍为出色的模型，终究难以飞上天去。他痛定思痛，决计卷土重来。但这次他就不先出手，而是从头做起，从最基本的环节做起。他决定去技校进修，学习铸造的诸项技术，从学习制造一个螺丝钉做起，他打算利用一己之力，将滑翔机的每个零件及配件都亲手制造出来。他去进修，朱温是不同意的，认为他这样干是脑子进了水，想造飞机？尽做白日梦！对学校有什么好处？赵老师索性采取停薪留职的方式，然而他的恋人刘芳又不同意，跟他大吵大闹。他们最终没有结婚。

“三年后，赵老师完成了改进后的滑翔机，命名为吴刚－2号，以区别于之前的那一架。这一次，飞机飞得更高，持续的时间也约有一分钟，较之以往，可谓大大前进了一步。但坠落的高度和速度也相应增加，其结果就是将赵老师摔成了不折不扣的跛子。在他养伤的那阵子，春卷曾一度出现，精心护理和照顾他，但最终离他而去。赵老师每天不是绞尽脑汁地画图纸，就是在火炉前挥起铁锤锻造零件。平时深居简出，衣衫褴褛，胡子拉碴，看上去脸容憔悴而疲倦。他被制造飞机的狂热和激情所焚烧，他跟虚空中一架完美而真实的飞机在搏斗，就像马陷入泥淖而无力自拔。他不止一次看到了空中驰骋着一匹天马，那马扑腾着翅膀，凌空飞翔。而他持着绳套去捕捉而一无所获。他坚信自己是一个伟大的骑手。

“多年过去，他制造了一架又一架更先进更完善的‘飞机’，但由于技术、材料或者命运的制约，始终没有办法达到飞机最起码的要求。换言之，他所制造的飞行器或大铁鸟，还不能像飞机那样翱翔蓝天，徒具形状而已。而他每一次驾驶飞行器上天，都是一次梦想的破灭和毁灭性的灾难。那架无比完美的机躯在大地上摔得粉身碎骨，而他每次都身受重创。现在他丢掉了一条腿，一只手臂，另一条腿之前早已跛掉。幸好身体的其他部分尚算完好。但是他仍不肯屈服，胸中的理想像火焰烧灼着他，将他折磨得形销骨立。他这辈子就是想制造出一架真正的、完美的飞机并飞上天空。他头脑中有无数架异想天开、构造独特的飞机陈列在一起，并有数架在他的手上被制造出来并最终毁成碎片。随着年岁的增加，他一方面越来越惶恐，另一方面越来越有了自信。你问我这些年来，他靠什么活下来？他基本上是靠捡破烂。有时也向孩子们兜售一些飞机模型，他不知制造了多少架堪称完美的模型。让人觉得讽刺的是，那些模型在遥控器的控制下，能在空中自由飞翔如鸟雀。而他按照比例放大到一定的程度，引擎就出了问题。可惜了，他无疑是黄花镇有史以来最杰出的一位物理天才，但他有更大的追求，最终走上了另外的道路。近年来，他居然能想起来，他制造飞机的初衷，是跟刘芳举行一个史上最浪漫的空中婚礼。如今，刘芳已嫁作他人妇，都快做外婆了。那么，他只能自己飞上天去了。

“既然飞机上天如此艰难，何不将自己改造成一架飞机，就像大鸟那样在天上飞？他觉得身躯里正孕育着一架无与伦比的飞机，并逐渐占据了他的身体。机翼取代了他的上肢，机头取代了他的头部，机舱取代了他的身体，他已经不再是一个人，而是一架飞行器。每天，他双臂伸张，往后举起，那硕果仅存的跛腿一蹦一跳，在想象中快意地飞行。他连一个模拟飞行的动作都难以完成了。他倘若抛开拐棍，连站稳都成了问题。我曾在街上看他一次次地摔倒又顽强地站起来。他的身后，跟着一群嬉闹不止的小孩。我哭了。他看见我也认不出来。他疯了。”

7. 可怜的英语老师

“在黄花镇，他也算是一个奇人异士吧。”我说，“大前天见那个守门的老头，觉得他很面熟，但又想不起他是谁。”琥珀说：“他就是英语老师王二啊。他仅有高二学历，靠函授取得了大专文凭，并非科班出身。他教英语教得特别吃力。他不懂音标，教我们背单词，只好采取鹦鹉学舌式的方法。他读一遍，学生就跟着读一遍，有时就索性用汉语去注音，但发音却是粤西土白话，譬如 English，就让学生标注‘英吉力士’，Classroom，则注‘卡拉是龙’。这个方法不可取，我们老记不住单词。所以英语成绩很难上去。王二教得也十分难受。各科老师的水平都不怎么样，但王二不幸有个英语甚为了得的前任白兰花，这样别人就有了个比较。王二还是挺认真负责的，他绞尽脑汁，将所有单词都用汉语注了一套读音。这样学生虽然读得不甚准确，但总算能让课文朗读下来。他又发明了一副扑克牌，每张牌上写一个单词或短语，据他所说，只要相关的牌拼对了，就能组合成不同的句式。但他说得云里雾里，我们也听得莫名其妙。那副牌的功用自然无法推广。为了攻克语法这个难关，王二认真拆解了汉语的语法规律，主谓宾定状补，将语文弄得差不多了。他经常跟孟东研究句式和语法，他认为孟东虽然是体育老师，但他会写文章。换言之，他会使用语言，水平显然在别的语文教师之上。王二用心良苦，但他暴露了他既不懂英语又不懂汉语语法的老底。”

等他基本上掌握了汉语语法，却发现跟英语语法根本不是一回事，那些时态、动词和单复数等变化，将他搞得晕头转向。他原来可怜的一点英语知识也全忘掉了。等他再回头看单词，那些用汉语标注的字母，显得支离破碎，犹如奇异昆虫的脚爪，怪异而陌生，根本无法组织起来。可怜的王二老师，有一天走上课堂，他发现原先那些靠强记的英文单词，一个也想不起来了，不会读，也不会写。那些异国文字像一群疯狂的马蜂，嗡嗡叫着迅速飞离。他的头脑空空如也，就像一个在暮秋被蜂群丢弃的蜂巢。他怔怔地站在讲台上，手拿着粉笔，却变成了一个失语者。王二像木头一直站到了下课铃响，他才拖着身躯离开。他的脸色一片荒凉和悲伤，犹如秋收后的稻田，既空无一物，又显得饱受摧残。在刚才的数十分钟里，他仿佛离开自己的身躯，在地球上的每一个角落周游了一遍，但始终无法找回他曾经死记硬背的英语单词。后来，他放下了教鞭。朱温只好让他去做门卫。

这是我们初三毕业不久后的事。王二的悲剧，据说是他不该去向孟东请教什么汉语用法。因为孟东参的都是野狐禅，原本就有偏差及荒唐处。他写的是什么朦胧诗，什么隐喻、象征、跳跃及逆向思维等等，随意将一些词语排列或并置，其打破常规的语文用法，既晦涩难懂，又思维混乱。孟东擅长诗性思维，所以不被扰乱。但王二就被搞乱了脑子，最终分不清哪是英语哪是汉语。这也只是一种说法而已。况且这个说法出自钱志豪之口，未免让人觉得有可疑之处。他的结论是：王二请教的人不对，如果来找他钱某人，呵呵。但王二将英语知识全部丢光了，却是事实。能丢掉的东西，就没有真正属于他。王二向来对英语只是一知半解，从未登堂入室。

8. 写诗的体育老师被开除了

我说："孟东这个人，其实挺不错的，凭什么要开除人家？我觉得他有才华，也有情怀，这都很难得。在黄花镇，热爱诗歌并写得有点模样的，何其稀罕。那几个写打油诗及搜集民间故事的，都进了县文化馆呢。我最早去写诗，就受到他的影响。"

琥珀说："孟东在黄花镇臭名昭著，倒不是因为他早年的风流生涯，相反是因为他写的诗。他在《茂州日报》上发表的，诸如'啊，情人，你的乳头像草莓在甜美的半球上张开眼睛''我的铁锹被你身体里的磨刀石擦出火星''我像种子在你两腿之间的洼地萌芽'之类的诗句，被认为是咸湿（粤语，淫秽之意）诗，简直教坏小孩。每一个有点羞耻感的人，都不会视而不见。诗人都有一些神经质，看上去很古怪。孟东作为一个下流文人的形象，为人们所痛斥。自从白兰花离开黄花初中后，他消沉了好长一段时间，然后发愤而为诗，写了一大堆艳情诗，并有少量在报纸上发表。读过这些诗的人，都被出没在字里行间的诸如‘乳房’‘私处’之类的女性器官所震惊，更为他无耻的诗句而激怒。路边一些小饭店的暗娼还专门搜罗了孟东的诗篇，在关键时刻背诵出来，以增强服务质量。朱温校长在社会贤达及普通群众的怨声载道之中，只好将孟东开除了。在那段日子里，孟东内外交困，他既不见容于校方及黄花镇，也被妻子美兰痛殴。美兰也读不懂那些诗句，但标题下面的‘献给我永恒的情人白兰花’之类的文字，她还是看懂了的。美兰说，如果孟东愿意给她写一首情诗，那么这一切都可以既往不咎，一笔勾销。但是孟东拒绝了。他说，就算我可以出卖我的诗，也不能出卖我的爱情。况且，你看得懂吗？这自然招致美兰的一顿暴打。可怜孟东身为体育老师，但鸡胸驼背，体弱无力，竟远非凶悍如母狮的美兰之对手。而处于悍妻拳脚之下的孟东，居然还在剧痛中凄然而笑。其实，孟东被朱温开除，倒并非全因所谓的艳诗事件，而是两年前已早种祸根。他在张瑶被开除不久，就写了一篇文章《我们要培养什么样的学生》发表在《茂州日报》上，惊动了县里某些管教育的领导。”

多年过去，我对这篇文章仍有印象，尽管文采平平，见识一般，某些观点在今天看来亦无甚新奇，在二十年前，却显得惊世骇俗。其大意是，我们都想学生听话，觉得听话的就是好学生，凡是有些个人想法的就是坏学生。我们总是教育学生成为活雷锋，但不教育学生成为他自己。我们给学生提供学习的好榜样，但那个榜样是如此完美，不亚于圣人，我们教师和官员都做不到，却要求学生去做。我们教育学生要成为螺丝钉、小草，但不教育学生成为巨木或鲜花。我们没有问一问学生的成长愿望，也从来没有给予过其自由选择的权利。学生的成长，是按照我们准备好的模具去铸造上一代人的翻版而不是新人。这既是学生和学校的悲哀，也是民族和国家的悲哀，更是人类的悲哀，当然也是我们这一代悲剧的无限延续。我们这一代人，因为林彪、江青两大反革命集团的毒害和耽搁，其根本性的悲剧命运已无法逆转。但在十一届三中全会春风的吹拂下，新一代少年是祖国未来的花朵，是共产主义事业的接班人，是时候让他成长为有觉悟有思想的“四有”新人了。在二〇〇〇年，我们要实现四个现代化的伟大目标，就不能不反思我们的教育体制，应当从应试教育扭转到对学生的思想素质和实践能力的培育上来。如果还是过去那种洗脑式的教育模式，培养出来的只能是唯唯诺诺而素质低劣的奴隶，靠这样的奴才如何能完成“四化”大业？

在文章的结尾，他花了一小段节制隐晦地叙述了张瑶被开除的悲剧。他说，在黄花镇有一个非常有头脑有理想的女初中生，各门功课都相当不错。但出于某种不可告人的目的，也许是因为其容貌过人而引起某些教师垂涎，也许是她的特立独行让校方不爽，就找了个莫须有的借口，将其开除了。她在学校，犹如羊羔赤裸在狼群中，无力抗拒。这样的悲剧，仅仅是张瑶一个人的吗？我认为损失的是建设社会主义大业的优秀人才。呜呼！

此文一出，在黄花初中乃至全镇都掀起了轩然大波。应当说，文章的前半部分观点固然离经背道，跟当时的教育思想格格不入，但倒并非其首创，更非新鲜。尽管恢复高考没几年，传媒就应试教育之利弊展开过多次讨论，某些有识之士已多次提出素质教育及培养学生独立思考的看法。若非有此背景，其文章亦不会见报。

让黄花初中朱温、郑策等如坐针毡的是后头一截。之前，张林辉和孙红梅的丑闻让朱温焦头烂额，也是因孟东而起（后来，人们终于知道，事件乃他一手策划并报道），此番张瑶被开除事件，若引起更大范围的关注，实在不是妙事。孟东这个刺头，不剃掉是不行了。到后来其艳诗一再见报并在黄花镇上流毒甚广之际，朱温趁着孟东被人们切齿痛骂之机，遂将其开除了。校方的理由是："一个专门去写下流诗歌的人，不配为人师表。不开除他，家长们都不敢将女孩送到学校来了。"

美兰虽然揍孟东，实对丈夫情深义重。孟东丢了饭碗，生活骤然出现经济危机。他又肩不能挑手不能扛，孩子有两个，都是要吃饭要穿衣的，多亏美兰摆了个鸡粥档，生意还不错。孟东也就会帮忙拔拔鸡毛，洗洗碗筷，做妻子的下手。也不知从什么时候起，或出于何种原因，他终于放弃了写诗。每一个人在年轻时，都有无数种可能的道路，而最终只能挑其中一条走到黑。曾经跟赵云一度成为黄花镇上最另类最出位的才子、奇人或怪人，孟东离开人们的视野已多年。他跟任何一个小老头没有两样了。

琥珀说："你想去看他吗？"我说："这多年来，我心里最惦念的就是孟东老师，尽管他寡言少语，对我也不算特别好，但他是最肯定我作文的老师。我一直想过去看他，每发表一首诗或一篇文章，我就想过拿给他看看多好！大学毕业后，我拿到第一笔工资，就想过提点水果去看他。但一直没有付诸行动。不知是何种原因。我很怕见昔日的老师们，不管是对我好或不好的老师。我的感情十分复杂。如果说我对老师没有感恩之心，我是不同意的。但同时有惊惶和羞辱之感。也许，少年时代的某些时光，已化为我内心的阴影，渗入了我的骨髓中，这妨碍了我的成长，但同时也提醒我某些记忆之不可遗忘。我最为震惊的是，他居然被开除了近二十年！"琥珀说："我很少见到他。据说师母摆鸡粥摊生意不错，但等我后来师范毕业重返黄花镇，却没有见过他们。也不知道他们是否还在黄花镇呢。”

我说：“我对当年孟东、白兰花及张林辉之间的纠葛一直甚为好奇，但也有诸多谜团深感疑惑。”琥珀说：“那好，明天咱们谈这个。”我说：“那个爱情故事啊，真称得上错综复杂荡气回肠，精彩之至。”

第五章　绳子为什么会断

1. 水桶沉入井底

体育老师孟东和数学老师张林辉积怨已久，在黄花初中这个弹丸之地，两人的矛盾尽人皆知。矛盾肇始于一位姓白的女教师。该女教师异常美貌，但美到什么程度却因人而异。当我来黄花初中读初一时，还见过她，她在大半年后调走了。有人说她蜂腰肥臀，乳房高耸，很像邝美云。马上有人反驳，说她模样甜美，娇小玲珑，简直是周慧敏的翻版！邝美云跟周慧敏都是香港盛极一时的歌星，在二十世纪八十年代的乡村城镇，随处可以听到她们的歌声从简陋的木制音箱中飘荡出来，但她们的相貌并无相似之处。有个说法比较一致，该女教师是因为孟张二人才离开黄花初中的，听说该女教师一开始喜欢孟老师，但张老师来了之后，她又有了移情别恋的意思。真要是移情别恋还好，她又觉得两人各有所长，一时竟难以抉择。孟张二人将该女教师当成了战场，明争暗斗，短兵相接，相持了一年多，互不相让，不分胜负。该女教师既然无法抉择，遂干脆远走高飞。孟张视对方为仇人，都认为若不是对方从中作梗，早已玉成好事。

先说说这两个人。孟东约摸二十五岁，肤色白净，个子不高，像一个文质彬彬的书生，怎么看也不像体育老师。他确实也没什么体育特长，除了口令叫得好，几乎一无是处。在我们班，跳高有 80% 的人超过他，掷铅球有 90% 的人超过他。就说打篮球吧，他在球场上跑来跑去，根本就沾不到球的边儿。体育差劲者如我，也能在立定跳远和百米短跑上胜他一筹。他高中毕业后没考上大学，但考不上也不奇怪，在那个年代，考上大学在乡村几乎是一个神话。他是顶班来到黄花初中的，他的父亲是黄花初中的体育老师，还没到退休年龄就让位给儿子了。在那个时候，很多职位可以顶班。如果你的父亲是个工人，你就有机会顶班做工人；你的父亲是个官员，你也有机会顶班当个官。我有一个同学，在初中毕业后就顶了父亲在镇税务所的班，每天穿着制服去集市收税，想收谁的秤就收谁的秤，想踹谁的菜摊就踹谁的菜摊，神气得很。但孟东教体育是一个误会，起码难以服众。他毫无体育才能，反倒爱舞文弄墨，在《茂州日报》的报屁股上登过几首自由诗。我的意思是说，如果他教语文可能更受人欢迎。如果他父亲是语文老师的话，这倒不是没有可能。据说他写了很多诗，经常一个人去黄花河畔的水翁树下朗诵，旁若无人，泪流满面。我可以想象得出这样的情景，时值暮春，细雨飘洒，水翁树上怒放着密密匝匝的小花，花是白色的，仿佛春天的细碎伤口，在水气中散发着一股伤感的气息。而我们的体育老师手捧诗篇，声音哽咽，心不在焉，若有所失，恍如梦中。

现在再来讲张林辉老师。他三十出头，身高一米八有余，牛高马大，虎背熊腰，长着浓密的络腮胡，这样的人，不去教体育才怪！事实上，他的篮球也是黄花初中打得最好的。而他是教数学的，吼声如雷，声震屋宇，从厚嘴唇吐出来的却是一些数字、字母或勾股定理之类的公式，何其滑稽！一根细小的白粉笔捏在他的巨掌中，显得无限孤独，让大伙儿想笑又不敢笑。再捣鬼的学生也不敢轻捋其虎须，张老师一发火，可以随手将任何一个学生从窗口扔出去。有一次，一个有黑帮背景的学生邀了几个烂仔，挥着水管、单车链要来修理修理他。谁知其中一个烂仔一见他，手上铁器咣哐一声掉在地上，口里说着“不知是辉哥，有眼不识泰山，得罪得罪”，几个烂仔一溜烟跑了，剩下该学生站在那里，呆若木鸡，面如土色。据说张林辉过去也是个狠角儿，乃是镇上什么“醉八仙”之类的人物，现在教书了才改邪归正呢。消息往往是从张林辉嘴里传出来的，也不知是真是假，但从无人去核实。

张林辉认识白老师时早已结婚了，我为此感到奇怪。在我的印象中，一个人有了老婆为什么还要找别的女人？这就是未成年人的想法，但也是上个世纪成年人的想法。在二十一世纪，未成年人懂得的东西似乎比上辈人还要多。张老师的老婆住在一个遥远而偏僻的小山村，在大山的褶皱处有很多这样的村庄，还没通公路，那些羊肠小道只可以行驶鸡公车或步行，连自行车也无法行驶。一到傍晚，暮色降临，万籁俱寂，一灯如豆，它所能照亮的是天地间更大的黑暗。我见过张老师的老婆，头戴麦秸编成的草帽，长得又矮又胖，那条黄色的帽带几乎垂到脚边。她走起路来摇摇晃晃，犹如企鹅，但看上去却掩饰不住内心的喜悦，甚至称得上有几分趾高气扬。而张老师走在前面，头也不回，愁眉苦脸，原本气宇轩昂的他，却哭丧着脸，仿佛被一副无形的镣铐牢牢束缚着。这样的场景，会让人想起林冲被二公差押向野猪林，真是让人百思不得其解。但毫无疑问，这一切跟他老婆的到来有关。

教学楼附近有一排平房，一字儿排开，这是教工宿舍。旁边还有一间单独的平房，这是学校的饭堂。只有一个炊事员老马，他负责将学生的饭菜炊熟，并承担起做教工伙食的任务。饭堂面前是一个类似碉堡的东西，它就是水池，用水泵将水从山脚下的水井抽来供师生使用。但水泵常出问题，在更多的时候，我们得用水桶从山脚下的井中取水用。

我又说到了水井。水井，在这个故事中有着不可忽略的地位，正如它在这所乡村学校也占据着重要的位置。在一个弥漫着薄雾的夏日清晨——这一天非常重要，可以这样讲，原本两情相悦的年轻恋人孟东和白老师，他们之间的感情出现裂痕，就是从这一天开始的，而这当然跟张林辉有关。但却肇始于一根绳子。仿佛这就是爱情或故事的线索，这是爱好舞文弄墨的孟东始料之所不及的。

闲话休提，且说那天年轻的教师孟东穿着短裤，肩搭毛巾，手提锑桶来到了井台。当然，锑桶上系着一根绳子，绳子供打水之用。他的身后跟着白老师，白老师脚步轻盈，脚下精致的凉鞋犹如轻巧的蝴蝶。尽管白老师跟孟东尚未结婚，但早已出双入对，形影不离，这对于一个为人师表的未婚女子来说，需要莫大的勇气。像这么早的清晨，两个人拿着毛巾去井台洗漱，便容易引起一些想象力丰富之徒的联想和揣测。在这一方面，人们总是表现出极大的热忱和惊人的想象力，譬如白老师看来晚上必跟孟东同宿双栖无疑。甚至有人不怀好意地说，白老师什么都没有啦，你看她走路的姿势！在那个年代，未婚同居有一个更为严厉的名称：非法同居。然而，白老师我行我素，满不在乎，在她看来，爱情才是最重要的，只要有伟大的爱情，流言蜚语何其苍白无力。她一直认为她跟孟东的爱情是伟大的，其坚实犹如一座固若金汤的城池。然而，牢不可摧的城池却随时会毁于一旦。这也是她从没想过的。

此刻，东方已露出语文教科书上多次描写过的鱼肚白。井台上的人越来越多，人声鼎沸，热闹非凡。孟东将锑桶里的口盅、牙刷和牙膏取出来，顺着绳子将锑桶缓缓地垂入井中，当他打了满满的一桶水并要往上拽的时候，那根该死的绳子断了！

锑桶连同它里面的水，像沉重的石头那样扑通一声坠入井底。孟东猝不及防，他觉得一颗心也在刹那间下沉，双手捏着那段轻飘飘的绳子，满脸茫然。锑桶沉入水底的声音很响，几乎每一个人都听到了。白老师凑近井口一看，不高兴地说："你真没用，你是怎么搞的?"

孟东没有吭声，他觉得白老师当着这么多学生的面说他，让他很没面子。但事情还没有完。白老师说："你下去捞起来吧。"孟东吃了一惊，双腿抖如筛糠，有点神经质地嚷道："你叫我去捞？我怎么捞？你不如叫我去死！"

白老师一听，很不高兴，但还是耐着性子说："它对我很重要，你还是想法子捞上来吧。"孟东瞅着幽深的井底，心底升起了一股寒意，说："一个破桶，不要算啦。我再买一个送给你，这行了吧。"白老师生气地说："你以为这仅仅是一个桶？它对我来讲很重要。这是你送给我的生日礼物。总之你无论如何也要给我捞上来！"

别看孟东长得斯斯文文，其实脾气并不小。当时初三学生孙红梅就在现场，并目睹了孟白二人吵架的全过程。他们越吵越凶，越闹越大，搞得同学们面面相觑，不知如何是好。其实，他们的争吵异常短暂，很快就结束了。当时，孟东说："我不跟你吵，要吵也不在这儿吵。"白老师杏眼圆睁，咬牙切齿地说："你到底捞不捞?"孟东像在自语又像在抗议："无理取闹，不可理喻！"白老师一跺脚，勃然大怒，扬手就掴了孟东一记耳光。孟东抚着火辣辣的脸庞，垂头丧气地走了。这是孙红梅的说法，她说得有板有眼。她说孟老师是一位诗人，修养很好，他根本就不想在大庭广众下跟女人一般见识。总之就是白老师的不对，无论如何她也不应动手去打人家孟东，让他在学生面前无地自容。孙红梅最后总结说，白老师这个婊子养的，下手倒挺重的，孟老师的半边脸都肿了起来。

但还有另外的版本，不是孟东挨了耳光，相反是他打了人家一记耳光。白老师不喜欢吵架，她向来讲话轻声细气，性情温婉。如果不是因为她太看重那只锑桶，她是不会跟孟东争执的。她几乎用一种带着哀求和乞怜的口气恳请孟东将它捞上来。但孟东偏不，他梗着脖子对白老师说：“那个桶是我送给你的，我也可以收回来，现在我爱让它躺在哪儿就躺在哪儿，谁也管不着！”白老师平静地说：“你是在向我求爱的时候送这个桶给我的，你这样说是不是要收回你的感情？”孟东被噎住了。就在这样的情况下，说不出话的孟东狠狠地扇了她一巴掌。这一来，白老师气得够呛，掩着脸呜呜地哭着跑了，连脸也不洗。扔下孟东一个人在那儿，怔怔地伫立在一大帮瞪大眼睛的学生当中。这样，一件很简单的事情就变得有些复杂起来。到底是谁没道理，这的确不好说，那只锑桶沉入井底却是一个事实，而它又的确对白老师非常重要。

那天，白老师没有上课，她向校长请了一天假，将自己关在宿舍里。她一整天胸口堵得慌，她咽不下那口气。不管是她打了人，还是被人打，她的滋味都不好受。她的心里被一只锑桶所充满，甚至将她的胸口撑得膨胀开去。这是一个用锑皮和铜钉做成的水桶，桶底较小，桶口微张，其纵切面乃是一个梯形。换言之，这不仅是一个真实的锑桶，也是一件抽象性质的事物，但它象征着白老师最美的爱情和她对爱情的信仰。她想起了去年孟东将锑桶送给她时所讲的甜言蜜语，她的心为昔日美好的回忆而陶醉以及因无力把握的现状而迷惘。

与其说该锑桶是爱情的象征，毋宁说是爱情的信物。它的价值犹如古典戏曲中才子佳人互赠的香囊和玉佩。然而孟东亲手丢弃或收回了这一信物，这才是白老师忍不住悲伤的原因。但白老师忽视了孟东对水井的恐惧，它未知的幽深，具有跟但丁诗歌相仿的深度，这让他深感晕眩。

水井很深，怕有二三十米吧，光水面上的井壁也有十几二十米，井口呈方形，井壁倒是圆的，由红砖一层层地砌起来，井壁装着一些方形的铁环，如果你的胆子够大，就可以用手抓住铁环一步步爬下井底。站在井台上捞桶是不可能的，不会有这么长的井篙。要捞桶就只能攀爬下来，尽可能离水面近一些。我就下井捞过一次锑桶，整个人犹如壁虎般挂在井壁上，一手抓紧铁环，一手持着装有铁钩的井篙去打捞。下去时还好办，但挂在井壁上特别消耗体力，等到要上来时就显得力不从心，当我双手终于攀到井台时，只觉得手酸脚软，差点手一软就掉下井底。其实我还在井中就后悔了，并发誓说以后再也不会下井。当时四下无人，井中的空气很沉闷，天与地一片寂静，我一个人待在井中，耳畔听着泉水滋滋的声响，抬头望着天空，不禁想起了小学课文中的那只青蛙，一种孤独和恐惧油然而生。所以孟东不敢下水井也情有可原，但他不该跟白老师争吵，而应好言相劝。退一步来讲，就算他不愿下井，倘若好好哄她，事情就不会朝后来那样糟糕的方向发展。

孙红梅总结经验：男女之间的感情，非常脆弱，有时一根断掉的绳子足以毁掉一个世界。

这一点我深信不疑。在事情过去的十多年后，我跟孙红梅有幸坐在一起喝茶，也聊过当年黄花初中轰动一时的孟白之恋，不，严格来说是一个包括张林辉在内的三角恋。作为这些事件的见证者和当事人，孙红梅披露了大量的事实和细节。但是我无法肯定她所讲的句句属实，好在我可以结合自己的见闻加以印证。我尽量使我的讲述符合事实，应该说我对孟张二人并无偏见，却不想因事实的出入而伤害白老师。我能做到吗？

2. 乘虚而入

有必要介绍一下孙红梅，随着故事的发展，她似乎显得越来越重要。她比我们高两届，也就是说当我入学时，她已读初三了。她没有拿到毕业证，她是在毕业之前受处分而离校的。我本来还担心她因此而耿耿于怀，事实上她早已毫无芥蒂。她说：“这是我一生中得意的大手笔，也是我第一次为爱情而做出牺牲。我一点也不后悔！”孙红梅所谓的牺牲，我明白她的所指，这是后话，暂且不表。当十几二十年过去，我已远走他乡，平时案牍劳形，难得返回黄花镇一次。而昔日含苞欲放的少女，如今也成为成熟妇人，尽管更加丰满和性感，眼角的鱼尾纹却也若隐若现。她目前的身份是黄花镇红梅缫丝有限公司的董事长，手下有三百多名工人，专业生产和加工丝绸，产品远销海内外四十多个国家和地区。只是，她一直没有结婚。这仿佛又是一个谜。我本来自以为对事情了如指掌，但现在发觉并非如此。

白老师一直待在房子里，阳光从窗口上消失，代之而来的是越来越浓的暮色。白老师不禁悲从中来，她感到随着那些黄金般的晚霞消失的是一些更加重要的东西。她摊在床上，犹如一口倒光了东西的麻袋，提不起一点劲儿。她吃了一惊，她以为自己发烧了，其实不是。只是心里非常难过，她觉得有必要重新考虑一下跟孟东的爱情，倘若说这是真正的爱情，那么它无疑出现了漏洞。这个漏洞是继续扩大或修复，这就得看孟东了。

“笃笃笃”，敲门声在外面响起。声音清脆而柔和，显得很有耐性。白老师心头窃喜，本以为会是孟东。但是她失望了，来人是张林辉老师。他手上拿着一只锑桶，高大的身躯几乎堵住整个门口，在暮色中显得十分安详。在黄昏微弱的光线下，锑桶上的一个“心”形符号依稀可辨，这是孟东去年用红色油漆画上去的，通常这被认为是爱情的标记。但白老师现在觉得它像一只脱离了脸庞的嘴，在发出阴险的笑声。

白老师请张林辉入屋小坐。她掩上了门。这表面上看来是避人眼目，实则是欲盖弥彰，因为张林辉花了九牛二虎之力打捞锑桶以及送去给白老师，这都不乏目击者。本来孤男寡女独处一室，还是打开门的好。但白老师偏要这样，她在心底里隐藏着一种对孟东报复的念头。这个念头就像毒蛇的牙一样凶狠而锐利。

拉亮电灯，白老师才看清张林辉额头的一块伤痕，这可以想象张林辉在捞桶时何等艰苦卓绝。她用手轻触一下这块伤痕，心里涌起一种复杂的情感。她对张林辉表示感谢，但心里不希望将锑桶捞起来的人是他。如果那个人不是孟东，那么这个失而复得的锑桶毫无意义。

张林辉放下锑桶。锑桶被洗得异常干净，里面竟然还放着一只小饭桶，是塑料皮包裹着锡胆的那种，可以保温。里面分成三层，装着一碗汤、一碗饭和一碟菜。张林辉柔声说：“你先吃点吧。”一个彪形大汉，说出来的话语却如此温柔。白老师的心里暖融融的，她觉得有一股新生的力气在刹那间充满了全身。如果锑桶曾经是她渴望的爱情的象征之物，那么现在已不再重要，它已为张林辉脸上的伤痕所替代。在很长的一段时间里，她的脑海中一再浮现出这个伤痕，这几乎成了爱情的铁证。

孙红梅说："有很多人看到张林辉走入白老师的宿舍，但没有一个看见他出来。这样问题就说不清了。"

关于白张二人的流言蜚语，宛若黄花镇上空长年堆积的浮云一样飘荡。张林辉可能就是在此时乘虚而入的，因为从那一天开始，就再也没有一个人看到白老师和孟东在一起了。尽管没有人看到她跟张林辉的苟且，但这也可以理解，张林辉毕竟是有家有室的人。比起脾气暴躁的孟东，张林辉显得成熟稳重，粗中有细，充满成熟男人的魅力。这样的男人，对于白老师这种情窦初开的年轻女性来讲，具有很大的吸引力。

当传闻不可避免地传入孟东的耳朵时，他伤心欲绝，一下子落到了万劫不复的境地。他仍深爱着白老师，但是他不愿主动去找她。锑桶事件在他的心中形成了一个死结，让他打破头也想不明白。为什么他们的感情竟然敌不过一只该死的锑桶？他不甘心。他牢骚满腹。作为对白老师的惩罚，他发誓要让白老师跪在他的面前认错，然后才宽恕她。

但事实上，白老师既没有认错，更没有跪下来。孟东愈加愤恨，他认为白老师这是小题大做，以莫须有的罪名抛弃了他。这明明是一件小事，现在却越闹越大，一发不可收拾了。真是欲加之罪，何患无辞！而白老师则认为孟东不在乎她，吵完了架竟没来哄她。倘若说他对自己毫无感情是冤枉了他的话，那么说他太小肚鸡肠、毫无男子气度就并不过分。

孙红梅说："本来事情并没有到无药可救的地步，但是他们太年轻了。斗气、逞强和苛求都是爱情之大敌，而这些又都是年轻人通常的毛病。当他们懂得这个道理的时候，事情已不可挽回。孟东表面上装得若无其事，其实内心饱受煎熬。”

我说：“他虽然教体育，但本质上是一个诗人呀。他怎会低下诗人高贵的头颅?”

孙红梅说：“没错，他的诗写得不怎么样，倒是沾上了诗人的臭脾气。你不了解他，他表面上又骄傲又自尊，实则脆如苇蒿，不堪一击。眼睁睁地看着白老师日渐疏远，他的心里难受极了，我就见过他一个人躲在果园里偷偷地哭泣。他写下了大量关于白老师或爱情的诗篇，他进入了写作的巅峰，从此之后，他再也不提笔写诗了。我认为他在那一阵子写出了一生中要写的诗。他经常一个人跑到黄花河畔的水翁林朗诵那些诗，他对着天空和大地朗诵，对着长河和落日朗诵，对着树木和它的花朵与果实朗诵。地上啃草的小羊，清风间翩跹的蝴蝶，水底下优游的小鱼，甚至河面上的每一朵波浪、树上的每一朵小花，在孟东的眼里都成了白老师。事实上，他把所看到的一切都当作白老师，她无处不在而又不可触摸，就像空气一样弥漫在天地间，却又无迹可循。孟东读着，哭着，泪流满面。我一生中从没听过如此动人的诗篇，如果其中有一首是写给我的，是为我而朗诵的，那我死也瞑目了。”

孙红梅开始平静如水地叙说着，后来变得有点激动，声音渐次高昂起来。她忽然幽幽地叹了一口气。她明亮的眸子仿佛闪着一种奇异的火焰，而又交织着一种水雾似的东西。我知道，她所讲述的不仅是白孟二人的过去，同时也是她的往昔。她不可能置身事外，我可以作证。

以前孟东滴酒不沾，但现在常去镇上喝得醉醺醺回来，蓬头垢面，胡子拉碴，异常憔悴。在彩霞满天的夏日黄昏，孙红梅多次看到孟东东倒西歪地走在黄泥路上，他摇摇晃晃地踩着脚下被夕阳拉长了的身影。她的胸口升起一股母性伟大的柔情，她几乎忍不住要跑上去扶住他。但她最终没有这样做。她并不缺少追求爱情的勇气，然而也并非毫无顾虑。至少她认为现在还不是时候。她站在土路的一侧，凝视着孟东，路上尘土飞扬，人们行色匆匆，暮色逐渐降临下来，她深情而心痛的目光仿佛长出一双无限温柔的小手，她在想象中扶着脚步踉跄的孟东。孟东脚下一个趔趄，差点摔倒在地。孙红梅打了一个冷战，泫然欲泣。

那一年，孙红梅十七岁，情窦初开，胸前的蓓蕾日渐饱满，心底越来越稠密的心事无人知晓。孙红梅觉得在热衷于奔跑和跳跃的身躯中，似乎有一个小小的自己躲在遥远的、被人遗忘的角落，在那儿，她爱上了一个人。她为他牵肠挂肚，而又守口如瓶。

写诗或酗酒，根本解决不了问题。这就像有病去吃香炉灰一样，无济于事。他每天用酒精折磨自己，将自己搞得乌烟瘴气，一塌糊涂，乃是出于一种孩子气式的自虐心理，企图引起白老师的难堪或怜悯，然而白老师无动于衷。孟东终于顶不住了，他决定缴械投降。他将像一个高举着双手从战壕里走出来的士兵，尽管有点威风扫地，而且以后势必让白老师骑在头上，什么都由她说了算，但却有松一口气的解脱。他在做出这个决定之前问过自己，到底是自尊重要，还是爱情重要？结果他选择了后者。既然如此，如果可以让白老师回心转意，那么也就没什么不可以做的。应该讲孟东这样想是对的，他也马上付诸行动，但可惜还是晚了一步，或者说早了那么一点点，总之时机选择得不是很合适。

孟东去找白老师前可谓煞费苦心，他决意要跟白老师冰释前嫌，破镜重圆。他首先动用剪刀将杂草般疯长的胡须斩草除根，并利用发胶将新剪的头发弄得油光可鉴，然后穿上浆洗得干干净净的硬领衬衫。现在，他就像一座旧房子被修葺一新，甚至称得上有几分英俊潇洒。人的确是一种奇怪的动物，有时将自己糟蹋得像个臭烘烘的茅坑，有时却将自己擦拭得像镜子般一尘不染。做好了这些工作，孟东就去镇上买回一只新桶，而桶里装满了烧鹅、豆腐和青菜。他准备亲自下厨，给白老师做一顿丰盛的晚餐，以便将功赎罪。孟东提着沉甸甸（装满了肉菜）的锑桶走在校园里，心情开朗，脚步轻快，他的心里为一股柔情所充斥。他深刻地认识到跟恋人斗气，有害无益，无一可取。他有点后悔为什么不早点明白这个道理。他下了决心，一定要诚恳，要宽容，要忍气吞声，要退避三舍，无论白老师说多么难听的话，甚至咬他打他，他都要容忍，保证做到打不还手骂不还口，总之这次非要让白老师回心转意不可。

然而，孟东还是打错了算盘，那天发生的事情就像一记闷棍，给予他致命的一击。

那天只不过是无数个夏日里的普通一个，平平常常，没任何特别，天高云淡，晚风吹拂，空气中散发着一股燠闷的热浪。孟东内心温柔，而又心旌摇荡。他的眼前浮现出了白老师柔软的腰肢和结实白皙的大腿，他有多久没染指了呀。然而，天还没有完全黑透，白老师家里却门窗紧闭，孟东放下了锑桶，有点不知所措。忽然，房里传来一阵女性的呻吟，声音有点压抑而亢奋，让人销魂。孟东全身马上僵硬，他伸手掀开了窗格子上的布帘，眼前出现了一副丑陋不堪的景象：张林辉和白老师翻滚在地上，衣冠不整。张林辉双手捧着白老师雪白的大奶子，仿佛饥渴的小动物在贪婪地饮水。那对孟东十分熟悉的奶子闪着陌生的白光，仿佛比屋里的电灯更加闪亮和刺目。而白老师一阵痉挛，她弯曲的大腿忽然猛然挺直，屋里响起“当”的一声，原来是白老师踹翻了那个曾掉进井底的锑桶。

孟东走了，无声无息地走了，脚步沉重，泪水恣肆。他留下了那个装满了食物的桶子，或者说他忘却了它。从今以后，所有的桶都仅仅是桶而已，对于他来讲已不再重要。至少他希望自己这样认为。

这天夜里，孟东是在一个女子的家里度过的，短暂地思考了一下，他选择了一个叫桃花的女子。作为一个年轻有为的中学教师，他一直深受镇上姑娘的青睐和倾慕。在小镇的人们看来，他的“年轻有为”可是不折不扣。他之所以选择桃花，乃是因为她是一个人住，她在镇上租了间铺面开缝纫店。第二天晚上，他去找阿芬。而第三天晚上，他又投入了小菲的怀抱。黄花镇的漂亮女子大喜过望，仿佛在过节似的，恨不得载歌载舞以示庆祝。须知众女子早已对孟东垂涎三尺，一直以来，她们就像一堆苍蝇，嗡嗡振鸣着围绕孟东飞舞。只不过孟东以前是一只没缝的蛋，如今却将自己视为一堆腐肉。这样，她们就有机可乘了。当然，大多数的女子都避开家人的耳目，在月黑风高之夜溜入孟东的被窝。

这样的日子持续了很长的一段时间，孟东觉得自己像一根轻轻的羽毛在飞，在空气中飘浮，而女人的肉体就像空气一样占据了他的呼吸。堕落是轻而易举的，但要一块石头在虚空中停止下坠却是艰难之事，孟东几乎适应了这样的生活，他说不出这是麻木还是沉醉。他无法拒绝每一具肉体的诱惑，然而，又没有任何一具肉体能让他真正平静下来。所以他就像走马灯一样，在一具具肉体之间来回奔波。他无法完整地忆起一个女人的模样，他所能记住的乃是一具具似曾相识而模糊一团的肉体。他仿佛在黑夜中行走，在黑暗中打开了一扇又一扇门，但却发觉这根本就不是自己的家，或者说，你只能住进去，才知道适不适合你。他只能不断地打开，并满怀失望地离去。

孟东有好久没写过诗了，写诗的想法甚至让他感到难堪，他觉得自己不配写诗，或者他玷污了诗的清白和美好。当他一次又一次地进入女人的身体，他感到了一种巨大的空虚在心里发轫并蔓延，就像一团无边的白雾漫过空空荡荡的田野。女人在他身下快活地尖叫。这是一种非常滑稽而荒谬的感觉，女人因他而充实，而他靠什么得到充实？他仿佛成了一个空心人，一个纸人，这种想法让他焦虑不安，仿佛只要有一点火星，就能将他化为灰烬。

一个深夜，孟东从一个女子的身体滚下，忽然掩面哭泣，涕泪横流，这把那个仍沉醉在极度欢愉中的女子吓了一跳。黑夜之中，孟东沙哑、不连贯的饮泣，听起来显得有些不真实，有些诡异。该女子不知所措，她只能用自己赤裸的身体再次贴紧孟东，希望能给予他些许慰藉。孟东终于停止了哭泣，为自己在女人面前痛哭失声而有点不好意思。然而，他听到了心底深处的一声叹息，他仿佛听见一个小人在耳中说，原来这并不是我想要的生活。原来，白老师……

3. 毁灭还没有开始

孟东终于结束了这段放荡而糜烂的生活，他厌倦了那些熟悉或陌生的肉体，那无异于饮鸩止渴。女人对于他来讲，不是一些有血有肉的尤物，而是一些抽象的符号。她们只不过是一些小孔，尺寸略有不同而已。而他就像一束光，透过这些各式各样的小孔照射进去，在女人的肉体深处投射出了一些虚妄、浮夸而漆黑的影子。有一天，他恍然大悟，他只不过一遍遍地重复着初中物理课上小孔成像的实验而已。他被这些影子所替代，他在其中一再迷失，不知所终。他无比痛恨自己。然而，他作为一个登徒子或西门庆之类的人物，坏名声也不可避免地传遍了黄花镇的每一个角落。在那个年代，生活作风的问题仍然是人民群众喜闻乐见的事件，他在那些唾沫横飞的嘴上一次次的吞吐中变得臭名昭著。极富讽刺意味的是，那些乌鸦的臭嘴有一半以上长在跟他有过一腿的女子脸上。这些略有几分姿色的女子将之视为一份荣耀，而恨不得告诉所有的人。她们知道跟孟东身份悬殊，但求一夜之欢，并没有过多的非分之想。孟东堂堂一个吃国家饷的人凭什么会看得上一个寻常人家的闺女？但她们已很知足。她们觉得没什么损失，反而觉得有赚了，仿佛拥有了一份共同的、公开的秘密，这就像是一笔可贵的财富，将会贮藏在她们一生的记忆中。当然，她们的这种想法，只不过是孟东一个人的想法，他也不可能去找每个女子一一核实。

无论如何，目前的这种情形，并不是孟东希望见到的。他毕竟是一位人民教师，肩负着培养祖国未来花朵的重任，尽管他只不过是一个顶班的体育老师。

应该说，流言蜚语对他并没有多大的影响，他觉得嘴长在别人的脸上，爱怎么说就怎么说好了。但他却无比痛恨自己。如果说他跟白老师在井台上的争执，他仗着年少气盛、不甘示弱的话，那么他还没意识到问题的严重性。等到他窥见白老师跟张林辉的那一幕，则伤心欲绝，万念俱灰。如今沦落到这样的田地，却不是他的初衷。他又开始写诗了，他希望凭借诗歌艺术的纯洁和高贵将陷于泥淖中的自己拯救出来，这样的想法是好的，也很高尚，但是不会有什么效果。孟东绝望地感到他失去了语言的能力，在过去“小草像女人的汗毛布满了性感的大地”“花朵像樱桃小嘴吮吸着天空的乳头”之类古怪而优美的句子拈之即来，层出不穷，现在搜索枯肠也写不出一行。他脚下的字纸篓塞满了揉成一团的原稿纸，他感到一种来自骨髓深处的恐慌，仿佛有一队蚂蚁在咬啮他的骨髓，这是一种刻骨的、真正的恐惧。

孙红梅说：“我目睹了这个男人在情场上的溃败，同时看着他一步步地走向毁灭。我是指他作为一个人的破产，作为一个诗人的毁灭。然而真正的毁灭还没有开始。”

孟东的这些事情，我原本一无所知。这一切都发生在我来到黄花初中之前。但后来发生的事情我是知道的，包括将孙红梅卷入其中的事件。在我看来，这个年轻教师教学认真，兢兢业业，而又有点神经兮兮。譬如，他有时在示范篮球两步半上篮时，会在快速起跑之前忽然停顿下来，抱着篮球，歪着脑袋，双眼发直，仿佛在倾听着什么，一会儿才不好意思地笑了笑，重新开始。

孟东遭遇了真正的危机，每一个年轻人都知道爱情意味着什么，而孟东要命的是，他甚至对自己的信仰发生了动摇。他本来立志要做中国的普希金，但现在他怀疑普希金是不是一个傻×，至少握惯了鹅毛笔的手拿起火枪去跟情敌决斗，这无论如何都是一个笑话。这样的想法是亵渎而危险的，他恶毒地笑了，他的思想仿佛变成了兀鹰的利爪，而又将自己的血肉撕成了布条。他开始变得孤立，他将自己封闭起来，犹如一具逃出画室的石膏像。如果说他酗酒以及沉溺于女人的身体，是一种肉体上的自虐，那么他如今在进行着一种精神上残忍的自戕。他通过报复自己以报复白老师，通过打击自己以打击张林辉，通过撕毁自己以撕毁世界。

然而，在实际生活中，白老师安然无恙。张林辉则随着时间的推移，跟白老师渐入佳境，如鱼得水。据说，他正在跟生活在深山老林的黄脸婆闹离婚，似乎白老师嫁给他乃是水到渠成之事。他那张掩饰不住得意的国字脸形成了对孟东最有效的压迫，孟东恨不得砸碎他的狗头。只是白老师偶尔跟他遭遇，那双明亮的眸子仿佛平静如水，而微微翘起的嘴角却仿佛是一个冰冷的嘲讽。这让他心里发寒，仿佛所有的过失都是他造成的，每次他都不敢直视她。至于世界嘛，世界向来就是一个整体，天衣无缝，完整无缺，像石头一样坚固，而他孟东早已身心俱倦，面目全非，体无完肤。

孟东觉得不能再这样下去了，他必须遭逢一些变故，如果没有变故，那么就由他来策划。不管这杯苦酒由谁酿就，但凭什么要让他来独自品尝？他觉得应该是让该死的张林辉尝尝的时候了。

孙红梅说："这就是我所说的孟东作为一个人的破产。因为他的人性已经扭曲，并将沉沦到万劫不复的地步。我就是在这样的情况下跟孟东的关系变得密切起来的。我喜欢他这样，我觉得我的机会到了。我喜欢孟东像困兽那样疯狂地挥舞着爪子，而最终无能为力，而我要做他惟一的救星。我认为如果这个世上还有什么可拯救他，那么就是爱情！"

孙红梅虽然年纪轻轻，却是一个思虑周密、胆大心细的女子。在孟东跟黄花镇各式各样女子鬼混的时候，她可能是最早的一个知情者。这并不奇怪，孟东的一举一动、一颦一笑都在她的关注之中。她无法解释孟东为什么对她有这么强烈的吸引力。是他貌似沉静而内心狂乱的样子，还是他的诗及其诗人气质？孙红梅是学校文学社的副社长，她做梦都想成为一个诗人，然而，一个初中生是无法成为诗人的。

孙红梅多次偷窥孟东跟人亲热。在每一个燠热难当、蚊蚋飞舞的夏日夜晚，她一个人穿着汗衫，踮着脚尖从窗子往孟东的房间里瞅去。她甚至在黑压压的夜晚，跟踪过孟东在镇上鬼混。孟东行走在路上，打着一盏昏暗的手电筒，而她就像一个幽灵、黑夜的一个部分静悄悄地跟在后面。这个女孩何其胆大！孙红梅其实心里也很害怕，她害怕夜枭的鸣叫、路上的坏人以及一切在黑暗中晃动的事物。然而，她咬紧牙根坚持下来。透过玻璃窗或木格子窗，在路边的商铺或幽深的小巷，她一次次注视着孟东做爱的情景。那些让人面红耳赤的场面对她有一种说不出的、充满罪恶感的蛊惑力，这就像一块红糖吸引着一只蚂蚁那样，让她欲罢不能。她就像完成一项光荣而艰巨的任务那样，克服了恐惧、羞怯和欲望，漂亮地完成了一次次盯梢和偷窥。房间里的莺声燕浪和孟东的嘶叫、呻吟乃至痛哭流涕都曾一一落入她的耳目，这让她感到惊心动魄，而又充满嫉恨。每一次，她都握紧自己逐渐变硬的乳房，浑身颤抖，心乱如麻。她想象着孟东身下的每一个女子都是她本人，每一个女子的高潮就是她的高潮。那些女子不过是一些躯壳，是一些木偶，而灌注着她的灵魂和精神，不是那些女子在动作、呻吟和痉挛，而是她在剧烈的战栗中一次次死去和复活。当他们静止下来，她那紧绷着的身体才慢慢放松下来，几乎因迷醉而崩溃！在她看来，那些艳脂俗粉、残絮败柳根本就配不上她亲爱的孟老师。甚至白老师也不配，这个世上如果有一个人可以配得上孟东，那么只有她。她发誓有朝一日要让孟东明白这一点。然而，现实是残酷的，后来发生的事情，也不是天真的孙红梅所能想象的。

如果不是发生了这件事，可能一切都会改观，但这是一句废话，这件事终究还是发生了。那一天，十月的轻风扬起了操场的灰尘，空气中弥漫着黄色的尘埃，孟东正在给孙红梅这班的学生上体育课。这个班的同学都听过有关体育老师孟东的种种传闻，尽管这一切让人面红耳赤似懂非懂，却可以肯定这是一些肮脏、丑陋的事。照理来说，这样一个声名狼藉的“坏人”，就算不是青面獠牙獐头鼠目，应当也是模样猥琐面目可憎才对，但事实上并非如此。他酷爱整洁，衣冠楚楚，待人彬彬有礼，在学生面前显得平易近人，对调皮的学生也不会轻易发火，而是耐心劝告。学生看不到那些传闻在他脸庞留下的痕迹。当他站在操场上，穿着蓝色运动服，胸前挂着一只哨子，显得精神抖擞，英姿飒爽。那只银白色的哨子被一段淡绿色的尼龙绳串着，看上去犹如一件精致的饰物。他的哨子吹得非常好，声音清脆，节奏鲜明。这样的老师颇能讨学生喜欢，尽管孟东上课刻板，语言枯燥，索然无味，但由于他的诗人身份，还是让大伙儿肃然起敬。在黄花镇，能够在《茂州日报》发表文章的人，即使不是绝无仅有，也是凤毛麟角。

我入学后，对孟东老师的印象大抵如此。本来我以为诗人都是出口成章、妙语连珠的家伙，谁知孟东竟是如此刻板木讷，不禁对诗人有些失望。

孙红梅说："当时，孟东正在教我们练习立定跳远，沙池前画着一根白色的石灰线，在孟东的哨子声中，站在石灰线后的同学们，纷纷像青蛙那样弹跳向沙池，体育委员持着铁锹不断地将四周的沙子往中心聚拢。孟东对大多数学生的姿势并不满意，他决定亲自示范一次，只见他沉腰曲腿，成半蹲之势，双手下垂，头部上扬，目视前方，老实讲，同学们觉得他的姿势也未必正确，至少并不好看，你瞧他那个样子，有点像一只挂在铁钩上的烧鹅。"

孟东吸了一口气，双手往后一摆，就要纵身跳出之际，忽然斜刺里扫出一条腿，孟东像一捆稻草那样横飞出去，整个人跌倒在沙堆中。他感到脸上一阵刺痛，嘴里塞满了沙子。还没等到他反应过来，又被一个人揪着衣领拉起来，劈头一拳打来，孟东眼冒金星，又一屁股跌坐在沙上。他揉了揉眼睛，终于看清了袭击者，原来是一个脸孔黝黑的汉子，只见他用指头点着孟东的鼻子吼道："起来，起来呀！"孟东摇摇晃晃地站起来，叫道："你为什么要打我？我要到派出所告你!”来人嚷道:“我让你搞大我妹的肚子——”他张牙舞爪地扑过来,势若疯虎。来人个头虽然跟孟东差不多,力气却大得惊人,孟东被他按在沙池上,像一只挨宰的鸭子在扑腾,手脚乱晃,身体却动弹不得,嘴里在叫:“你先给我说清楚,你妹叫什么名字?”来人吼道:“你他妈的少给我装蒜!美兰让你睡了,还不知道名字?”

孟东满脸皆是茫然之色,他的脑子在飞快地转动,他的眼前浮现出一张张女子的脸,桃花、阿芬和小菲……一张张女子的脸就像幻灯片那样一一映现,然而他竟然想不起美兰到底是谁。他搜索枯肠,也无法找到关于美兰的任何记忆,他怀疑自己是否认识这样的一个女子,甚至世上是否存在这样的一个人都是问题。但是她叫美兰或阿猫阿狗又有什么要紧,这都是他罪有应得。他闭上了眼睛,放弃了徒劳的抵抗。黑脸汉用双腿钳制孟东,拳头犹如雨点落在他的身上,发出捶击沙袋的噗噗声。孟东神色平静,他仿佛没有感觉到任何疼痛,而似乎有一种恶毒的快感。在这刹那间,同学们被吓呆了,有的女生甚至尖叫起来。班长飞快地跑去报告校长朱温。等朱温赶来的时候,黑脸汉已经停止了殴打,他是被张林辉老师拉开的,当时他恰好路过操场,他出现得非常及时,孟东已被揍得半死,但又不至于真的断气。身材魁梧的张林辉一把抓住黑脸汉的后脖子,就像老鹰抓小鸡一样将他扔在地上。

朱温开腔说:“你以暴力手段扰乱教学秩序,难道就没有王法了吗?”朱温不讲他打人,而说他扰乱教学秩序,一下子就将其从私人斗殴上升到妨碍公共安全的层面,这就是校长的高明之处。

黑脸汉一怔,什么“暴力手段”“教学秩序”之类的字眼,对他来讲完全陌生,但“王法”二字还是听懂了。他嚷道:“难道他搞大了我妹的肚子就是王法?”朱温瞥了孟东一眼,没有吭声。张林辉冷笑，说：“校长少跟他废话，把他扭送到派出所去得啦。想打就打，就当我们是好欺负的吗？”孟东用手掩着肚子站起来，艰难地摆了摆手，说：“放他走吧，我没事。”他说没事是假的，他感到浑身的骨头像散了架，疼痛难忍。他几乎站立不稳了，姿势扭曲而难看，犹如一个被践踏的破纸箱再也无法恢复原貌。黑脸汉不吃眼前亏，终于骂骂咧咧地走了。他说：“孟东我操你妈，咱们还没完，你等着瞧吧。”孟东脸如土色，心如刀绞。他非常难受，莫名其妙挨一顿揍倒也罢了，但救他的偏是张林辉，也就是说他欠了张林辉一个人情，还得多谢人家呢。

孟东很快就知道美兰是谁了，当他讲完课回到宿舍时，一个女子腆着大肚子在门口等候多时。

孟东大惊失色，脱口而出：“啊——美兰！”该女子像一只狡猾的小狐狸那样咧嘴笑了笑，示威似的挺了挺大肚子。她长着一张闪光的小脸，孟东发现这张脸上长着几颗雀斑，使她平添了几分成熟和妩媚。最让人难忘的不是她的脸，而是她纤细柔韧的腰肢，在床上疯狂地扭动，仿佛是一根绳子，绷紧或抢圆都不会折断。除了她在床上扭动的腰肢，孟东对她一无所知，更无感觉。就是这样的腰肢，如今就像一个气球那样不可一世地膨胀。孟东已无路可退。美兰捧着滚圆的大肚子，就像手上掌握了威力巨大的核武器，显得盛气凌人。孟东除了束手待缚，已无路可退。在这个秋天，孟东终于跟美兰结婚了，且很快就做了爸爸。孟东想，如果不能跟白老师，那么跟谁都无所谓了，美兰也好，桃花也好，其实这又有什么分别！

婚后的第二天，孟东就跟美兰吵了一架。这个柔情如水的女子，在婚后露出了母老虎的真面目，性格暴躁，嗜好暴力。孟东只不过说了一句：“你要我结婚也可以，但何必找你哥来打我？”美兰说：“我没有，我哥去找你时我根本就不知道。”孟东不相信，说：“如果不是你说的，他怎会知道是我干的事？”美兰勃然大怒，吼道：“我怎么知道？若要人不知，除非己莫为，世上没有不透风的墙！我要打你随时都可以打，我现在就可以打，何必要别人出头？”她说到做到，当场用手上的锅铲打破了孟东的额头。孟东不敢还嘴，夺门而逃。

此后，孟东一家没一日得以安宁，争吵打闹乃是家常便饭。同学们经常看到孟东被老婆举着菜刀或烧火棍追赶得满校园乱跑，而美兰在后面哇哇大叫，扬眉吐气。

4. 身败名裂

寒假结束后，白老师也离开了黄花初中，有人说她调到了橘城，有人说她抛弃了公职，一个人到深圳闯世界。这么多年来，黄花镇上的人，再也没见过她。她就像一滴水那样，消失在茫茫大海之中，没有留下一点痕迹。其时，张林辉已成功跟家里的黄脸婆离了婚，他花了九牛二虎之力，并且放弃所有的财产，总算摆脱了这个人老珠黄的包袱。尽管他两手空空，一无所有，但是他很高兴，整天乐呵呵的。每个人都认为这样一来，他跟白老师的好事也就水到渠成了。谁知白老师就这样走了，一声不吭地走了，没有谁知道她的去向，连张林辉也不知道。

张林辉猝不及防，一时方寸大乱，在很长的一段时间，他都萎靡不振，无精打采。他觉得生活失去了意义，他不知道自己到底为什么而活着。生活是一个笑话，他想起跟孟东种种明争暗斗的滑稽与可笑，事实上谁都没有得到白老师，她在将两个人玩腻之后弃之如敝屣，扬长而去。他失去了一个老婆，孟东得到了一个老婆，但结果都是一样的——一塌糊涂。他们都是失败者，白老师才是惟一的胜利者。既没有老婆也没有情人的张林辉，他感到高大的躯体充满了罕见的空虚，这种空虚仿佛纯粹是肉体意义上的。他感到精力充沛的皮肤下面，隐藏着一群凶狠而饥饿的野兽，它们在血管里面吱吱怪叫，呲牙咧嘴，渴望着女人粉嫩肉体的喂养。

张林辉出事了。黄花初中发生了建校以来的第一桩新闻事件，张林辉的事情被刊登在《茂州日报》的本地新闻版上，标题是《学校爆发桃色丑闻　老师诱奸清白女生》，作者署名是“本报特约通讯员孟东”。这件事过去很久，依然被全校师生津津有味地一遍遍讲述，添油加醋，乐此不疲。张林辉是如何迫不及待，该女生是如何半推半就，仿佛他们每一个人都在现场似的，目击了该事件的全过程。甚至连校长朱温也能讲出若干细节，眉飞色舞，唾沫乱飞，一边摇头一边叹气说：“唉，这个张林辉！”

时隔多年，这充满戏剧性的一幕依然历历在目。那一天午后，初春的阳光在树叶上跳跃，宛若一尾尾小鱼在游动，花香夹杂在轻风中缓缓吹送，这是一个容易让人犯困和娇慵无力的季节。孟东老师让我们做操，我们懒洋洋地做着踢腿或伸腰的动作，根本提不起劲儿。而孟东老师则显得心神不宁，他不断地伸长脖子眺望操场外面的黄土大道，像一只扑打着翅膀的鹅。黄土路的另一端通往黄花镇，黄尘滚滚，路边则芳草油绿，野花粉红，蜜蜂嗡鸣。突然，持续而尖利的警笛吓了我们一跳，而孟东老师则喜形于色。他宣布提前下课，幸灾乐祸地说：“一出好戏就要上演啦，大伙儿瞧热闹去！”很快，一辆警车停在学校的操场上，车上跳下来的三名警察以迅雷不及掩耳之势冲向学校那栋低矮的平房，目标就是张林辉的宿舍。我们在孟东老师的带领下，跟在警察的后面亦步亦趋，形成了一个喧嚣的扇面。

一名警察回头瞪了一眼，喝道："去去，有什么好看的！"警察伸手敲门，"笃笃笃"，敲门声在逐渐变得凝重的空气中显得格外响亮，而张林辉的房子悄无声息。警察继续敲门，这次他加重了手上的力度。屋里一片死寂，我当时想，不知张林辉出了什么事呢？也许，里面根本就没有人吧。而孟东双眼发亮，他似乎迫不及待而又胸有成竹，仿佛对一切都了如指掌。

警察显得不耐烦起来，厉声说道："开门，开门！再不开门我们就冲进去啦！"里面依然没有动静，双方僵持了好一会儿。大约有二十分钟吧，孙红梅说："当时张林辉正在忙碌，而敲门声差点把他吓死，过了一阵，他才如梦初醒似的，先穿起衣服，然后在不到十平方的房子里转来转去，急得像热锅上的蚂蚁。他用手使劲拔着窗棂上的铁柱，终于将五根铁柱一一拔了下来，他想通过窗口爬出去。他试了试，将脑袋钻出了窗口，然而他的肩膀太宽了，根本通不过去，他的脑袋在窗框里使劲而徒劳地转动着，看起来又滑稽又辛酸。他终于放弃了努力，他将脑袋从窗框里拔出来，颓然坐在地上，绝望地闭上了眼睛。"警察就是在此刻破门而入的，他们带走了张林辉，并取走了床单，白床单一片嫣红，犹如雪地上盛开了一朵红艳艳的梅花。这无疑是极为重要的证据。

最终，张林辉弄得身败名裂，被作为教育战线上的败类开除出了教师队伍。那天，我们看见张林辉神色惨然，犹如一只拔光羽毛的公鸡那样耷拉着脑袋，无地自容。而他的身后跟着学校的文娱积极分子、文学社副社长孙红梅同学，这真是太让人感到意外了，围观者马上变得亢奋起来。

有的老师在窃窃私语，说张林辉这小子真有一手，最漂亮的女老师和最漂亮的女学生都让他拿下啦。孙红梅发育得很好，素有大美人之称。只见该美人头颅高昂，毫无惧色，反倒有些容光焕发，仿佛完成了一件重要的使命似的，既如释重负，又深感自豪。这样的神态倒让我感到奇怪，她的眼眸闪耀着一种悲壮而高贵的光辉，这分明是一种为了爱情或理想而不惜献身的光辉，我觉得她怎么看怎么像押上刑场的革命党，慷慨就义，视死如归。当时，我很佩服孙红梅的大无畏精神。我也以为孙红梅所爱的人是张林辉，其实不然。她爱的是孟东，所以她愿意为孟东去做任何事情，尽管孟东不知道她愿意这样做的真正原因。

这一切都是孟东策划的，事隔多年之后，这已经不再是什么秘密，但当时我们都被蒙在鼓里。就此而言，孟东不愧是策划新闻的好手，他一手导演这出好戏，又以最快的速度投稿给报社。当时，孟东找到孙红梅，提出让她跟张林辉如此这般……作为交换的条件，他会帮孙红梅修改一首诗并推荐到《茂州日报》发表，孙红梅一开头吓坏了，但想了想就应承了。孟东并不起疑，因为这对于一个爱好文学的初中生来说，不能说不是一个相当诱人的条件。至于他选中孙红梅，一是因为他觉得该女生对男女之事似乎并不陌生，而且人又漂亮；二是也只有针对她这样的文学少年，推荐发表作为一个诱饵才会成立。结果证明他的选择是对的，一切都如愿以偿，他终于出了一口恶气。

我对孙红梅说："孟东这招真狠啊。想不到他看起来慈眉善目，心儿却忒毒！一声不吭，就将张林辉置于死地！"

孙红梅说："这就是无声狗咬死人。但张林辉也不是什么好东西。当初我听到孟东这句话时，心头一震，我也想不到孟东这么卑鄙，竟然会当着我的面提出这种无耻的要求！我恨不得当场刮他一个耳光！如果他提出让我跟他睡觉，我会毫不犹豫地答应，毕竟这是我梦寐以求的事。然而，我爱的人竟叫我去跟另一个男人睡觉，他处心积虑所做的这一切，只不过是为了做一桩损人不利己的勾当！我差点跟他说我不愿意，我爱你！这个可怜的人，他充满血丝的睁大的双眼中，只充斥着仇恨和屈辱，而看不到爱的世界和他面前这个爱着他的少女，我差点给他当头泼一盆冷水，让他清醒清醒！我曾经想过以自己的全部爱情和灵魂去拯救他，即使在他跟美兰这条母大虫结婚后我也没有放弃。但是，当他向我提出这个要求时，我的心死了。我知道这个人已无药可救。然而，我还是愿意帮他的忙。我看着这位因仇恨而痛苦的男人，我的心软了，我的目光中充满了柔情和怜悯，我几乎要伸出手去，摸一摸他的头发、额头和脸颊，然后将他憔悴不堪的脸庞埋入我的胸膛。我对自己说，我愿意为他做任何事情，哪怕是叫我去死，而我将不问为什么。”

我说：“红梅不是我说你，无论如何你都不应该这样做的。这于己于人都没什么好处，即使对孟东来讲，也没有任何好处，不过，这也难怪，你当年不过是个孩子。如果当时你向孟东说出你对他的感情，说不定他就不让你去做了。”

孙红梅摇了摇头，她也无法肯定。

5. 爱情的代价

也许，正是白老师的离去让孟东坚定了策划那起“桃色事件”的决心，他要让张林辉身败名裂的念头就像磐石那样不可动摇。他在事后也兑现了他对孙红梅的承诺，孙红梅的一首小诗经过他的“润色”后，发表在《茂州日报》的“春笋”文学副刊上。在孙红梅收到样报的那天，她正在收拾行李准备离开校园。校长建议她转学或退学，说是建议，其实是勒令退学。黄花初中虽然是一个三流的乡村中学，但也无法容忍一个不知廉耻的少女。这个伤风败俗的事件，已经极大地损害了学校的声誉。孙红梅接过了孟东老师递给他的样报，看也不看就撕成了碎片，印着铅字的劣质新闻纸犹如灰黑的蛱蝶在风中飞舞，纷纷扬扬。孟东被这个举动吓了一惊，他原本以为孙红梅会为此而高兴的。毕竟这是她付出极大代价得来的报酬，然而，这份报酬她似乎并不看重，那么她当初为什么会答应他呢？他的大脑闪电般掠过一个念头，他几乎被这个念头吓住了。

孙红梅凝视着他，深深地，久久地，仿佛要将孟东的形象牢牢地刻入脑海。孟东被她瞧得心里发毛，低下头去。这时，他才想到这个事件给一个少女带来的伤害。这可能是一个永久的、无法弥补的伤害，它将作为一个青春的噩梦，犹如影子一样紧紧追随着她。而她本来是无辜的。他的目光不禁流露出歉疚之色。

孙红梅是何等聪明之人，她马上捕捉到了这一点，冷笑着说："你不必可怜我，这个世上，没有谁是无辜者，也没有谁曾真正置身事外。所以你不必怜悯我，这一切都是我咎由自取，罪有应得。你不要可怜我！我所做的一切都是为了自己，而我终于知道我一开头就错了，尽管我的想法如诗如梦，但我一直在枉费心机！"

孟东一怔，他有点听不懂这些话。

"你还记得那根断掉的绳子吗？"

那根绳子是所有事情的肇始，它的猝然中断就是一连串事件的开端，从某种程度上来说，是那根偶然断掉的绳子毁掉了孟东的幸福，毁了他的一生。如果那根绳子不会断，那只锑桶就不会掉下去，然后……孟东感到大脑一阵晕眩，他几乎不敢再想下去了。

"那根绳子的断掉看起来纯属偶然，其实并非如此。我偷偷地做过手脚，我用小刀将绳子的主体巧妙而隐蔽地切断了，看起来毫无破绽，其实早已名存实亡，只要它打满一桶水，它在重物的压力下必断无疑！当然我只不过是别人手上的一颗棋子、一件工具而已。这一切均是张林辉的授意，他蓄谋已久，蠢蠢欲动。张林辉对我说，小孙啊，我看得出你对孟东的感情，真是比天高比海深呀，但你要得到他的爱情，我们就只有合作！你要的是孟东，我要的是白老师，各取所需，各得其所。我们的目标就是彼此的情敌！所以我们必须通力合作，并肩作战，我们是站在同一条船上的人！就这样，在张林辉那里，我只不过是一把小刀，一连串事件的第一个环节，张林辉周密的计划就像一架精密的机器，但只有我的加入，这架机器才会顺利启动；而在你眼里，我只不过是一个圈套，一个圈套上的活扣，你利用我勒紧了张林辉的脖子！为什么你们都不约而同找上了我？就连张林辉都看出我对你的感情，你却视而不见。难道你是一段木头，对我就一点感觉也没有吗？难道白老师在你的心中就那么重要，而我就一点位置都没有吗？到头来竟然要将我拱手送予他人！”

孙红梅越说越大声，热泪夺眶而出。她噙着泪水，用力地踩着地上的碎纸，说：“这是什么东西？这就是我献出童贞换取的东西吗？如果你以为我会看重一首破诗，那你就错了！我本来是要献给你的东西，你却叫我给了别人。”

孟东的身体剧烈颤抖，怔了半晌，才说：“你是说你喜欢我？”

孙红梅没有回答，她狠劲地甩了一把马尾辫，头也不回地走了。

我一时不该如何说才好，我几乎被惊呆了，我不知道其中隐藏着这么多秘密。我良久才说：“孙红梅，其实你不必跟我说这些的。不过你说了，我要多谢你。”

孙红梅满不在乎地说：“当年学校的人都以为我跟孟东只不过是

做一笔肮脏的交易，以为我是为了发表一首诗而不惜委身于人的小婊子，其实我是在跟自己做一笔交易，做一次彻底的清算。我能为孟东做的都做了，我对他仁至义尽，毫无保留。我要跟自己打一次赌，我要看看经过这一次之后，我能否彻底忘记孟东这个人。照理说，虽然孟东会写几首朦胧诗，但实在不是一个好的爱人。但爱情什么时候讲过道理？这是我跟青春告别的一次仪式，尽管代价惨重，但我别无选择。从此之后，我就跟孟东一刀两断，形如陌路！我把本来就要给孟东的东西交出来，他要给谁是他的事，哪怕他是因仇恨而做出这个决定！”

我不知该跟孙红梅说什么好。我想这次谈话应该接近尾声了。我想，孟东对世界的仇恨，源自他对白老师的爱，没有人能说出他对白老师的爱何等强烈，但孙红梅对他又何尝不是如此？她一生中只爱一次，爱了之后就永生不渝，至死方休。终于，我问了一个憋了好久的问题：“但不知白老师到底爱不爱孟东？”在我心目中，这个女人始终像一个谜团萦绕在心底。也许孙红梅能够给我一个明确的答案，解开我的心头之谜。

孙红梅说，白老师在离开黄花镇的前夕，去找过孟东，她是瞅准美兰回娘家才找孟东的，时间是夜晚九点，秋意渐浓。然而，螳螂捕蝉，黄雀在后。这一幕全落入孙红梅的眼中，她不会轻易放过孟东跟任何一个女子的幽会。她还以为两人会发生更加精彩的内容呢，但后来的结果，显然出乎她的意料。

孟东惊愕地望着白老师，一时说不出话来，没想到白老师会来找他，但他的眼前马上浮现出了她的奶子被捧在张林辉手上的情形，这让他一辈子也无法忘却，这个镜头锐利如喉咙间的鱼钩。他的目光几乎涌出了敌意，他恨白老师，他将这种恨深深地压抑在心底，他将这种恨视为一个最大的秘密，他要留到最后才公开，就像这是一笔不会轻易花掉的养老金。

白老师对他的敌意视而不见，她连珠炮般发问："你为什么要跟别人结婚？你要结婚为什么不来找我？自从去井台那天起，大半年过去了，你从不来找我。其实你只要叫我一声，或者使一个眼色，我就会跟你走，就会嫁给你。"

孟东冷笑，笑声嘶哑而充满讥诮。

"张林辉已经离婚了，他一离婚就向我求婚，但我拒绝了。你知道这是为什么吗?"

"那么你跟张林辉是怎么回事?"

"你是一头猪，你是一头蠢到无可救药的猪!"

白老师说完这句话，已泪如泉涌，她双手掩着脸，摔门而出。

第六章　恋情

韦志远在黄花初中乃至黄花镇都算得上是一个极富争议性的人物。过了二十多年，人们仍无法对他做出准确而公正的评价。他成了黄花镇屈指可数的包工头之一，他算得上是一个有德行的人。但同时他也有某些遭人诟病的事情。在以前，他跟女生颜槿的恋情遭到了黄花镇每一个人的仇视及反对，但后来他对妻子不忠乃至离婚的事情，却无一例外地遭到了黄花镇人的唾骂。

初三时，郑策经过缜密的侦查，发现了韦志远和颜槿的早恋。与其说是他侦破此事，不如说是韦颜二人的恋情太炽热了，纸包不住火。他们相好有半年多了。颜槿可能是那几年黄花镇最美貌的女人。大凡女人之美，就像春天的百花园，姹紫嫣红，竞相斗艳，各领风骚。但花期各有短长，长江后浪又推前浪，总有奇花异卉横空出世而又急速颓败。人们对美或美人各有标准和看法，但是再挑剔的目光或再苛刻的标准，都无法不承认她是黄花镇罕见的美女。她的美如夏日莲塘上高高举起的花蕾，刚露峥嵘，还未开放呢。正如白兰花是黄花初中史上最美丽的女教师，张瑶（特指其作女儿妆的短暂时刻）的昙花一现，也让不少师生神魂颠倒，但黄花初中史上最美女生的桂冠却非颜槿莫属。

至于谭人望苦心搜罗的所谓“金陵十二钗”之类，比较起来无非是艳脂俗粉，不值一提。

谭人望不服气，其古怪观点是：颜槿的确是美人，但仍算不上“十二钗”的理想模特。因为她既有林黛玉的花容月貌似水柔情，又有薛宝钗的浓烈明亮倾国倾城，而又带着几分史湘云的混沌未开娇憨天真，总之，她的美乃“十二钗”所无法涵盖而自成一格。不是说她不美，但她的美如偏锋之剑，过于尖锐。之所以不考虑拍她，也是因为其美丽无法归类。其实，他当然邀请过颜槿而遭到拒绝。

颜槿是一个善于拒绝的人。她从十三四岁起就开始拒绝各式各样的男人了，大多数是她的长辈，譬如中学老师、镇府公务员、邮递员、铁路职工、屠夫以及街头流氓诸如此类。几乎没一个目睹其容貌的男子而不想入非非并付诸行动，之后是她身边的男同学。但是她没有拒绝韦志远。她也不知道是什么原因。韦志远的父亲是个补鞋的哑巴，身份低微，屋无片瓦，而且被人们称为“北佬”，但她一见到韦志远，心就打鼓似的怦怦乱跳。她喜欢跟韦志远说话，不说话也行，如果韦志远抱着她则更好。爱情是不讲道理的，反正她知道韦志远爱她，那种爱带着某些刻骨铭心的东西，她敏锐地感到跟其他任何一个男人都是不同的。她遇到过各式各样的求爱方式或表白，不管真实与虚假，普通或特别，但她除了韦志远，对谁都没有感觉。她以为韦志远一辈子都这样爱她。毕竟他们的相爱，是在囚笼中争得自由的，这一切都来之不易。

韦志远跟颜槿的爱恋被称为早恋。的确，他们都是初中生，距离成年（十八岁）略有年月，因此，他们如果想顺利读完初中，就得掩人耳目，保持着秘密恋情。黄花初中不会对早恋者手软，校方开除过不少荷尔蒙太充盈并管不住自己的人，不管是师生恋还是同学恋，概无例外。譬如春卷、孙红梅等等，都受到了相应的惩罚。韦颜二人的头号大敌就是黄花初中，然后是颜槿的家庭主要是她父亲颜景。颜景是黄花镇食品站主任，是镇上的体面人物，即使他开通到允许女儿乳臭未干就拍拖，但也绝对不会允许韦志远染指他的掌上明珠。韦志远当时毫无日后发迹的征兆，有谁能想到这个外地来的少年日后会成为黄花镇屈指可数的几个包工头之一呢。在二十世纪八九十年代的黄花镇，大款的意思就是包工头，不会有另外的含义。韦志远做梦也没有想到，他跟颜槿相好，这使他成了过街的老鼠。

如果在今天，他就恍然大悟，黄花镇罕见的小美人，是多少人垂涎三尺的一株鲜花呀，但尚未绽放就被这个穷小子采摘到手了。这就犯了众怒。因此韦志远麻烦不断，他必须保持低调。

他跟颜槿幽会的方式，在考虑场所以及细节时都煞费苦心，类似于电影上的地下党接头，提心吊胆，从不敢麻痹大意。其匪夷所思之种种，让人惊骇乃至悚然。我当年跟琥珀的恋情也是小心翼翼暗中进行的，但比起韦颜二人来，惊险刺激的程度均难及其万一。毕竟，他们很早就突破了男女之防，真刀真枪，肉帛相见，深入了性爱的高级阶段。一日不见，如隔三秋；干柴烈火，一触即发。

而我跟琥珀当时情窦初开，对男女之事懵然无知，仅停留在发发美梦说说情话的初级阶段，纯真是有的，却如雾里看花，未免朦胧而虚空。尽管我们也说你爱我我爱你，模仿香港影视剧男女主角谈恋爱的情景，练习着相思、挂念和闹别扭，也幽会，也搂抱，但没有进一步的举动。这也是我们不引人注目的原因。换言之，我们当时不懂得男女之情，我们的所谓恋爱，其实跟好朋友的概念差不多，甚至没有意识到对方的性别。琥珀说："当时大家就对颜槿议论纷纷了。她那对水汪汪的大眼睛一粘到韦志远身上，就无法移动了，任由眼波决堤，仿佛喝多了酒，又欢喜又痴醉。有经验的人一看就知道她是发花痴并为谁痴狂了。刘芳就说过，那几天看她走路，犹如螃蟹横行，双腿叉得太开，明显是刚为人妇嘛。全班二三十个女生，就数她会来事儿。你瞧她那对大乳房，那个大屁股。她的身体‘熟’了。女人的身体就像土地一样，有没有被翻弄过、有没有播过种，是不一样的。气味都不同，那可是骗不了人的。而那时我们哪儿开窍啊。不过，我喜欢当时的我们。”

那时，韦颜为了避人眼目，又得抚慰对方，真是挖空心思。他们不仅要跟学校老师作斗争，还得跟全镇人民作斗争，要摆脱来自各方的围追堵截。

当时，郑策代表校方已介入调查，若早恋属实，那必将是记过乃至开除的严厉处分。韦志远的成绩不错，他也是学校少数有望考上高中的人。他不会轻易放弃学籍。于是，他向学校的来犯之敌发出了警告。换言之，他并非针对周立诚做标兵，周立诚只是误伤，他的一连串行动，都志在不战而屈人之兵。他警告学校，兔子逼急了也会咬人，何况是他韦某人？现在，周立诚是黄花初中的学生会干部、道德楷模，如果受到质疑乃至落马，也就等于砸了黄花初中的招牌。至于使谭人望声名扫地，也不是其真实目的，而是敲山震虎，杀鸡给猴看，借以跟校长作斗争的筹码。

但朱温岂是受区区一学生要挟之人？下来就是好戏连场了。据说他不久就收到了对方发出的所谓有力证据，一是方小嫣做人流手术的交款回执复印件（那时复印机在小镇尚属新鲜事物，复印件算得上新生之物），其中一份文件，赫然有周立诚冒充家属同意手术的签名。另一份是谭人望正在拍摄某钗裸照时的照片，画面上某女生的胴体固然暴露无遗，而手举相机如获至宝的谭人望亦清晰可见，他那喜形于色的嘴脸略显下流。这样的反击果然见效，朱温等招架不住，周立诚遂被开除了。谭人望及方小嫣亦相继离校。色字头上一把刀，拿男女关系大做文章，可谓见血封喉。这都是韦志远的周密部署及接连反击。他真是一个胸有沟壑之人，如果不是胸中有雄兵十万，他怎么会那么有预见性而收集好了证据？

这些说法都合情合理，但作为一个训练有素的怀疑论者，我尚有疑问。我以为那些所谓文件及证据，我既然从未见过，亦就难以信其有，更遑论其真伪了。而韦志远和颜槿亦被扫地出门。一时早恋者风声鹤唳，人人自危，我跟琥珀也心头战栗，收敛了很多。

韦志远和颜槿的恋情索性从地下转为公开了。她有时也会到哑巴补鞋匠的摊档去，用白生生如嫩藕的手，拿起锤子帮助未来家公补鞋子。真是个贱人啊。这遭到了全镇人的讥嘲。这一切让颜景大动肝火，恨不得棒打鸳鸯散，却一时苦于没有良策。而嘲笑还是其次，镇委副书记李刚让人捎来喜讯，愿跟颜家结为秦晋之好。李家公子早对颜槿垂涎三尺，可惜颜槿有眼不识金镶玉。李公子表示他虽跟颜槿尚未婚娶就先戴了绿帽，但他大人有大量，如果颜景能搞掂女儿跟韦志远的乌糟事，那么他既往不咎。对于颜景来说，女儿没有更好的出路了。于是，他软硬兼施，不准女儿见韦志远，但颜槿不吃他那一套。他打算将女儿转到别的学校去，但颜槿温柔地抚摸着微微凸起的肚腹说："难道要我挺着大肚子上学堂吗？"颜景说："你去做了。否则我将你活活打死！"颜槿哭着说："你真要逼我，我只好跟那块肉一起去阴间好了。也用不着你打。"

琥珀说："其实颜槿当时没有怀孕，这是她听韦志远的吩咐，借此要挟父亲的办法罢了。"

颜景一筹莫展，只好又来找韦志远谈判。他要做一笔生意，他算来算去，觉得自己稳操胜券。颜景对韦志远说给他一万元，让他离颜槿滚远点；要不就拿一万元出来，今后将任由他们自由来往，不再干涉。当时，一万元不是小数目，食品站收购一头猪，百把斤肉的，也就付农民两三百元，筹一万元，那得多少头肥猪啊？如果换成补鞋子，那得补多少双呢？颜景不禁暗笑。他整天跟数目字打交道，自以为胜算在握。能随时拿出一万元钱的，据颜景所知，偌大的黄花镇，恐怕超不出十个人。他颜景也算有点钱的人，但那十个人可没算他在内。韦志远一听，脸就白了。颜景冲着韦志远的背影大声说："我给你三天时间，如果拿不出钱来，到时别说我不留情面！"谁知不过两天，韦志远居然捧着一万元递给了颜景，这让颜景惊诧之下也不禁刮目相看。那一万元从何而来？凭他的哑巴父亲补鞋，就是补十年八年也挣不到这个数目。

多年之后，人们才知道，他是让一个远房亲戚去镇信用社贷款的。而他则跟亲戚立下字据，一万变成两万，三年内还清。他后来不到三年就还清了。这韦志远果然不是省油的灯。那几年，他是怎么熬过来的，没有人知道。但也在五六年间，韦志远作为黄花镇一带最有财富的包工头，已在四邻八乡闻名遐迩，不要说是李副书记，即使是黄花镇书记何去病也奉他为座上宾了。他的泰山大人颜景对女婿还有什么话说呢？他只能佩服女儿果然有眼光。

关于韦志远摆平未来岳丈的传说有很多。这只是较有说服力的一种。有一种比较血腥也没那么有依据的说法是这样的：颜景将宝贝女儿关在家里，不允许女儿跟韦志远见面。但韦志远怀里揣着一把杀猪刀，闯入颜宅。他一见颜景，就笑了笑，当着他的面一刀砍在手臂上，一时血肉模糊，血如泉涌，韦志远说："今天我不能带走颜槿，就让我身上的血将你的院子染红！"他说着，又往左臂上砍了一刀。

他是真砍，他的那条手臂就像折断的松树枝弯垂下来。韦志远去拔刀，一时没拔出，刀可能嵌住骨头了。刚才，颜景就听到轻微的“咔嚓”声，跟砍木头的声音很接近。颜景不禁觉得牙根阵阵发酸。他的腿也软了。他只好屈服。

有一个更离谱的说法是，颜景聘请了镇上涉黑少年团伙“十八罗汉”中的头目“秃尾虎”展阿虎去搞韦志远，未曾料想韦志远毫无惧意。他有一个结拜兄弟独闯“十八罗汉”的“总舵”——也就是一间乌烟瘴气的两层出租屋，施展绵掌击石如粉的绝世神功，将“十八罗汉”骇得面无人色。那个人曾经做过黄花镇“鸿发”果园的“禁头”，专门负责看管果园，不知抓获了多少偷盗果子的人。就是曾让程亚金折在他手上的守夜人，不知怎的就成了韦志远的结拜兄弟。据说都是财神托的福。古往今来，有钱能使鬼推磨。但韦志远的厉害之处就在于，他在身无分文的时候，就懂得让钱发挥鬼神莫测的威力。至于他是如何搞到钱的，那是每一个富翁白手起家的谜团。

韦志远不仅善于挣钱，还善于花钱，他总是能将每一元钱花得其所，让其远大于一元钱的价值。正是金钱铺平了他跟颜槿从稻草垛、废矿洞、芦苇荡中解放出来的路，而使他们迈向了堂而皇之的洞房花烛夜。

上述说法，五花八门，真假难辨，有的稀奇古怪，有的纯属无稽之谈。但韦志远跟颜槿历尽了千辛万苦，有情人终成眷属却是事实。在他们的大喜之日，数以百计的黄花镇男人包括李公子在内，深受打击，悲从中来，度过了一个不眠之夜。

琥珀感慨地说：“人家是真金不怕火烧，全镇上的人都反对他们，结果他们还是成了事。而我们只是露水夫妻，见不得光。终究是没有真感情的。”我说：“也不要将韦志远捧上天去，他还不是可以共患难而不能共富贵的小人吗？我在省城也听说了他前几年抛妻弃子的丑闻。为了休掉老婆，硬说颜槿给他戴了绿帽。连亲骨肉也不认了。不过，详情到底如何，你得细细告我。”琥珀说：“那事儿很复杂，三言两语说不清。也是因为颜槿一直没生育有关。那韦志远是独子，现在又富甲一方，自然想后继有人。”琥珀的讲述十分生动曲折，但我听来如听神话或梦幻，到底有多少真实的成分，只有天知道，但当故事听还是蛮精彩的。

后来，我将这个故事写了出来，收入《黄花镇秘史》一书，算是对韦颜二人的婚恋有了个交代：

众所周知，黄花镇上有不少奇人异士，譬如腌鸡的，补锅的，卖艺的，耍猴戏的，变戏法的，表演胸口碎大石的，诸如此类。在镇上的人看来，这些人都身怀绝技，高深莫测。但他们没有一个像“神仙”陈渔父那么神秘，那么不可捉摸。他平时深居简出，只有别人找他，他从来不去麻烦别人。他连买菜都懒得出门，厨房也不见生火冒烟，仿佛他仗着辟谷之术，不沾人间烟火。陈渔父若有外出，不是去作法捉鬼，就是为别人驱邪，平时难得去街上走动。他穿着葛衣芒鞋，大袖飘飘，仙风道骨，颌下长须飘拂，尽皆雪白，脸庞却红润细嫩如婴儿，嘴里一口牙齿白森森的，让人诧异之下，却未免有些畏惧。

陈渔父孤身一人，没有妻儿。没有人知道他的来历，也没有人知道他在黄花镇出现的时间。但据上了年纪的人说，他们年轻的时候，陈渔父已在镇上声名鹊起了。当时他就是这个鹤发童颜的模样，几十年过去，大家都垂垂老矣，有人还见了阎罗王，这陈渔父依然容颜不改。由此看来，陈渔父纵不算长生不老，也算驻颜有术了。据人们猜测，黄花镇上，没有一个人比他更老，他恐怕年逾百岁。他走起路来，不急不躁，脚步轻快，大袖飘飘，好像毫不费劲似的，哪儿像个老朽之人？所谓神仙之称，可不是随便叫的。这陈渔父神通广大，法术了得，大至呼风唤雨，奇门遁甲，小至未卜先知，祛魅消邪，无一不精。至于“问米”（岭南乡间的一种巫术，巫师可借助一碗米及点燃的炷香一根，拘使鬼魂或幽灵来跟人对话）役鬼、紫薇斗数、麻衣相法、风水八字等等，更不在话下。

每日来求卦问卜者络绎不绝。每天清晨，陈渔父在一个黄铜小香炉上点起三炷檀香，于烟雾袅袅之中，双手互叠，跏趺而坐，双目微闭，就等善男信女前来，为其指引前程，或破解厄运，据说十分灵验。偶有不灵，陈渔父或说“本有破解之法，但未按我要求去做的，可怨不得旁人”，或说“天数如此，非人力所能为也”，众人亦深信不疑。陈渔父铁嘴一开，从不更改。有时问卜者不得要领，索求详尽解释，陈渔父总是三缄其口，问得多了，就摇摇头说：“天机不可泄露，天机不可泄露！”总之，不管是懂或不懂，大可照他的方法去做便是，否则事情砸了，又或大祸临头，到时悔之晚矣。

耍猴戏的李大山，其祖传猴技出神入化。那三只大猴儿四只小猴儿就像是他亲生儿女似的，锣鼓一响，哨子一吹，或作揖踱步，或翻筋斗爬竹竿，十分听话，无一违逆。那天，他正在街上摆开阵势，围观者众。陈渔父忽飘然而至，直步入场地中央，观众围得水泄不通，也不知道他是如何挤进来的。陈渔父轻描淡写地说了一句：“放了它们吧。放了它们，在七天之内，以免祸患。”他说得虽然很轻，那句话却像一把尖锐的锥子，径直穿透李大山的耳膜。李大山一愣，身体一震，手上的铜锣“哐啷”一声掉在地上。他不解地问：“为什么呢？”陈渔父不答。李大山又问：“这可是我的吃饭家伙啊，为什么呢?”“天机不可泄露——”那陈渔父已从李大山眼前消失，这句话却如冰块在他的耳朵里急剧融化。李大山脸如死灰，这陈渔父铁嘴一开，从不更改。这几只猴子花了他无数心血来调教，乃是他赖以养家糊口的法宝，岂可轻言放掉?但陈渔父的话不可不重视。他立马收档回家，兀自心中忐忑。

他终究舍不得那些猴哥们，在家里休息了一个月，心痒难禁，又去开锣表演了。没想到，锣声甫一响起，群猴就仿佛听到号令似的，闪电般向李大山扑去。两只大的各扭住李大山的一条胳膊，四只小的，分成两组，各两只抱住李大山的大腿。李大山猝不及防，正欲挣扎，最大的一只猴子已尖叫一声，扑到李大山身上，两腿挟住李大山的脖子，双手一伸，已将李大山的两颗眼珠子挖在爪上。

众猴行动迅疾，形如鬼魅。等众人反应过来，众猴早已咬断绳子，连蹦带跳，逃之夭夭。

这是数年前的事了，现在李大山眼眶里塌陷着两个空洞，每天拄着明杖“笃笃笃”地在石板街巷上摸索。此后，陈渔父说的话，敢不听的就没有几个了。

至于得陈渔父指点而消弭祸殃的，真是不计其数。姑且说一件新近的，年初的时候，镇上的另一位奇人方天鸿就得陈渔父指点，捡回了一条性命。事情还得从头说起，这方天鸿长年以卖艺为生，他以三十六路洪拳闻名江湖，一双桥手如铁，平生罕逢敌手。平时走江湖卖艺，铁枪锁喉，胸口碎石，只是家常便饭。据说他真正的绝技乃是点穴和飞刀，但也不知是真是假，总之从未见他施展过。

那天，秋风瑟瑟，略感寒意。方天鸿耍了一趟虎鹤双形，拳如虎豹，腿似霹雳，拳风过处，落叶及尘土飞扬。众人不禁一片叫好声。方天鸿又掣出双刀，舞了一趟地堂刀法。刀光闪烁之中，人如风车般在地上乱转，这是北方武术，小镇居民大开眼界，掌声如雷。

方天鸿收刀，伫立，气也不喘，只见漫天的刀光于刹那间消散。那方天鸿却钻入早已备好的九口大铁锅里面，在往下数至第八口的铁锅之中，又放了一只六七斤重、活蹦乱跳的大公鸡。此幕情景，何其诡异，众人不解其意，屏住呼吸，却是眼眨也不眨，直盯着场中。须臾，忽闻飞刀破空之声，嗖嗖嗖，接二连三，直奔铁锅射去，却又回旋飞返，飞刀在秋阳下闪着寒光，依然雪亮。待第八把飞刀射出，斩透铁锅回旋返来时，却沾着鲜血，飞刀方才停发。众人骇然。

又过了许久，方天鸿才推开大铁锅，拎着死鸡，站了起来。顶上的八只大铁锅已被斩透，而方天鸿脸如死灰，双腿仍忍不住阵阵发抖。若不是他用铁锅躲避之法，瞒过仇家，恐怕那只鸡就是他的下场了。

后来，方天鸿专门买了酒肉去多谢陈渔父，并问："陈渔父如何晓得我因飞刀绝技与人结怨？又如何晓得仇家乃飞刀高手？"陈渔父笑而不答，愈发显得莫测高深。

陈渔父在镇上是很受人尊崇的，光是他那一大把年纪，就让人肃然起敬，何况还是精通术数的人。但人们对他，似乎敬畏多于尊敬，一站在他的面前，顿觉一股强烈的寒意袭来，让人全身凉飕飕的。陈渔父一双丹凤眼，就像年轻人的眼睛似的，十分有神。但顾盼之间，精光闪烁，却像蓄积着千年寒冰，让人不寒而栗，毫无年轻人的热情。

在镇上的居民看来，人生最大之事，莫过于传宗接代。古人云，不孝有三，无后为大，在众人看来，真是至理名言。但生男生女，不是想生就生的，还得看运气。而陈渔父恰巧有这样的神通，你想生男便生男，想生女便生女。当然，小镇上的人，想生女的，没有几个。所以，外地人入镇，见镇上的小娃儿，大多是男丁，不禁啧啧称奇，岂知此多乃陈渔父之功。倘说送子观音是个老头，岂非咄咄怪事。陈渔父有此等神通，却已是公开的秘密。

陈渔父既有此等神通，脾气虽然不大，性子却古怪得很。想要他帮忙也可以，但必须一切听他的吩咐，倘有违逆，对不起，那么你自己生去吧。上门求他的妇人，自然皆有难言之隐，要么是不下蛋的小母鸡，要么是连生几个女娃的老母鸡。如果顺其自然生了几个男丁，谁会去找陈渔父？有事是不能不找他的，譬如鬼上身狐作祟撞了邪，又或看风水择吉日勾死魂灵之类。但如果没什么事，还是别去找他的好。因为找他，就意味着多少有些不顺遂而求破解了。

陈渔父对前来求子者，只接待妇人，至于男人前来，他闭着眼说："你又不会生小孩，来问我做什么？"有识趣的，便诺诺而退。若不识趣，继续死皮乞脸地纠缠，陈渔父便不耐烦了，闭目养神，仿如老僧入定，任你如何咋咋呼呼，他自岿然不动。旁边便有人指点："休要烦了老神仙，回家叫婆娘来吧。"男人才愕然而退。

即便是女人来了，陈渔父也要问："你来的时候，你老公知道吗？"若妇人说："是他叫我来的。"陈渔父便闭上双眼，挥一挥手，说："回去吧，回去吧。"那一次，刘妇人百思不得其解，但亦只好悻然而去。

很快，刘妇人就从别的妇人口中得知，前来求子，必须瞒住所有人，尤其是她的老公，否则未能如愿，反有祸害。这是陈渔父最严厉的戒条之一，无人可以违反。若丈夫知悉，陈渔父是一概不受理的。妇人不解地问："我老公也想要个男孩呀。"但过来人便告诉她："仙家行事，高深莫测，也不可妄自揣猜，总之照办便是，最佳的时刻，就是家里的麻笠佬（粤方言，猥琐又好色的男人之贬称）外出之际。”

妇人得到指点，又卷土重来。一走入陈渔父那幽暗而炷香缭绕的厅堂，妇人觉得很神秘，也很紧张。陈渔父和颜悦色地说：“不用怕的，我包你十月怀胎之后，生下一大胖小子便是。”陈渔父的声音温柔，悦耳，宛若情郎的绵绵夜话，又像天上传来的仙乐。妇人刹那间安静下来，身体及四肢却起了奇妙的变化，既放松惬意，血脉里又澎湃着浪潮般的情欲。听着陈渔父的喁喁细语，妇人有点飘飘欲仙了。但陈渔父的声音，是轻微的，也是严厉的，既像神谕，又像警告：“生男生女，早由天定，常人不可违逆。你要我帮你也行，但一切皆由我主持，你只需听从即可。但千万不可告知你老公，否则天机泄露，天降大祸，到时悔之莫及！”妇人点了点头。陈渔父说：“待会我作法之际，无论你遇到任何事情，皆不可声张。”

他牵着妇人的手，迈入密室，密室里烛影摇红，灿然生辉。陈渔父在四个床脚下放着一小碟红色的药粉，妇人闻之，像雄黄研粉，又像掺杂丹砂茴香诸物，总之药石扑鼻，却又让人心旷神怡。而最奇的是，床脚上各拴着一只七八两重的小公鸡，鸡冠刚红，尚未经性事，美其名曰“童子鸡”。四只童子鸡异常生猛，扑翅奔腾，却是挣脱不得。陈渔父让妇人躺卧床上，木床铺着锦被，柔软舒适，异香弥漫。妇人隐约中猜到几成，竟毫不慌张。陈渔父拿出一贴物事，长方各一寸许，呈草绿色，一股草药的香味在室内弥漫。陈渔父在该贴粘上一张纸符，并画了一个“花字”，示意妇人宽衣解带，说：“待会我将此物塞入你下体，不会痛的。”妇人张开双腿，陈渔父精赤身体，俯身拥着妇人。妇人张目窥他，但见陈渔父全身白皙而富有弹性，竟无一丝褶皱，卧在妇人身上，宛若一只大白鸟张开翅膀覆盖了她，而陈渔父的皮肤如羽毛一般光滑。妇人但觉阴阜张开，迅即被一粗大物件充满，羞赧之下，却是快感如潮。尽管陈渔父早跟她讲过，切勿声张，但妇人还是禁不住快活叫唤。

事毕，妇人但觉四肢百骸，无一处不熨帖，无一处不舒泰。而陈渔父早已正襟危坐，神情肃穆。陈渔父一一抓过小公鸡，手起刀落，将鸡头一刀砍掉，而鸡血汩汩注入大瓷碗中，盛了满满一碗。陈渔父说："此鸡血大补，可辅以红枣数枚烹食之，有利于孕育胎儿。"妇人脸上红潮未褪，将信将疑，捧着鸡血，款步而出，心中兀自回味刚才的销魂一幕。妇人只是诧异，陈渔父恐怕年逾百岁，怎的竟精锐勇猛如壮男？

十月之后，妇人果产下一男丁，肥肥白白，惹人爱煞。其他妇人亦无一不遂意。这就是陈渔父为妇人求子之法，果然十分灵验。尽管具体的做法，陈渔父再三警告妇人不可传出去，但黄花镇上的妇人之间，早已传诵一时，只是瞒着自家老公罢了。妇人是多嘴的动物，若要其守口如瓶，除非割掉她的长舌头。况且，跟陈渔父交合之味，畅美难言，前所未有，实是一生难忘。而妇人之间一作交流，便发现陈渔父的法术是一样的，妇人的感受亦大同小异。

时间一长，得陈渔父帮忙诞生的男丁，数竟逾百，黄花镇上咿呀学语的小男孩，十中倒有三四是拜陈渔父所赐。而大多数堪堪成年，倒也眉清目秀，身材挺拔，颇为俊美。是否跟父亲相像，那就很难说了。那些男孩无一不在父母的支持下，认陈渔父为干爹，一是感激神仙的帮助，二是图个吉利，好让孩子顺利成长。当然，丈夫都知道妇人偷偷找过陈渔父，但具体过程自是不晓。

进入二十世纪九十年代初，政策放开，手脚活络的人，或南菜北运，或承揽工程，或开店设铺，数年之间，已赚得盆满钵满。黄花镇上也建起了几栋六七层的西式洋楼，雕花砌草的栏杆，装着琉璃飞檐的屋顶，青瓦红瓦却是淘汰了。其中，最巍峨气派的一栋，非韦志远家莫属。韦志远是黄花镇最有名的包工头，手下有上百人跟着他捞世界，大汽车有三四辆，打桩机有六七台，在县城也是有名气的。只可惜，他成亲好几年了，老婆颜槿腹中空空如也，连蛋也没下过一只。韦志远给老婆下了最后通牒，再给她一年时间，若仍不见动静，到时可别怪他不念旧情。韦志远扔下这句话，又跑到省城的工地去了。

但三个月不到，省城里传来消息，韦志远包了个二奶。狐狸精是北方来的妞儿，身材高挑，蜂腰圆臀，双乳大如木瓜，没日没夜缠着韦志远，像一匹撒着蹄儿欢叫的母马。

当颜槿望着捎消息回来的堂弟，泪水涟涟。颜槿今年才二十四，瓜子脸，柳叶眉，杏眼粉腮，腰细腿长，是典型的南方美人儿。颜槿望着梳妆台上的镜子，这身段，这眉眼儿，又差到哪里去？但那斩头鬼，却说不要就不要了，去跟狐狸精风流快活了。颜槿对着镜子咧嘴一笑，镜中的女子，笑得比哭还难看。颜槿趴在梳妆台上呜呜地哭起来。完了，一切都完了。除非她明年就生下一个小孩，还得是男的，才能挽回那斩头鬼的心。然而，他们都结婚六年了，要生早就生了，还能等到现在？那斩头鬼在她肥沃松软的田地上耕播过无数次了，不知是他的种子有问题，还是她的田地有问题，总之，冬去春来，仍是颗粒无收。

中秋节的时候，韦志远回来了。颜槿喜滋滋的，略施粉黛，还专门穿上去县城买的粉红色丝质内衣，这件内衣娇小，柔软，像一片花瓣，仅仅包裹着私处。她穿上它，脸都烫了。傍晚时分，颜槿躺在床上，像一朵胀胀鼓鼓的荷花蕾，缓慢地打开了花瓣，一瓣，又一瓣，最后就是那花蕊般的粉红内衣了。

换在平时，韦志远早已饿狼扑羊了，但这一次，他显得十分反常。他连眼角儿也不瞧她一眼，语气冰冷得像刀子："你不要这样，我不会跟你那样了。反正干也是白干，一点用也没有。"颜槿将内衣从屁股上一把扯下来，"哧"一声，将它撕成两半，揉成团往窗外扔了出去。韦志远说："我们离婚吧，给你二十万，终究是夫妻一场，我不会亏待你的。"颜槿呼地从床上跳下，她赤身露体，挺着胸膛，用手托住乳房，说："韦志远，你凭什么不要我？别的女人有的，我也有。我缺哪一团哪一坨了？省城的狐狸精又比我多出什么？"韦志远冷笑道："就是养头母猪，也会给我生几只猪崽。你可倒好，光吃米不下蛋！"颜槿被噎住了，一头钻进被子呜呜地哭起来。韦志远说："哭个屁，哭有个屁用。总之我们是离定了。"颜槿咬着牙说："我不离，我死也不离。"韦志远说："我明天就回省城去了。你想离得离，不想离也得离，你好好想想吧。想好了，再打电话叫我回来办手续。"他抛下这句话，到厢房去睡了。

第二天一大早，韦志远走了。颜槿哭了一夜，双眼肿得像樱桃，她在河埠头上洗衣服的时候，被刘妇人看到了。刘妇人平时跟颜槿很要好，是关心她的。她耐心听完了颜槿的哭诉，就附在她的耳朵，如此这般地低语了一番。颜槿的脸刷地红了，直烧灼到耳根。

她啐了刘妇人一口，说："行不通的，这如何使得？"刘妇人说："你瞧，我的虎伢儿都会走路了。"她的儿子正在河堤上歪歪斜斜地走着，手上拈一根狗尾巴草，挥来舞去。小孩粉嘟嘟的，很惹人喜爱。颜槿盯着小孩，脸上就不禁浮出了微笑，她叹道："虎伢儿真是可爱。"刘妇人说："你只有这条路。如果你不想离开韦志远，就只有这条路走了，否则神仙也救不了你。"刘妇人说到"神仙"二字，语气顿了一顿。在刹那间，她的颜容也施展开去，就像一朵有点枯萎的花，淋了一勺水，立马生动了。颜槿望着刘妇人，咬着嘴唇皮，只是不言语。

刘妇人冲她嫣然一笑，临走时抛下一句，说："嫂子不会骗人的。这种事儿，我能开玩笑吗?"

这一天傍晚，下起细雨来，淅淅沥沥的，街上行人少了起来。一个披着军用雨衣的身影，连头带脚，裹得严严实实，像飘忽的幽灵闪入陈渔父的厅堂。陈渔父独自一人，就坐在旧蒲团上打坐，他面前的黄铜小香炉上袅袅升起烟雾，一炷细小的檀香，快燃到头了。

那人一走进来，还没脱掉雨衣，陈渔父就说："你回去吧。"那人推开了头套，赫然便是颜槿。她的脸滴着雨水，看来愁容满面。颜槿一愣，张口结舌。陈渔父又说："你的事儿我帮不了你，请回吧。"颜槿好一会儿，才说："你连我是什么事都不问，就说帮不了啦?"陈渔父说："我哪儿用得着问你。"颜槿说："你真知道是什么事?"陈渔父点了点头。颜槿双手掩面，泣道："你帮帮我吧，求求你，帮帮我吧。"陈渔父说："男女生育，皆有天命，不得强求。你这事我帮不了。"颜槿说："你是神仙，你是无所不能、有求必应的，你一定要帮我。"陈渔父抚着胸前的雪白胡须，微微一笑，说："世间哪有什么神仙。你看我可像神仙?"

颜槿凝神一望，只见陈渔父须眉皆白，脸色却红润如婴孩，一双眼睛精光闪烁，正如古书上所言：鹤发童颜，仙风道骨，飘飘然有超凡脱俗之姿。她不禁说道："你就是呀，神仙都是长生不老的。"

陈渔父说："我无非是一个江湖术士罢了，尽管赖在世上多活几年，也算不得长生。小妇人，我且告诉你，即使你生了孩子，你跟韦志远也是要分手的，何苦节外生枝。你命中注定遭此一劫，我岂能逆天行事？”颜槿见陈渔父口气有些松动，喜出望外，说：“我可管不了那么多啦。你帮了那么多妇人生小孩，为何独不帮我一个？求求你啦。”陈渔父脸色有异，显得十分为难，过了好久，才摇头说：“你走吧，我不会帮你的。”他说完这句话，就闭上眼睛，宛若老僧入定，充耳不闻，任凭颜槿如何哭诉，如何央求，只当四周是虚空一片。颜槿无奈，只好离去。

刘妇人听闻颜槿一番话，怒道：“神仙忒不厚道，这么多人都帮忙生了孩子，独独不理你。这是说不过去的。你放心，明天咱们再去，这事儿包在我身上。”

翌日黄昏，刘妇人携着颜槿大马金刀闯入陈渔父宅内，陈渔父一见到刘妇人，就说：“你来做甚？”刘妇人大声道：“颜槿的事儿，你给她办了吧。”陈渔父说：“刘妇人你有所不知，那么多妇人，我都有把握，独是颜槿不行。”刘妇人说：“这又是何道理？”陈渔父说：“别人都是丈夫不行，而颜槿却是自己不孕。即便由我作法，亦无济于事。”刘妇人和颜槿面面相觑，将信将疑。

刘妇人伸手摸了摸颜槿的双乳，捏了捏她的肥臀，冷笑道：“这么好的身段子，她会没崽生？我不信！”陈渔父说：“信不信由你，我今天说得够多了。”他说完这句话，又闭起了眼睛。

刘妇人怒道：“我不管！总之你是神仙，你会有办法的。”陈渔父熟视无睹，只是不做声。刘妇人说：“好呀，你装聋作哑瞒得了旁人，却瞒不过我。我跟你讲，陈渔父你个老不死的，如果她没生下男孩，我就将你的事情捅出去！我们不说话，你就以为都成了哑巴啦是不是？”陈渔父晶莹如白玉的脸色，腾地红了，红得像夏日的火烧云。他怔了半晌，终于说：“罢罢罢，也是合该我有此一劫。刘妇人你且先出去，我有话儿跟她讲。”

刘妇人退出门外。陈渔父对颜槿说："你要我帮你也行，但务须依我一事。"颜槿点了点头，陈渔父说："明晚你一个人来找我，我来作法。但你必须在作法十五天之内，要跟老公行房方可有效。否则不但没有效果，反而惹出乱子来，后患无穷。"颜槿说："不就是跟老公同房吗？也不是什么为难的事，保证做到便是。"陈渔父叹了口气，挥手让她走了。

颜槿一到门口，刘妇人就问："他怎么说呢？"颜槿说："他叫我明晚再来，就一个人。"刘妇人呵呵笑道："这事儿有八九成啦，妹子休要烦恼。"

颜槿如期而至。她步入陈渔父的密室，陈渔父示意她躺到床上去，并将衣服脱掉。她瞅着床脚上的四小碟药石，以及扑腾不止的四只小公鸡，觉得气氛诡异，虽有心理准备，仍感忐忑不安。陈渔父微微一笑，说："不必紧张。"

陈渔父将衣服褪下，露出白皙如大鱼的身躯，而白皙中又带着一抹淡蓝，倒是颌下的长须千丝万缕，像瀑布在他的胸前流泻。颜槿惊异于陈渔父的一双手，秀气，修长，柔软如处子。陈渔父的手触及她的乳房，如沐春风，而她的胴体就像一株小树，在和煦的暖风中摇摆不定。颜槿安静下来，她在陈渔父的抚摸下瘫软成了一摊水，一片汪洋。陈渔父不失时机，轻巧而迅速地进入这一片水域，并淹没其中。颜槿在事后回想起来，她深感奇怪的是，她变得辽阔无边，波澜起伏，她如水的身体犹如无休无止地涌动的波涛，然而陈渔父总能充满这辽阔的水域，充满每一朵波浪、每一滴水，并使她轻微地膨胀，犹如大鲸使大海适度膨胀。她在无边无际的注入和蓄满中欲仙欲死。她快活地呻吟，仿佛有一百只猫叫春的声音在黄花镇的上空回荡。

她捧着小公鸡的血回到家中，依然心潮难平。第二天，刘妇人过来，两人交换了意见，大体是一致的，但也有一点小分歧。刘妇人说："他像一只白色的大鸟，展开双翅覆盖着我。"而颜槿则有不同的体验："我觉得他是一尾白色的大鱼，白鲨或蓝鲸，在我幻化成的海洋中游弋。"

两人争执不下，最后还是刘妇人说："他是神仙嘛，当然有无穷尽的化身啦。我们是凡人，自然只能看到其中的一相。"

颜槿没有忘却陈渔父的吩咐，务必要在做完法事十五天之内，跟韦志远同房。于是，她打电话给丈夫，叫他回来。但是韦志远很不耐烦，说："我正在办事呢，有话就说，没事就挂机。"颜槿说："你回来吧，你回来万事都好商量。"韦志远说："你有病呀你，我刚从家里来到省城，你又叫我回去，我手头上的事情多着呢。我回不了。"颜槿说："志远，你回来一趟吧，就两天，你回来吧。"韦志远不耐烦地说："别废话了，我要挂了。"颜槿咬着牙说："你回来，我们去办手续！"韦志远叫道："当真？"颜槿说："当真！"

韦志远欢快地说："好，我晚上就开车回家，明天就去办。"

韦志远果然驱车数小时，在晚间九点多的时候到家了，颜槿服侍他吃完晚饭，使尽浑然解数，只望丈夫跟她行房。但韦志远说："我累死啦，你还要这样。"颜槿说："志远，来吧。"韦志远说："咱们就要离婚的人，别这样了。"颜槿说："一夜夫妻百日恩，就当是留给我最后一次美好的回忆啦。"韦志远见她纠缠不休，怒道："你诓我回来，就是要做这个吗？婊子，老实跟你讲，我一看到你就想吐！"颜槿哇地哭出声来。她知道，即使她生了男孩，这段婚姻也无法挽回了。她悲愤之中，哭着说："韦志远，我不会离婚的！"韦志远面无表情，说："加多五万，二十五万？"颜槿抹着眼泪，摇了摇头。韦志远说："三十万，三十万算是我大半身家了。三十万你离不离？"

颜槿泣不成声，将脑袋摇得像拨浪鼓似的，她疯狂地大叫：“我不离，死也不离！”

婚没有离成，韦志远又在黄花镇上消失了。他这一走，就是八九个月。这一次，他将省城同居的狐狸精带了回来，狐狸精的肚子高高鼓起，韦志远决定要利用该妇人的大肚子，将颜槿彻底击垮！谁知他们一回来，只见颜槿的肚子也高高地腆起来，眼见得就要分娩了。颜槿斜睨着那狐狸精的大肚子，从牙缝间迸出一丝冷笑。

韦志远措手不及，继而哈哈大笑。他对自己说：“我可以肯定，她肚子里是个野种！”韦志远不动声色，先派人将那妇人打发回省城，他知道，一场好戏就要开锣了。没过几天，颜槿分娩了，诞下一个男婴。颜槿得意地说：“你别以为狐狸精才能生，我也能生。老天爷有眼，毕竟还是我先生了。”韦志远森然道：“的确是老天有眼，让我亲眼见你生下一个野种！”颜槿花容失色，嘶声叫道：“你胡说八道！”韦志远说：“你不要急，我慢慢跟你算一笔账，中秋节距离今天，已经超过了十个月，而我在中秋节前一个月，绝对没跟你亲热过。怪不得中秋过后没几天，你还将我骗回来，妄想浑水摸鱼。”颜槿小声说：“你无非是想离婚罢了，我跟你离就是，但你休要含血喷人。反正这个苦命的孩子，也不会有爸爸疼了。”韦志远说：“想离婚撇清？没那么容易，你先将奸夫供出来再说。”颜槿说：“没那回事。”韦志远说：“你不说，这孩子也休想活命！”

颜槿喃喃地说：“我不能说，我咋能说呢。”韦志远大声喝道：“你不说我也知道，是陈渔父那老妖怪是不是？”颜槿“唉呀”一声，昏倒在地。原来她产后虚弱，哪儿禁受得起如此折腾。

韦志远不理妻子死活，反掏出大哥大报警。派出所马上派了两名民警过来，警察一姓吴一姓周，韦志远带着周吴二警，提着一桶狗血，气势汹汹地往陈渔父家里扑去。狗是黑狗，其血最能辟邪。韦志远见警察奇怪，就笑着说："众所周知，这陈渔父素有'神仙'之称，实乃妖人，这桶狗血正好派上用场！"

三人来到，陈渔父正在门前伫立，神色安详。只见他长袍如雪，须发皆白，挺立如松，飘飘然真有出凡入圣之姿。

韦志远断喝一声："中！"一桶狗血当头淋下，陈渔父肃立不动，他身上的雪白长袍、须发皆染成红色，一张白皙的脸庞也被染红了。只见陈渔父仰天大笑，良久，才长叹一声："天意呀，天意！"韦志远道："你给我戴了绿帽子，我淋你一头黑狗血，也不算过分！"陈渔父望着他，眯着眼睛，忽然露出了笑容。笑容灿烂之极。这样的一个老人，居然笑得像孩子一样天真。而他笑得虽然纯洁，但毕竟不像是一位老人的笑容，再加上他脸上嘴上狗血淋漓，他一口白牙森森，在红色中异常夺目。韦志远跟他一对视，感觉陈渔父通过他的眼睛直看到心底，心中不禁阵阵发毛。

警察却不管他三七二十一，"咔嚓"一声，将陈渔父用手铐扣了起来，推上三轮警用摩托车，往镇上的派出所开去。陈渔父暂且押在拘留室，只等所长亲来审理。消息一传开，半个时辰不到，陈渔父的大小干儿子，约摸有几十号人，闻风而来，将派出所围得水泄不通。人声喧闹之中，韦志远忽然发现了一件恐惧之事。陈渔父的那些干儿子，个个眉清目秀，彼此十分相似，宛若一块块类同的月饼，由同一个饼模子印出来似的，再一端详陈渔父，脸色晶莹，长须飘飘，但眉眼间的神态，赫然便是那个模子。韦志远倒抽了一口冷气，闭上眼睛，努力让自己镇定下来，没想才一睁眼，又看到了更骇人的情景——所里有几个警察，包括周吴二警，甚至连所长都跟陈渔父的那些干儿子酷似万分，俨然是陈渔父那个老模子印出来的月饼。

韦志远双股战栗，他几乎要站立不稳了。他感到头部剧痛，他跌跌撞撞地穿过喧哗的人群，来到洗手间。他抹了一把脸，心中的烦乱慢慢平复。他倏地想起了陈渔父的笑容，他越想越觉得神秘。他无法按捺内心的好奇和惊悚，他闭着眼睛，缓缓地抬起了头。他一张开眼睛，就看到一张脸在洗手池上方的玻璃镜上定格，双眼无神，神色张皇，似笑非笑——正如他所料，那张年轻而备受折磨的脸，其模样跟陈渔父那些干儿子如出一辙。

第七章　校警

1. 陌生的电话

在我读过的小学、中学及大学或其他学校之中，只有黄花初中是没有校门的。这样说可能会引起误解，会让人觉得该校无门可入，其实情形恰好相反，“校园”从四面八方均可进入。我是说该校没有围墙，也没有那种一夫当关，万夫莫开的大铁门或关隘式的通道。黄花初中的所谓校园，大体是指山坡上几幢矮小的建筑物（一幢两层楼的房子是教室，旁边的两幢平房分别是教师及学生的宿舍，一幢单独的小平房是饭堂，相邻那个圆堡状的建筑物是水塔）及其周边的狭小空地和一处小树林，也许还得算上烟尘滚滚的黄泥地操场和侧边几棵无精打采的芒果树。至于操场外头那几十亩山地及山坡下的水井，顶多算是学校的产业，这就非“校园”所能囊括了。这就是我就读的初中。我在这里度过了青春期。这里，有我好几个生命中的第一次，譬如第一次盯着少女的胸脯看，第一次梦遗，第一次对异性产生了朦胧情感乃至跟女同学琥珀有了超越友谊的亲密却又够不上初恋，第一次写诗，诸如此类。

我无数次在梦中跟黄花初中相遇，当然还有老师和同学。有一段时间，我几乎每天都会梦到刘露，鉴于刘露名列班上的四大美人，这让我面红耳赤。另三个美人是张瑶、琥珀和春卷。张瑶是我的暗恋对象，而琥珀是跟我最亲近的女生（我们之间发生了似是而非的恋情），这让我觉得梦中的我很不老实。黄花初中就像是一个梦魇，如疽附骨，如影随形。我需要写一本书来摆脱它。在二〇一〇年春夏之间，我有幸在北京鲁迅文学院就读（这个学校的大门就很漂亮），花了四个月，增删多次，完成了于一九九九年开笔的长篇小说《黄花镇秘史》，七个章节陆续在期刊发表，编辑大都安排在了散文栏目。尽管人物都有原型且保留了真名实姓，那些荒诞离奇的事情怎么会在现实生活中发生呢，也许是那种怀旧的笔触及质朴的文风使编辑产生了错觉。这一度让我怀疑自己的虚构能力。此书直至今年（二〇一九年）夏天才出版，过去了九年，时间长得几乎让我忘了写过这本书及待过几年的那所初中。

初夏的一天，我在粤北英德尧山天门沟的一幢小木屋上接到一个陌生电话。这可是米芾待过的地方，山清水秀，风光怡人。当时，我在参加第五届清远诗歌节。手机那头的声音也很陌生。

"请问，你是沈博同学吗？我是董强，还记得我吗？"

"我们认识吗？"

"我就是黄花初中的校警啊——"

"啊，原来是董老师——"

我脑海里掠过了一道白光，仿若闪电将密密匝匝的云层炸裂，记忆的储藏柜立马打开了一个封闭多年的抽屉。我想起来了，学校是有这么一个校警。那时，我们也将校警尊称为老师，有时也学着香港警匪片叫他阿 Sir。

"董老师，您还好吧？"

“我很好。我读了你的小说《黄花镇秘史》，很好看，我从中晓得了很多师生的秘密，很多事情，当年我是打破头也想不通的，此刻一切都迎刃而解了。譬如，孟东老师和张林辉老师为了白兰花老师而明争暗斗的秘密，赵云老师和春卷同学偷情的秘密，谭人望老师以搞人体艺术的名义给十二个女学生拍裸体版‘金陵十二钗’的秘密，刺头女生张瑶被开除的秘密……尤其是朱温校长下台的秘密，真是大快人心！这真是一本好书，你将自己的秘密也公之于众了。只是为什么独独遗漏了我呢？那么多老师和学生都在书中有了一席之地，连在饭堂负责用糠头给大伙儿炊盒饭的老马都写了一笔，我的故事也不错呀。当年，我可是轰动黄花镇的人物呀。”

在电光石火之间，我的脑海里涌出了这么一个男子的形象：二十五六岁，穿着绿军装，头戴绿军帽，身穿绿军鞋，总之全身皆绿，腰杆子挺得笔直，走起路有板有眼，精神抖擞，像在操正步，又像一棵移动的树，很养眼，看上去就像一个解放军。但他手上老拿着一根黑色的棒槌，据说是电鞭（即电警棍），但也不知道是否有电，我从来没见他用过。而他腰间鼓鼓囊囊地塞着一团东西，看上去像是枪套。这样，他就更像一个警察。但恐怕也没有一个穿军装的警察。孙知同学跟我说，他应当去弄一套警服来穿穿，哪怕是保安服也好。但他有所不知，退伍军人可以随便穿军服，却不可以穿警服。关于董校警的种种事情犹如潮水般涌上脑海，是啊，这么有戏的一个人，当时我怎么就全忘了呢？他是突然出现的，也突然离去，就像掠过天际的彗星那样短暂，也像彗星那样耀眼，为什么我写书时就将他遗漏了呢？真不应该。

2. 初露锋芒

应当是一九八七年夏天到一九八八年秋天，学校忽然来了这么一位校警。镇上是有派出所的，生活在穷乡僻壤之地，我连警察都很少看到，当时也搞不清校警是干什么的。

现在看来，校警跟派出所根本没有关系，连辅警都算不上，顶多算是保安、“禁头”（过去粤西乡间被村庄聘请来看守田垌、山林及作物并协助村长调处村民纠纷的人，此职位大约在二十世纪九十年代初自然消亡）、保镖、门岗之类的角色。他的职责包括防火防盗，维持学校正常的教学秩序，处理学生之间的争执乃至斗殴之类的纠纷，当然，最要紧的是维护学校师生的生命财产安全。学校有六七百个学生，一个校警能忙得过来吗？其实，董强平时就在校园里转悠，也没什么事做，闲过狗虱。以前，学校从来没有聘请过校警，不也一直安全无恙吗？如果不是邻近的古桥镇有一所中学，发生了一起学生打群架的恶性事件，朱温校长恐怕也不会请他。

在董强来报到之前，我们还以为新上任的校警，必是张翼德鲁智深之类的人物，身材魁梧，豹头环眼，狮鼻阔口，拳头比沙煲大，满脸横肉，杀气腾腾。董强的外貌有点让人失望，也就一米六几，显得矮小单薄了点，还唇红齿白细皮嫩肉的，幸亏他脸色肃然，说话也总是像子弹那样短促、有力，否则就跟爱好写诗的体育老师孟东那样，会被我们嘲笑是娘娘腔。但人不可貌相，据说他是特种兵出身，身怀多项绝技，譬如空降、泅渡、狙击、爆破之类只是基本技能，飞檐走壁、擒拿格斗乃至空手夺白刃，更是家常便饭。他还会开坦克和直升机。徒手格斗方面，他精通铁砂掌、分筋错骨手和点穴法这三门绝技。那年头，港台武侠小说和功夫电影大行其道。这些消息也不知道是从哪儿传来的。总之，这位新上任的校警绝非等闲之辈。

“只要董强愿意，他可以一掌就将一棵碗口粗细的尤加利树击断，你的手臂能比树干坚硬吗?”孙知一边说着，一边在我们面前竖起手掌，猛地往下一劈。

我们摸了摸手臂，都摇了摇头。我们有些兴奋，也有些期盼。对于我们这几个自诩品学兼优的学生来说，校警的本事越大越好。

一天，我们班在孟东老师的带领下在黄泥地操场上体育课。何旺在沙池前练立定跳远，但不知为什么头部磕到了沙池边上的一块红砖头，鲜血直流。孟东慌了手脚，吼道：“怎么会有一块砖头?”

董强忽然旋风般卷过来，他仿佛就是从沙池或地底冒出来似的，还有备而来，肩头上挎着一个四方形的药箱，箱上的“红十字”鲜艳夺目。这种药箱，我有时会在下乡的赤脚医生肩上见到，但都没有这么崭新和醒目。董强取出碘酒、纱布诸物，给何旺消毒、包扎，手法娴熟之至，转眼间就将何旺的伤口处理好了。

于是，又有消息传出，他是军人出身没错，但不是什么特种兵，而是军医或卫生兵，至少，他的医术是在部队里学的。但他腰间鼓鼓囊囊藏着掖着的不是手枪，又是什么呢? 随之有人反驳说，他不是真的警察，不能持枪，就算是真警察，也不能二十四小时都带着枪支，警察执行公务时佩枪都是有严格规定的，还得登记。他手执电鞭挥来挥去，吆五喝六，看来也不合法。

又过了些时日，邻班有一个男生在体育课上打篮球时，猝然摔倒，触地时右手撑在地上，“咔嚓”一声，右肩关节脱臼了。该男生痛得脸孔扭曲，豆大的汗珠直往下滴。孟东老师气急败坏，正在指挥几个牛高马大的男生要将他抬到镇上的卫生院去。董强又及时出现了，背着药箱的他，真是从天而降的大救星。他扶着受伤的男生坐在泥地上，示意他不要慌张，全身放松，就想着最美的事好了。他一向板着的脸居然咧嘴笑了，说你就想着在偷看漂亮女同学洗澡好了。他的手趁机托起男生的右臂，很轻，略为摸索，忽然猛地一转一推，那男生突然杀猪般惨叫一声，居然就被他于谈笑间复位了。这就不简单了。

董强的年龄、个头都跟孟东差不多，一眼看上去也有点相似。都是白白净净、弱不禁风的样子。孟东讲话也细声细气，温和得像个娘儿们，或者说这个写诗的体育老师有点女性气质。董强就显得老成多了，不愧是从军队的革命熔炉里磨炼出来的，处理事情也很老辣，果然是久经阵仗的样子。

董强终于有机会一显身手了。邻班的马有德和我班的张俊为了刘露打架。乡村初中的学生，不少都年龄偏大，我当时十六岁，刘露却有十七八岁了，身材发育得越来越成熟。班上漂亮的女生有不少，刘露肤色不如张瑶白，乳房不如春卷大，气质不如琥珀好；但她胜在身材高挑，凹凸有致，曲线优美，且有一股凛然的野性之美。她平时大大咧咧，爱跟男生以哥们儿相称，有些大姐大的派头，身边的狂蜂浪蝶也就比谁都多。那时，我开始注意女性之美了，但还停留在欣赏女人脸蛋的初级阶段。相对于身材火爆的刘露而言，我更喜欢脸孔俏丽天真烂漫的琥珀。

过了几个月，好不容易有点事做，董强热情很高涨。他平时闲得太无聊了。他将马有德、张俊和刘露一起找来谈话。这是他在学校的第一次“办案”。

详情我不得而知，但从此马有德和张俊就老实了，不仅不再纠缠刘露了，双方再也没有过冲突。听说，本来双方各自找人援手，准备轰轰烈烈大干一场的。据知情人透露，当时董强问刘露："他们为什么要为你打架?"

"我怎么知道?"刘露一撇嘴说，"打死人也不关我的事。"

"打赢了就得抱美人归?"董强又问两个角斗士。

马有德不吭声。张俊说："说好了，谁输了就出局，从此不得骚扰刘露。"

"神经病!"刘露说。

董强又问刘露："你喜欢他们吗?"

"神经病!"刘露大声说，"不要说我以学业为重，从来没想过这种事，就是想这种事，也跟这些人无关。别自作多情了!"

董强扭头对两个角斗士说："听到了没有?"

马有德和张俊从此就死了心。但也有另一个说法是，当时董强厉声说："黄花初中是我的场子，无论是谁想打架，都只能找我打!"他一掌就将课桌的一个边角切了下来，就如切豆腐似的。课桌虽然朽旧，但也是松木做的，不像三合板那样松脆，就是用斧头去砍，也不见得如此轻易。马张二人面如死灰，汗如浆出，从此就不敢再生事了。看来，这就是传说董强会使铁砂掌的由头吧。

3. 一战成名

真正让校警董强在黄花初中确立威望的，是在一九八八年六月间发生的一件事，可谓一战成名。这件事还是跟刘露有关。红颜祸水，固然是诬蔑之词，但一个女孩子长得太漂亮了，又爱抛头露面搔首弄姿的话，就可能比姿色平庸的女子多点麻烦。

那天，刘露在镇街上溜达，看来心情很好，脚步轻快，像一只蹦蹦跳跳的小鹿，那两根扎着红色蝴蝶结的麻花辫子垂在后背，晃来荡去。于是，那两只蝴蝶就在她的背部飞来飞去，仿佛她是一朵花。她可能在闲逛，也可能在买东西。还没到上课铃响，也就是说仍在“上学路上”。但她的胸脯太膨胀，臀部太丰满，而她又不多加检点，纤细的腰肢扭得像风摆杨柳。不少老头和老妪望着她，都在指指点点，大摇其头。一个人既然天生丽质，美得让人见血封喉，就应当收敛一点，偏还要招摇过市张牙舞爪，这就危险了。于是，她就得罪人了，或者说她被人盯上了。总之，是摊上大事了。

那天，有个刀疤男见了刘露，他年纪也不大，就吹口哨哼起了香港武打电视连续剧《再向虎山行》里的插曲《留步，喂，留步》。这本是黄花镇年轻男子最爱用口哨哼唱的一节曲调，对着村姑少妇，显得轻佻而不猥亵，毕竟只剩下曲调而没有露骨的挑逗了。曲调轻快、诙谐，歌词略显轻佻、放荡，用的是粤语。也有男子对着女人唱，但多是熟人，不至于是骚扰。在电视剧中，男主角容宽（伍卫国饰）初遇女主角姜文英（米雪饰）就是这样的。后来两人不打不相识，一起出生入死，历经波折，终成眷属。

刘露不理他，继续往前走，但刀疤男吹着口哨，伸手去拦截。她左冲右突，无法冲破他的阻拦，一张脸气得通红。她干脆停下来，瞪着眼前这个死不要脸的。她可不怕他。她从来就没怕过谁。他瞅着刘露生气的样子，亢奋起来，唱出了歌词：“啊，留步，求你暂留步，前面嘅姐姐稍稍留步，姐姐你赶路，哎哟，哎，哎哟，请息怒，我爱你齿儿露。走出一只小花兔，原来穿花布，姐姐本来一身雪白，你猜我点知道。就让小生亲身赔罪，今天作东道哩，姐姐看你多纤弱，你要多进补，此家小菜多鲜美，字号相当老㗎，解解饥寒当急务，请容我效劳。哎哟，哎，哎哟。女人不进补，好易老㗎。留步，喂，留步，前去便无路，前面嘅姐姐稍稍留步，姐姐你走错路……”他边唱着，边在刘露的面前像猴子那样蹦来跳去，伸手作拦路状，这原本就是学着电视剧中的容宽调戏姜文英。

刘露停下脚步，他依然这样跳来跳去就显得很滑稽。剧中姜文英一扬手就给了容宽一个耳刮子。刘露等他唱完了，依样画葫芦，甩了他一巴掌，那一声耳光实在响亮，仿佛半条街的人都听到了。街上本来人声鼎沸，忽然一阵死寂。刘露被这种彻底的寂静吓到了。

“你知道我是谁吗?”那个刀疤男说。他的一张脸涨红得像公鸡的鸡冠，那条刀疤也跟着发红了，就像是沾了血的刀子。

“我管你是谁!”刘露虽然嘴硬，但双腿不由自主地颤抖。

“我是黑豹。”

刘露花容失色，吓得几乎哭出声来。

“整个镇子的人都看到你刮我了，我下不了台了。你先回去，好好想想，三天之后给我一个满意的交代。否则，后果如何，也不用我说了。”

黑豹虽然尽量平静地说，但每一句话都像是尖刀。他是镇上出名的流氓阿飞，据说还有十二个结拜兄弟，合称“十三太保”，平时欺行霸市，打架斗殴，在黄花镇可是打出了不小的名堂，之前从没有人敢轻易招惹他。说白了，就是个黑社会。

当天下午，董强就带着刘露去“松花江冰室”约了黑豹“讲数”。所谓冰室，就是喝冷饮或水果刨冰的茶餐厅。黄花镇以前没有，是改革开放之后才出现的新鲜事物，看来是从港台传入的。至于麦当劳和肯德基要在黄花镇出现，还得等二三十年。黑豹带着十二个小兄弟，个个横眉怒目，凶神恶煞，腰间里鼓鼓胀胀的，看来藏着钢管、单车链和西瓜刀之类的器械。别人见势头不对，都悄悄离开了。谈判的详情不得而知，董强也守口如瓶，但他总算将此事了结了，黑豹不会再纠缠刘露了。而他带着刘露回到校园，头上缠着白纱布和绷带，脸上、衣裤上血迹斑斑，刘露则双眼红肿，泪痕未干。过了些日子，才有人打听到，当时黑豹要求刘露陪他睡一夜，事情就一笔勾销了，否则，就不仅是给他一个人睡的问题了。董强说："她还是个学生，还未成年呢，有没有别的办法？我不是来打架的。"

"没有！"黑豹回答。

董强倒吸了一口冷气，说："那就只能出手了。"

他将手上的电鞭搁在茶桌上，又伸手将腰间的枪套解下来，摆在电鞭旁边。

黑豹说："里头装着手枪吗？你一枪崩了我也行。"

"不就是打架吗？用不着这些东西。"董强说着，向黑豹劈出一掌。据说，他以一对十三，还得照顾刘露，在那个狭小的冰室里，居然以一双肉掌迎向了狂风暴雨般的西瓜刀、小钢管和单车链。他大呼酣战，闪转腾挪，拳如虎豹，脚如流星，掌劈指戳，不过半盏茶的功夫，就将那十三条汉子全打趴在地上，拉着刘露扬长走出了冰室。当然，他没有忘记取回电鞭和佩枪。他也挂了彩，但这点皮外伤使他显得更有英雄气概。他有点神气活现，就像是老山前线凯旋的战斗英雄。无论是谁，在十三个如狼似虎的汉子围攻之下杀开一条血路，都不可能毫发无损。

4. 比武

从此，董强的威名不胫而走，他不仅在校园里赢得了我们的尊重，还在黄花镇上享有盛誉。那些喝早茶的人眉飞色舞，唾沫横飞。

在他们的嘴上，董强俨然成了一位隐居于校园的武林高手，就差没给他封一个一代宗师的称号了。就有人来找董强，要拜他为师，但他一一婉拒了。他说："我只是一个革命军人，不是武林中人，更不是江湖儿女，我是学过一点保家卫国的本领，但我的确不懂什么功夫。你找我没用。"

拜师者半信半疑，只好悻悻而去。但来人之中，居然有镇上咏春拳馆的小徒弟，这事情就不简单了。这是镇上惟一的一家武馆。镇上每逢一四七圩日，跑江湖的，卖艺的，卖跌打伤药的，从八方而来，平时跟拳馆井水不犯河水，若有人来拜码头，以武会友，亦是常事。但这次，传出拳馆的小徒弟去找董强学艺，少馆主徐桥手就坐不住了。这是什么意思？他一查，发现根本就没有徒弟要去跟董强学功夫。这就更有意思了。于是，他写好了一封战书，派大徒弟恭恭敬敬地送到了董强的手上。

董强立马拒绝了。

据说，董强是这样说的："我是革命军人，不是江湖中人，也不是地痞流氓，维护学校治安及师生安全是我的责任，但动不动就舞拳弄脚，就有好勇斗狠之嫌了。如果我无意中冒犯了少馆主，请他多多包涵！"

这番话也不能说不得体，并有谦让之意。但徐桥手开弓没有回头箭。董强不理他，他就单枪匹马，杀上门来了。

那天午后，徐桥手就将董强截在学校的操场上了。天上飘着小雨，操场上略显泥泞。董强作为一个校警，老在校园里转悠，任何人要找到他都不是难事。桥手是南拳中的绝技，即南拳中用手的前臂部分攻击防守的手法总称。徐少馆主既以桥手知名，手上的功夫自然非同小可，跟董强的铁砂掌正好有一拼。朱温校长当时正在跟教职工开会，听说了，就大手一挥说：“走走，咱们看武打片去，会不开了！”

本来，操场上空无一人，因为下雨，孟东就将体育课改在室内上起了理论课。听说好戏即将开锣，他又将学生带到了操场，算是观摩学习。围观者越来越多，我也是其中之一。马有德、张俊等同学，王二、赵云等老师都来了。那个午后，全校师生算是倾巢而出，准备一睹徐董大战的风采。

大伙儿都听说董强功夫了得，但从未见他出过手，前些日子又在冰室大战“十三太保”，自然不愿错过这一场好戏。雨水在沙沙地下着，又细又密，在风中如轻纱般晃荡，在地上溅起纤巧的水花。

众人呈半圆弧状，将徐董二人围在中央，场面忽然变得肃穆起来。徐桥手长身玉立，山峙渊渟，果然有高手风范。而董强也挺立如标枪，只是脸上神色阴晴不定。众人都将一颗心吊在嗓子眼上。除了雨水在沙沙响，众人屏气停息，鸦雀无声。

徐桥手开马，双腿作“二字钳羊马”；双拳变掌，同时从胸前的中线位置向正前方伸出，右手在前，肘部稍弯，指尖略向上斜，呈“问手”，左手在后，掌心与右手手臂内侧相对，指尖朝上，呈“护手”。这是咏春拳的起手式“问路手”，攻守兼备，气势不凡。他扬声说：“请赐招！”

董强仍站立如木桩，纹丝不动，说：“我不跟你打！”

“不打，我就没法子教徒弟了。”

“我没招惹过你，要打的也是你，请你出手吧。”

徐桥手倒是不敢托大，双方僵持了好几分钟。徐桥手身法一变，作“虎扑擒拿”之势，跨步进击，探身前望，两臂一横一直，双掌呈虎爪，蓄势待发。这是一代宗师黄飞鸿传下的虎鹤双形第一式。但董强依然无动于衷。徐桥手不禁渐感焦躁，额头沁出了汗滴。他习武近二十年，也曾跟不少好手交手过招，但从来不像今天这样诡异。董强竟似有恃无恐，看来功夫深不可测。双方又僵持了近十分钟。董强还是一动不动，就像一根木桩钉在地上，似乎要跟大地融为一体。

围观者没有出声，但显然越来越不耐烦了。徐桥手额头的汗水越来越密，他比围观者更不耐烦。他突然大吼一声，转身，拧胯，右腿侧身踢出！这是咏春拳中的虎尾脚，十分凌厉，就算董强能避开这一脚，他还伏有三招极厉害的后着，决计不让对手有喘息的机会！说时迟，那时快，众人只听得“嘭”的一声，董强就像一个稻草人被踢出了一丈开外，四仰八叉，全身都是泥浆。与其说他没有闪避之功，不如说是他任由攻击。董强躺在泥泞之中，手抚着胸口，痛得五官全挪了位，他连连咳嗽了七八声，好不容易缓过气来说：“你可以教徒弟了吗？”

徐桥手一拱手，脸色肃然，说：“得罪了，对不起！我欠你一个人情，以后有什么事请来找我！”

这就是江湖人的行事风格。当时，我没有明白过来，其实徐桥手已说得很清楚了。他搞清楚了，董强不懂一点武功。但这一点，我们要好久才知道。

围观者以前只在影视中见过武林高手过招，料想现在也必有一番龙争虎斗。不要说是斗得天昏地暗，日月无光，也至少是拳来脚往，难分难解。但没想到却是雷声大，雨点小，徐桥手只一脚就 KO（击倒）了董强。我们以为董强被打败了，就没有颜面再当校警了。但他就是不辞职。他本来就脸色冷峻，如今更少见笑容。只是，他的腰间不再别着枪套了，过了几天，连电鞭也不带了。尽管他显得愈加肃穆，但大家不再敬畏他了，有时还拿他开玩笑。他脸色有点尴尬，但也不怎么生气。

5. 炒鱿鱼

有一天，董强又穿上绿军服，戴上绿军帽，在校园里走来走去，显得人模狗样，看来心情很不错。初三有几个调皮的男生，忽然从他身后包抄过去，堵住了他的去路。其中一个男生将他的军帽往天空用力扔去，董强猝不及防，吃了一惊，眼巴巴地盯着帽子向天空飞去，又往下迅速坠落。正等他伸手去接，斜刺里又伸出一双手，一把抢过，又往天空上扔去。三四个男生在嬉笑声中，就像抢篮球那样，轮流将帽子接住，往天空抛掷。董强站在一旁，搓着手，跺着脚，头部跟着抛起抛落的帽子仰起又垂低，脸上露出了谄媚的笑容，只是说："别逗了，别逗了。"这一幕落入我的眼里，不禁有些惊诧，这个曾让我们畏若天神的人物，如今沦为几个捣蛋学生的玩偶。

又过了一个多月，董强在夜间遭到伏击。当时，他踏着溶溶月色走在学校通向黄花镇的林间小路上，头上突然被套上了一个麻袋。他觉得眼前一片漆黑，立马遭到了一阵疯狂的殴打。一开始，他还能根据身体的触感判断出，那些暴风雨般落在他身上的是拳头、脚板还是棍棒，而那些脚板又有穿着凉鞋、布鞋和皮鞋之分。很快，他就晕过去了。这一次，他受伤不轻，上次，吃了徐桥生一记虎尾脚，也就服了几次苏木水，搽了几天跌打酒了事。就是那次带刘露去跟黑豹讲数，被打得头破血流，也不过如此，至少还能行走自如。但这次，他几乎被打残废了，去医院住了半个多月，才能下地。当时，朱温校长关切地问："要报警吗？"

董强摇了摇头。

当时，人们都以为是黑豹等人干的。但不过数日，马有德、张俊忽然拎着鲜花、水果来医院，跪着向董强磕头认错。张俊哭着说：“董老师，我们有眼不识泰山，再也不敢了，你一定要原谅，否则我们也别想活了。”

这两个昔日大打出手的情敌居然成了盟友。他们想着这样干已经很久了。他们约了几个社会上的铁哥们，埋伏在董强上街的必经之道，出了一口恶气，但如今看来，他们很后悔出了这口气。除了当面道歉，这两个家伙还各自被校方记了大过。镇上的咏春拳馆又放出话来说，谁要与董强为敌，就是跟徐桥手过不去！这个徐桥手果然是一个人物。

等董强痊愈出院，转眼间就到了一九八八年的暑假。等到九月开学，我也升上初三了。董强又出现了，他还是我们的校警。只是，他看上去威风扫地，甚至连军装和军帽也不穿戴了。这样，他就不再像是一个校警，而像是学校里的一个勤杂工。他也空闲得很，平时在没有围墙没有大门的校园转来转去。我很怀疑，真有小偷出现，他是否能发挥作用？但一直到他离开，都没有发生什么重大的偷盗或打劫事件，学生斗殴或闯入者寻衅滋事的情况也不再发生。至于有学生丢了旧单车，这本来就算不了什么。这一切都显得很正常。但在十月初，董强忽然就离开了。从此不再出现。结束了他任期一年零三个月（连假期在内）的校警生涯。一直到我一九八九年七月初中毕业时离校，黄花初中都没有新的校警继任。

董强的“离开”突如其来，不禁让人浮想联翩，我甚至想到了消失或失踪的字眼。过了三四天，刘露也辍学了。相对于董强的离开而言，刘露的辍学显得更不寻常。尤其是联系在一起来看，其中必有蹊跷，但在近三十年前，我却没有闲心或有意识去多想。只是觉得有点替刘露可惜，她的成绩很不错，是班上少数几个有可能考起高中的乡村学生之一。无论从哪个角度来看，黄花初中都是那种最不起眼最糟糕的乡村学校，学生要进一步深造的可能性极小，但中途辍学的又极少（曾跟朱温校长叫板的刺头女生张瑶被开除）。我们没有多少鱼跃龙门的愿望，但也需要一纸毕业证，这有利于我们去珠三角打工。

果然，我们听到了不利于董强的传闻，说董强经常盯梢刘露。白天是这样，夜晚也不例外，这已经到了极不正常的地步，严重影响了刘露同学的正常学习和生活。

刘露是荷花村人，离学校有七八公里之遥，于是在校膳宿。学校在夜间十点熄灯休息，董强仍在刘露的宿舍旁边转来转去，就像是一头拉磨的驴，不知疲倦地兜着圈子，有时转到凌晨乃至天亮。光是转悠也就罢了，还有值班的老师见到董强扒着窗柱子往里偷窥，这就过分了。宿舍里除了刘露，还有好几个女生啊，都给他看到了。校方花钱聘请董强来做校警，是要他来维护学校治安的，而不是要请一个咸湿佬（粤语，指形容猥琐、好色如命的男人）来整天偷窥女生。这就是引狼入室。这个传闻，很好地解释了董强被朱温校长炒鱿鱼的原因，却无法解释刘露也随之离去。当然，一个学生的辍学是个人选择，与旁人无关。这两件事，在当时都曾是我们嘴上极好的谈资，种种说法、猜测或想象都有。其中从不少人的嘴里蹦出了“乳房”“屁股”之类的字眼，而这些部位显然来自刘露的身上，却又被董校警如饥似渴的眼神捕捉。

孰料，螳螂捕蝉，黄雀在后。我们平时敢于担当、兢兢业业的朱温校长，有时也会巡夜的，就像是封建皇帝心血来潮时，也会微服私访。他不仅要暗中视察全校师生的日常作息、学生的学习生活以及思想动态，对教职工乃至厨师、电工、校警、清洁工等校内员工，也从来没有掉以轻心。于是，他发现学校内部出现了问题。我有点惭愧，这些当年在黄花初中的重大事件，曾闹得沸沸扬扬，在这三十年之中，我却经常连影子都记不起来。

这就是关于校警董强的事情，我能想起来的就是这些了。当然，还有关于刘露的往事，我想起了不少细节，刘露的形象在我的脑海里愈加清晰。这都是个人的记忆及见闻，并综合了别人提供的信息（尽管只是道听途说乃至信口开河）。我就像做拼图游戏那样，试图将记忆的碎片及往事的线索拼凑起来，以还原事实。但这谈何容易。也许，这些记忆掺杂了个人的想象、揣测乃至猜想。这没有办法。显然，这不一定是事实，甚至可能跟实情大相径庭乃至南辕北辙，我对此早有心理准备。即使全是事实，我也有不少疑问，这些疑问横亘其中，阻塞了叙述的通畅，无法使我自圆其说。我很清楚，千万不能忽视或错过这些墙上斑点般的疑问，看上去虽微不足道，但完全有可能将结论颠覆。我在笔记本上，将这些疑问一条条罗列出来。

好在，现在董强出现了，他既是当事人，也是证人。他就是一把打开这个微型迷宫的钥匙。

6. 原来如此

仲夏的一天，我和董强在沙面公园的一家咖啡厅重聚。我不喜欢喝咖啡，但这里古木参天，绿树成荫，环境很清幽。他儿子的小诊所就在芳村，此处亦靠近地铁站，双方交通都很方便。这是一次迟到的聚会，我们分别快三十年了。我从来没想过会跟董强再次见面。他在我的生命中没有留下多深的痕迹，刘露也是。我在黄花初中度过的几年生涯惊心动魄，是因为其中有跟琥珀似是而非的初恋。早恋，这无论在当年还是今天的中学校园，都是致命的禁忌！我跟琥珀就像是两个穿着石棉防火服的雪人秘密穿行于燃起漫天大火的荒原之中，而能全身而退，真是一个奇迹，这也是我们在青春期最大的秘密。这一切都被写入了我的书中。董强及刘露的缺席，也许不是刻意遗忘，但也可能是潜意识作用的结果。老实说，董强的事情固然精彩，但跟我有什么关系呢?

我想过将梳理过的故事从头到尾讲述一遍，但觉得没有必要。那样耗时太多，还是将那些关键性的疑问抛出来，一一跟董强比对并核查即可。窥斑知豹，纲举目张。三十年前，董强才二十五六岁，虽然个头不高，却风华正茂，英气勃勃，称得上是气宇轩昂，丰神俊秀，但如今也成了垂垂老者，白发皓首，脸庞也长出了灰色的老人斑。其实我也不年轻了，都是奔五的人了。好在他精神不错，腰板仍然挺得很直，显得很硬朗，也没有中老年人常见的大肚腩，依稀有几分往昔的风采。军人毕竟是军人!

我要了一杯拿铁咖啡，他要了一杯摩卡咖啡。我点了一碟水煮带壳花生，一碟盐焗凤爪，几样港式点心。我笑着问:“董老师喝酒吗?”

“我从不喝酒。”

“武侠小说上写，高手个个都爱喝酒，像令狐冲、李寻欢和金世遗，个个都嗜酒如命。”

董强微笑了，他双眼出神，仿佛真的回到了当年刀光剑影叱咤风云的江湖旧事之中。他笑着说:“你知道，我不是武林中人。”

“我很好奇，董老师当年做校警的月薪有多少?”我轻描淡写地说。我故意从一个比较轻松的话题谈起。

“八十二元。这是当时黄花初中教师的三分之一强。我当时很需要这笔钱，父亲要等钱治病。但比起这些，我更看重这份工作，我很珍惜。我很喜欢当警察，哪怕只是一个校警——”

“你不就是个医生吗？”

“我顶多算是个跌打医生。父亲患的是不治之症。”

“你的功夫是在部队学的吧？我不明白当徐桥手打上门来，你为什么不还手？”

“你当然知道了，我不懂武功，我连一道散手都不会。”

“你只是军医，而不是特种兵？”

董强笑了笑，顾左右而言他，说：“当年我带着刘露去跟黑豹讲数，真的很惊险。你没在你的书里大书一笔，那可是你的损失。”

“说来听听。”

董强于是滔滔不绝地说开了——“我不是不懂武功吗？但为什么还敢带刘露去‘讲数’？那可是闯龙潭入虎穴，其实我心里也怕得要死，但是别无选择。我只是打定了主意，就是拼了性命不要，也不能让黄花初中的任何一个女生给狗贼玷污了。因为我是校警！你当时也听说了，谈不拢了，我就将手枪套和电鞭都摆在桌面上——”

到目前为止，这跟我当时听到的情况出入不大，我不吭声，耐心听下去——

“黑豹和他的马仔大马金刀地坐在冰室里，不是四个，就是五个，绝对不是十三个。他顶多只有几个小喽啰，而不是什么‘十三太保’，这很有可能是他自己吹出来的。当时没有别的客人，看店的小姑娘看势头不对，也溜出门去了。我跟黑豹说，刘露伤了你的面子，我负责还给你！我一把攥起一瓶还没开封的冰镇啤酒，猛地敲在额头上，绿色的玻璃碎片、黄色夹着白色的啤酒沫和红色的鲜血，像疯狂的蜂群在我的眼前飞舞，耳畔仿佛听到了山崩地裂的巨响，我感到脑袋就像是被沉香一斧头劈成了两半的华山。但我竟然还有点清醒，又拿起了一瓶啤酒，说，不够是吧，再来——等我醒过来，我已经躺在镇卫生院的病床上了。刘露后来跟我说，当时，我话没说完，手一软，啤酒瓶就滑到了地上，居然没有摔碎，人也软瘫在地上。黑豹和他的人面面相觑，对刘露骂道，小婊子，算你运气好！他们走了，刘露才哭着跑到街上去喊救命。当然，这都是她在事后告诉我的。我当时晕过去了？”

“也就是说，你是出手了，但只对自己下手？”

“后来我才知道，黑豹当时为什么肯放过我们了，这还真不是我的功劳——”

“你是说，刘露还是被黑豹欺负了？”

“不是。”

“我不太明白你的意思。”

“刘露说了一句话，她缓缓地说，徐桥手和董强是结拜兄弟，徐桥手说过了，谁要与董强为敌，就是跟徐桥手过不去！”

我突然想起来，当时关于刘露脱身的事，还有一个传闻就是，刘露将上衣刷地撕开了，露出了粉嫩挺拔的乳房，说，来吧，你要的，现在就给你——黑豹淫笑着，就当着三四个马仔的面奸污了她，此事才算了结。倒是数月之后，黑豹也在“打黑除恶”专项整治活动中被抓了，获刑七年，看来跟这件事也有关系。据说，他当时真的凑够了十三个烂仔，正在一家酒楼上搞结拜仪式。但是，此刻我实在不忍心提起这个传闻。

“我只是说，你真是好样的！”

“我是校警，保护我校学生的安全，责无旁贷，但那一刻，我真的是豁出去了。”

“换了刘露是别人，或者说是一个男生，你还会这样吗？”

“我明白你的意思。我发誓说我当时绝无私心，我是一个校警。但在我晕过去之前，看到了刘露心碎的眼神，她真好看！我终于明白了为什么有男生要为她打架。就是为了她去死，我也心甘情愿！”

“事实上，你为她死过一次了。我很好奇，你干得好好的，为什么就不干了？”

“朱校长炒了我。”

“这个我当然知道，为什么呢？”

“他不是人！”

董强声音虽然不高，却是从牙齿缝里蹦出了这句话。他脸色铁青，仿佛在强行抑制着怒火。我犹豫着，小心翼翼地斟酌着措辞说：“自从跟黑豹讲数回来，你就跟刘露好上了，对吧？”

“没有的事。我当然喜欢她，但我是校警，师生恋都为社会所不容，何况我一个校警呢，比她大了八九岁。我不能。但我暗暗对自己说，再也不能让她受半点惊吓和伤害了。”

“你被指控说经常绕着刘露转乃至半夜偷窥，就是为了保护她？”

“我从来没有围着她转，我跟她离得远远的。我承认有时会偷偷瞥她一眼，但距离远得她不可能知道。她还有大半年就要参加中考了，我不想有任何事情让她分心。她是一个好孩子。说我盯人，也只是暗中盯着一个，那就是朱温。他不是人，我这样说够清楚了吗？”

“我有点明白了，这就是为什么你被炒了，刘露也辍学了。”

“你搞错了，刘露辍学在先，她没法读下去了。我就索性全说了吧，有一天夜里，刘露闹肚子痛，去上厕所。你也知道当时黄花初中的公厕就在甘蔗地的旁边上，离女生宿舍有两三百米，朱温就跟了上去，看来，他等待这个机会很久了。他等刘露出来，就一手捂着刘露的嘴，一手将她往甘蔗林里拖。甘蔗长得比人还高了，很快就可以收获了。我立马摁亮了手电筒，一束光柱冲着茂密的甘蔗林直上直下地射去，嘴里在叫道，孟东老师，赵云老师，前几天你们说见到的疯狗又出现了，大家举起木棍，三面夹攻，不要让它跑了！只听得甘蔗林里叶片拨动的声音哗啦啦乱响，很快就销声匿迹了。我赶紧钻入去一看，只见刘露如同梦游，双眼发直，一声不吭，衣衫不整，她见了我，就瘫倒在我的怀里，泪水从细密的睫毛里汹涌而出。发生了这样的事，她就不想再读了。我也没法待了。当时，我虽然没看清楚那个人的嘴脸，但我敢肯定是朱温无疑。”

“你不是一直盯着朱温的吗？他的一举一动，你自然是最清楚不过了。那么，师母是我的老同学了？”

“那是。”

这个我早就料到了，但经眼前这个年近六旬的小老头口中证实，仍不禁有点吃惊。我眼前浮现出了昔日刘露如花似玉的容貌。当年，她可只有十七八岁，正是含苞欲放的时候。

看来，董强在黄花初中当了一年多的校警，最大的收获就是娶了刘露。挨了几顿打，但还是值得的。我只有最后一个问题了。

“你是军医对吧？”

“我从来就没有在部队待过。我没当过兵。”

尾声

我是一个耽于幻想和梦境的人，我曾一次次为梦境中的神奇和美丽而哭泣，甚至在苏醒过来之后仍长时间流连于梦中的人与事。有时，我在白日中也会在恍惚间进入一个美妙而虚无的世界。有一次，我走在从村庄通往黄花初中的路上，路上空荡荡的，只有山坡的野花在旁若无人地怒放，蝴蝶和大黄蜂则从耳畔“嘤嘤”叫着扑入了花丛，我脚步轻快，心里一片安静，仿佛融入了群山之中的静谧。

但不可思议的一幕就这样在我的面前出现了，我看见一群神仙般的人物手执香花、脚踏瑞云飘然而过，他们像一阵风那样掠过，然后又很快地消失了。这些人物，那些安详的神态，那些奇特的服饰，我依稀在小人书或戏台上见过，但从来没有这般逼真而鲜明。那是发生在我十几岁时的一件事，在长达十数年的时间，我的脑海一直浮现那神奇的一幕，我宁愿相信它是真实发生的——而不是一场白日梦——只有最真实的东西才可以长时间停留在一个人的记忆中。据说，心如水晶的孩子可以看见神仙或幽灵，但我无法确定我记忆中的那一幕是出于我所见还是一个美妙无比的梦境。后来，我从书上知道世上有海市蜃楼这样的事物，尽管我不能确定所见的乃是蜃景，但我已对一直以为是真实发生的那一幕产生了动摇。我更宁愿我从来不知道世上有海市蜃楼一类的东西，那一幕显得越来越像一个梦了，它在四处飘散，从而失去了我以为的真实性。

我在一九八九年初中毕业并考上县城的中学，那也是我离开黄花镇的日子，这么多年过去了，可以发生很多事情，也可以遗忘许多东西，譬如我老是记不起同班同学的名字，这不是一件光荣的事。然而，黄花镇已融入我的头脑，犹如一叶孤舟起伏在记忆之海的浪尖，每一个点滴都是那么难以忘怀，当然更多的时候是以梦境出现的。

多年来，我做过无数个关于黄花镇的梦，有的让人欲仙欲死，有的让人潸然泪下，千奇百怪，包罗万有，大多数梦境早已遗忘，甚至我还没有苏醒就已经忘掉！有时我以为醒了，其实仍在梦中。有一次，我在梦中一连醒了六次，我一次次告诫自己说，这是一个梦，别掉入了梦的泥沼。但我直到第七次醒来时才知道那只不过是一个梦中之梦，它包含着七重无限真实的梦境。在梦中一连醒了六次而依然走不出梦的包围，这于我来说，是一次关于梦境的高峰体验。有一些梦总会像趾甲一样嵌入皮肉之中，你不可能将它摆脱，甚至还在不断地生长，这样的梦算不算一个真实的事件呢？在那些不会遗忘的梦境之中，有两个梦是我不能不说的。

第一个梦为一棵大树所笼罩，那是我在读初一时做的。这是一棵奇特而庞大的树木，我在现实世界之中从没见过这样的树木。它就生长在小学和初中交界之处的那个山坡上，它完全覆盖了整个山坡。它的躯干是灰白色的，有点像可以脱皮的柠檬桉，但树身是如此巨大，犹如一条宽敞的大路一直铺向天空，身上的枝条就像数不清的小路为大路所连接。的确，它在梦境中就是一条道路，每一个人都要通过它而出发，像猴子一样攀缘而出入，它是连接山脚和山坡的惟一通道。当我要从小学到初中里去，我就会迈上树身，犹如迈上一条路边生长着野草而路上留着深深车辙的大路。由于大树跟地面是垂直的，这样我也就跟地面平行，但我并没有感到行走的困难。与其说它是一条伸向天空的道路，毋宁说它是一把架在半空中的梯子。我在树身上攀登，一直走下去就是树冠，每一根枝条都指向新的歧路，每一根枝条都蘖生新的枝条。我在一根枝丫前略为踌躇，后来我没入了浓密的叶丛之中，我从树身走到了一根粗大的枝丫，又从这根枝丫走到一根细小的枝丫。我终于走到了这棵大树的顶端，从而到达了山坡。倘若要从初中来到小学，我们所走的乃是一个相反的过程，但会更为轻松一些，从树冠中入手，抱住一根细小的枝丫往下滑，到达一根较大的枝丫中。就这样一直滑行到树干，再从树干滑行到地面，这棵大树犹如一架巨大的滑梯。我们行走于大树中，犹如猴子和飞鸟一样轻捷而迅速。树上长着奇特的大红花，犹如振翅长唳的火鸟。而所结出的果实大如南瓜，每到晚上就发出耀眼的亮光，它满挂在树上犹如街道上的两排路灯。它的叶子异常宽大，看上去犹如长着长柄的芭蕉扇，苍翠欲滴。树叶类似芭蕉扇的树木，我知道的仅有黄桷树一种。我家门前就有一棵要数人手连着手才能将躯干合抱的黄桷树，可能我在梦境之中想起了这棵树。

我不知道为什么要做这样的一个梦，一直到今天，我也不知道它暗示着什么。那条既像道路又像梯子的大树，它茂盛而碧绿的叶子覆盖着我的少年生涯，那些苍翠的叶子，那些火红的花朵，那些闪光的果实，也许隐喻了我所渴求的东西，但我不知道是什么。

第二个梦发生在读初二的时候，跟性有关。那时我刚进入青春期，脑子常浮出一些莫名其妙的念头和让人面红耳赤的画面，其实我对男女之事一直懵然无知。

那是一个燠热而潮湿的仲夏夜之梦，我被一名妙龄少女牵着在池塘下面无穷无尽的淤泥中潜行，水面上耸着荷花和莲蓬，水底则一片幽暗。那些淤泥滑腻而冰凉，眼前传来一缕光亮，那是少女的身体在黑暗中发出了微光，千丝万缕的长发像水草一样飘动。她只披着一幅轻纱，身体上每一个细微曲折的部分都在轻纱中若隐若现，尤其是那花蕾般欲绽未绽的双乳，更是熠熠生辉，恍如太阳的表面。我们像鱼一样在水中游动，又像鸟儿一样飞翔。漆黑的淤泥在身边如波浪般分开，在淤泥中飞翔竟也快捷异常，毫无阻滞。后来，少女除掉了身上的每一根纱线，我跟少女缠绕、拧绞在一起，犹如两朵波浪在流动中交换着身体。我浑身在哆嗦，仿佛坠入了漆黑的深渊之中，又像跃上半空拥抱着软绵绵的浮云。我的体内仿佛有一头狮子在咆哮、跳跃，那是一种生命原始而本能的力量，无人可以抑止，我感到有一道河流在我的体内决堤，它在刹那间呼啸着离我而去。有更多的事物跟随着河流离开我的身体，我根本就无力挽留，那样的场景，太美，也太让人恐惧。河流纵身一跃，我所看到的瀑布多么美，更美的是两道相爱的河流拆除了河岸。我跟少女身心交融而又在黑暗中分开，我看不清她的脸，我只看到她的双乳犹如两盏明灯在照耀四周的淤泥。我在梦中看不清少女的脸，是因为我在现实中还没有喜欢上一个真实的女性吗？但这样的一个女性，身体雪白，双乳挺拔，腰肢柔软，她就是我心目中所钟情的女人吗？每一个少年在青春期都会梦见女人以及性爱，但我不知道第一次梦遗竟是以一片虚幻的淤泥为背景而发生的。

我梦见了那个池塘，是因为小学旁侧那堤岸长满了“黄占子”树的池塘盘踞在我的头脑中。至于荷花和莲藕则生长在另外的一些池塘。在淤泥中跟一个女人发生了这样的荒唐事，我不知道这是怎样一个关于梦境的设计。在我的记忆之中，那是我第一个跟性有关的梦。尽管我对异性开始有了朦胧的意识和隐晦的渴求，但我对性仍一无所知，所以我在梦中所发生的一切并不是一场真正的性爱。那时我还太小，不可能懂得爱情，也没有这方面上的愿望。后来，我大吃一惊，莫非我在渴望爱情之前就对性爱产生了欲望。在青春期，我对爱的奥秘还一无所知，女孩子吸引我的还只是她漂亮的脸蛋和清脆悦耳的嗓音，然后是她们胸前日渐隆起的乳房。那是一个令人销魂的黑甜之梦，我醒来后禁不住脸红耳热，后来我曾无数次沉醉于那个梦境。但我每一次重温旧梦都会丢失一些极为美妙的东西，譬如魔幻般的场景在逐渐模糊、触摸少女身体的感觉在弱化，少女的体温和香味在变淡，少女的身体犹如一缕轻烟在消散。开始是她的手臂和腰肢在黑暗中退隐，然后是那曾经亮如明灯的双乳在黯淡、熄灭，那个我不知道名字看不清脸孔的少女，必将彻底消失，最后就像一缕清泉融入了淤泥之中。梦幻的女人最终让位于真实的女人。

后来，我有了自己的爱人，那些大相径庭的女子都给予我一个真正的女人的感受，她们的脸庞在我的脑海中那么清晰，犹如天上的星辰照耀着我内心的庭院。多年以来，那些不再爱我或仍在爱我的女人，那些离开我或仍在我身边的女人，我深爱着她们。尽管我只会跟身边的女人厮守，但我忘不了人生旅途中给我上过深刻一课的女性。她们之中的每一个，都像但丁爱慕的贝阿特丽采或歌德所说的伟大而永恒的女性，在引导着我上升。

我还做了一个无法忘记的噩梦。后来我将这个梦境写入了小说《黄花镇秘史》。这个梦境是如此冗长而沉闷，它给我带来的惊恐是别人无法想象的，我在梦中犹如置身于蛇窟，我醒后全身湿透，大汗涔涔——我被梦中昆仑奴扬起的皮鞭所惊醒——仿佛一只老鼠掉入了一道望不到尽头的铁皮水管之中，不见天日。这是一个极其可怕的梦，却是对现实世界的模仿和抄袭，真实的情景更可怕。一个少年置身于这样的世界之中，犹如一个赤手空拳的人面对着咆哮的狮虎，几乎丧失了任何抵抗的能力。每一个人的成长，都有着蝉蜕撕裂般的痛楚；每一个人的青春，都是残酷的青春。我还没有做好成长的准备，就已经挨了生活的一记闷棍。我不仅要学会双倍于黄牛的柔韧和四倍于骆驼的忍耐，还得在漆黑一团中学会独立思考。我必须擦亮体内这一盏布满锈迹的铜灯，拧实梦想的灯绳，倒入爱的油脂，点燃思想的火焰，从而烛照我自己以及四周的事物。思想是一瓮窖藏多年的美酒，但它总是掺入了太多令人苦涩的杂质。何况是一个少年似是而非的思想！

那时候，一些莫名其妙的想法以及执拗而固执的情绪，就像苹果从树上掉落下来，纷纷砸在我的头上。苹果是生硬的苹果，而我不是天才牛顿。我常在冥想中酩酊大醉，而又在酒醒之后为思想所触及的未知而头痛。我的少年时代被美酒和忧郁所浸染，交织着痛苦和希望，那是一段血与火的岁月。道路是一根绳索，人在道路上行走，犹如刀刃在绳索上行走。我在思考中得到的，不如我所失去的多，我在冥想的地面上趺趺撞撞，不知跌倒了多少次。卡夫卡说："真正的道路在一根绳索上，它不是绷紧在高处，而是贴近地面上的。它与其说是供人行走的，毋宁说是用来绊人的。"但无论如何，我总算在羁绊中学会了行走并坚定了前行的信心。

我在黄花初中读书的经历，今天来回忆些那些消失的往昔，心情并不轻松，总是让我欲言又止。我考取高中后，将步入成年。而步入成年之后，我就必须像一个成年人那样思考和行动，生命中的坚强部分必须要为生活而承受。那原本应该是多么饱满而辉煌的少年时代啊，就像一只高悬于枝头的苹果抑不住心底飞溅的汁液。我的少年生涯却黯淡无光，在学校中所受到的禁锢和压抑几乎让人窒息。在少年的求学时光，饥饿和寒冷还可以忍受（那种常人难以想象的忍受终于深入了我的骨髓，形成了我卑微的性格和骆驼般的忍耐），但那种丧失心灵自由的孤独感差点毁了我，有多长的时间，我一直是与忧郁为伴的呀。我没有一个朋友，我也没有交朋友的愿望。这样的年龄是花朵，是铃铛，是山间的清泉，是苹果的芬芳和酡红。然而，我却使自己跟世界孤立起来，像一间封闭的房子。如果不是跟琥珀的交往唤醒了我深埋于心底的情爱，天知道我会变成什么样子？

我珍贵如钻石般的少年时光在黄花镇蒙尘，但它毕竟是我度过了那一段梦幻岁月的地方。我曾无数次走在那条铺满煤渣和碎石子的泥路上，大路两旁是金色的稻子，但更多的时候，它们被泛滥的溪水所覆盖；我曾无数次登上连接着小学和初中的那道台阶，我仿佛在跟青苔交谈；我曾无数次静坐在小学旁侧的池塘边，注视塘中的非洲鲫，这些鱼是吃饲料长大的，有着扁平的头部，行动迅捷而生猛，然而它们耐不过冬天，每当寒霜飘降，鱼们纷纷在水面上翻着惨白的肚皮。那时我想，做一尾鱼可能是幸福的，但这样的幸福是有边界的，它们在水中游了一辈子，却不知道相隔一道塘堤的外面就是河流，那条河流指向了无限，因为它最终会流入大海。啊，我太熟悉那个地方了，包括它低矮的屋舍，既不规则也不平整的操场，山坡上的树木，院中清幽的水井……我熟悉它的一草一木，甚至每一块石子。没有人与我交谈，我就跟一株小草交谈；没有器皿盛放我的梦境，我就将头脑中的梦幻倾倒给黑暗中闪光的圆月。

那一个小镇，那一段岁月，就像楔子一样深切地楔入我的生命，已融入了我的血肉和思想，跟我互相交织、纠缠不休，以至我在远离了那个小镇之后，依然无数次在梦境中与它遭遇。我曾经讲述过的那些逼真而离奇的梦，我在梦中所遭遇的事物，乃是我所不能消化的尖锐而闪光之物，尽管它们只会在梦中才能现身。我对黄花镇的感情太复杂了，我无法以笔墨描绘那复杂的样子。我对它是一种恨吗？但我成年之后，为何屡屡在一个夏日明亮的午后或秋雨淅沥的黄昏饱含深情地忆起关于小镇的每一个细节？我对它是一种爱吗？但我只要想起学校的戒条和教师的暴行，至今仍无法做到完全地宽恕。我承认我内心的爱还不够，我仍然无法剔除淤积于心中的黑暗。你瞧，我还在耿耿于怀早年所遭受的禁锢和屈辱。那些往事的确宛若刀片刮过我的内心，但我依然为自己难以释怀而深感羞愧。我曾无数次在梦中回到小镇的街角，在梦中跟不可理喻的事物达成了谅解，跟少年时的仇敌握手言欢。我在梦中做到了真正的宽恕。我曾经避之而唯恐不及的学校如今成了我在瑰丽梦境中不断回去探访的家园。

那一年，我告别了无忧无虑的童年，来到黄花初中读书，独自面对生活上的种种难题，并开始面对那些惊心动魄的精神事件。在我的少年史中，一九八六年是重要的年份，黄花镇也是一个特别的地方，我在黄花初中受到的教育，让我无法忘怀。我得到的最大教育就是，无论在何种处境之中，都要学会自我教育并艰难前行，这是一种血与火的教育，我在当时度过的乃是淬火的岁月。时隔三十年，我今天回想起来仍不禁心惊胆战，我时常感到脸上有一把火焰在灼烧，那是幽暗的昔日之火，至今仍残留着热量和微光。镇上特殊的环境，特殊的人群，特殊的生活方式，都迫使我在思想上早熟。尽管我的思想似是而非，也无法控制那些危险的念头，但我总算平安地度过了惊涛骇浪的那几年。我尝试以个人的方式去对付那不可摇撼的现实，我性格中谦卑、忍耐和柔韧的一面已初露端倪。在很大的程度上，我得益于天马行空式的幻想，尽管幻想只是一个蜗牛般的硬壳，却恰好可以让我蜷曲其中，这毕竟是另一个世界，我在另一个世界消解了现实中的沉闷和压抑。这是一种精神的戏法，当我在另一个世界回头来看，我仿佛获得了一种“跳出三界外，不在五行中”的特殊本领。

后来我还因对自己和世界的嘲讽而逐渐懂得了幽默的好处，那些在现实中显得无比坚硬的东西和看上去不可跨越的障碍在笑声中纷纷消融、坍塌。一个值得记取的精神事件就是，我还没有学会成长，但已经开始成长。我还隐约预见到未来的坎坷和风雨，我做好了迎接这一切的准备，我无所畏惧。后来发生的事情验证了我的预见。后来，我将置身于一个更荒谬更可怕的所在，生活也将对我进行更无情更残酷的打击。那些苦难和血泪犹如精神的丝线在交织、缭绕并形成一幅精美的织锦，我独坐于心灵的空地，那是一个无人涉足的清静之所。世界是一个封闭的茧子，我独自成蛹，又在痛楚中化蝶。青春是一场好戏，观众尚未就座，我已拉开成长的帷幕。

关于周立诚和方小嫣这一对，我颇有兴趣。但琥珀也语焉不详。他们后来没有走到一起，方小嫣好像去深圳打工，嫁给了一个外省人。至于周立诚，因经营小饭店不善而远走他乡，不知所终。据说他的饭店倒闭是因为兼做“路边鸡”，借饭店作掩护开“鸡行”（粤方言，妓寮），养了几个外省的大奶女人，没多久，即事败被抓去劳教了一年。

那一年，在跟琥珀分别那天，我说：“多谢你这几天能陪我。听我念完了那本小说。尽管你的很多观点我无法苟同，但我仍然十分愉快。那完全是因为你。你坦荡而美好的心灵，你丰饶而神奇的肉体。你仍然是那个纯真而美丽的小女孩。但你不仅仅是她。我从你身上发现了那个小女孩的新大陆。你是她的发展、完善和成熟。你是她的矿藏也是她的结晶。你是她那个平原地带上崛起的高峰。你是那片平静水域下幽深而神奇的海底世界。多谢你。因为你，我对母校有了新的认识。我好像对它有了从来没有过的理解与感情。我要跟你说再见了。说真的，我很舍不得。你不要笑。啊，请你也不要哭。你一哭，我心就乱了。请相信我，我会再来看你。亲爱的，再见！”

1999 年 6 月 26 日初稿于广州

2010 年 10 月 8 日二稿于广州

2021 年 3 月 18 日定稿于广州

附录　黄金明主要小说目录

一、长篇小说或小说集

1.《拯救河流》(长篇小说)

南方日报出版社 2016 年 8 月版

2.《吃了豹子胆》(小说集)

江西高校出版社 2017 年 6 月版

3.《N－3721》(长篇小说)

《作品》2017 年 9 月号上半月刊

4.《地下人》(长篇小说)

花城出版社 2018 年 11 月版

5.《江湖告急》(长篇小说)

花城出版社 2021 年 5 月版

6.《桃李不言》(长篇小说)

南方日报出版社 2021 年 11 月版

二、中短篇小说

1.《恍惚的一天》(短篇小说)

《青年文学》2005 年 9 月号上半月刊，入选《广东小说精选(2005—2006 年卷)》(花城出版社，2008 年)

2. 黄金明小说专辑(含中篇小说《失魂落魄》《我们的秘密》)，配发创作谈及魏英杰访谈《“秘密”改变人的内心真实》

《花城》2006 年第 1 期

3.《客村，客村》(短篇小说)

《作品》2006 年第 9 期

4.《挖下去》(短篇小说)

《作品》2007 年第 4 期

5.《村庄的黄昏》(中篇小说)

《花城》2007 年第 6 期，入选《广东小说精选(2007—2008 年卷》(花城出版社，2009 年)

6.《绳子为什么会断》(中篇小说)

《星火》2008 年第 1 期

7.《苏醒》(短篇小说)

《广州文艺》2008 年第 2 期

8.《女人的房间》(短篇小说)

《百花洲》2008 年第 3 期

9.《无处不在》(短篇小说)

《广西文学》2008 年第 4 期

10.《绰号》（短篇小说）

《作品》2008 年 5 月号下半月刊

11.《乡村公路》（短篇小说）

《北京文学》2008 年第 12 期

12.《雨天叙述》（短篇小说）

《广州文艺》2009 年第 1 期

13.《寻母记》（短篇小说）

《小说林》2009 年第 2 期

14.《禁头》（中篇小说）

《大家》2009 年第 2 期

15.《默杀》（短篇小说）

《钟山》2009 年第 3 期，入选《全球华语小说大系·穿越与另类卷》（张颐武主编，新世界出版社，2012 年）

16. 黄金明作品专辑（含短篇小说《紫薇坡》《生产队逸闻》《乡村家庭》），配发创作谈《惟有荒诞值得反抗》

《滇池》2009 年第 9 期

17.《一次半途而废的旅行》（短篇小说）

《飞天》2009 年第 9 期

18.《女神捕》（短篇小说）

《作品》2009 年 10 月号下半月刊

19.《我所遇见的一群人》（短篇小说）

《福建文学》2009 年第 11 期

20.《线索》（中篇小说）

《广西文学》2010 年第 1 期

21.《仙人》（短篇小说）

《太湖》2010 年第 4 期

22.《神仙》（短篇小说）

《当代小说》2010 年 4 月号上半月刊

23.《疑似跳桥事件》（短篇小说）

《青春》2010 年第 4 期

24.《到省城去》（短篇小说）

《雨花》2010 年第 6 期

25.《神的经纪人》（短篇小说）

《山花》2010 年 6 月号 B 版

26.《七十岁出门远行》（短篇小说）

《福建文学》2010 年第 7 期

27.《错误》（短篇小说）

《广州文艺》2010 年第 12 期

28.《吃了豹子胆》（中篇小说）

《滇池》2011 年第 1 期

29.《我们的弱点》（中篇小说），头条，配发明飞龙评论《荒诞背后的忧伤——读黄金明小说〈我们的弱点〉》

《青春》2011 年第 11 期，《中华文学选刊》2012 年第 1 期转载

30.《夫妻长谈》（中篇小说），头条，配发徐肖楠评论《当代中国文学中的风格对抗——以黄金明小说为例》

《广州文艺》2011 年第 12 期

31.《巫师》（短篇小说）

《天涯》2012 年第 1 期，获首届“大沥杯”广东省小说奖

32.《我们共同的情人》（中篇小说）

《文学港》2012 年第 1 期

33.《没有水的河床》（短篇小说）

《朔方》2012 年第 4 期

34.《实验室》（中篇小说）

《芙蓉》2012 年第 5 期

35.《逃亡者》（短篇小说），配发创作谈及戴丹评论《一场徒劳的逃亡》

《青春》2012 年第 11 期

36.《我作为初中生的生活片断》（短篇小说）

《延河》2013 年 1 月号下半月刊

37.《想起一个人想不起名字》（短篇小说）

《福建文学》2013 年第 6 期

38.《蝉人》（中篇小说）

《西部》2013 年 6 月号上半月刊

39.《挖洞记》（短篇小说）

《长江文艺》2013 年第 9 期

40.《他是谁》（短篇小说）

《广州文艺》2013 年第 9 期，《长江文艺·好小说》2014 年第 3 期转载，入选《伸手向上——都市小说双年选》（花城出版社，2015 年）

41.《寻我记》（短篇小说）

《青春》2013 年第 11 期，入选《广东青年作家中短篇小说精选》（花城出版社，2017 年）

42. 黄金明小说专辑（含中篇小说《胶囊公寓》，短篇小说《新生活》），头条，配发创作谈《伪创作谈》及安石榴评论《我们正在

接近城市生活的一个危机时刻》

《西湖》2014 年第 1 期

43.《看不见风景的房间》(中篇小说)

《芙蓉》2014 年第 2 期

44.《小说盗》(中篇小说),头条,配发创作谈《小说与现实》

《花城》2014 年第 5 期,获第六届花城文学奖提名

45.《讲故事的人》(中篇小说)

《作品》2014 年第 11 月号上半月刊,入选《2014—2015 年广东中短篇小说精选》(花城出版社,2017 年)

46.《村中十日》(中篇小说),头条,配发曹务龙评论《逝去的农耕时代》

《青春》2014 年第 12 期

47.《倒影》(中篇小说),头条

《广州文艺》2015 年第 1 期,获第三届《广州文艺》都市小说双年奖,入选《透视——都市小说精选》(花城出版社,2017 年)

48.《标兵》(中篇小说)

《飞天》2016 年第 2 期,鲁迅文学院第 28 届作家高研班小说专号

49.《漫游者》(短篇小说)

《青年文学》2016 年第 2 期

50.《人树》(短篇小说)

《作品》2016 年 2 月号上半月刊

51.《孙山的爱情》(中篇小说),头条

《广州文艺》2016 年第 6 期

52.《剧本》（短篇小说）

《小说界》2016 年第 6 期

53.《女同学》（短篇小说）

《文学港》2017 年第 1 期

54.《校警》（短篇小说）

《雨花》2018 年第 11 期

55.《千岁人》（中篇小说），配发丛治辰评论《为什么需要幻想文学？》

《芙蓉》2019 年第 1 期，“幻想小说专辑”

56.《窥视者》（中篇小说），头条，封二彩页配发照片简介，配发陈培浩印象记《孤独者黄金明》

《星火》2019 年第 1 期

57.《途中》（中篇小说）

《西湖》2019 年第 2 期

58.《铜镜记》（中篇小说）

《飞天》2019 年第 4 期

59.《溯源记》（中篇小说）

《野草》2019 年第 4 期

60.《霍今传》（短篇小说）

《香港文学》2019 年第 5 期，“华语科幻小说专辑”

61.《图书馆》（中篇小说）

《福建文学》2019 年第 6 期

62.《搞砸了》（中篇小说）

《作品》2019 年第 8 期

63.《机器人绘画简史》（短篇小说）

《青年文学》2020 年第 1 期

64.《乳娘》（中篇小说），封二封三彩页配发照片及创作谈《探录现实之外的真实》

《湖南文学》2020 年第 2 期

65.《暗礁》（中篇小说）

《野草》2020 年第 3 期

66.《机器人时代的读写》（短篇小说）

《青春》2020 年第 5 期，《青年文摘》2020 年 9 月号上半月刊转载

67.《分手的故事》（短篇小说）

《太湖》2020 年第 6 期

68.《三个女人》（短篇小说），封三彩页配发照片和创作谈

《小说林》2021 年第 2 期

69.《幻想故事集》（短篇小说，4 篇）

《青年作家》2021 年第 5 期

三、《桃李不言》各章节发表情况

第一章　我作为初中生的生活片断

2 万字发表于《延河》2013 年 1 月号下半月刊；1 万字发表于《青春》2015 年第 12 期，发表时更名为《我的初中生涯》；1 万字发表于《南叶》2019 年第 2 期，发表时更名为《一九八〇年代的回忆》，转载于《散文海外版》2019 年第 10 期，收入《月亮在叫：〈散

文海外版〉2019 年精品集》，获得第五届广东省期刊优秀作品评选一等奖》

第二章　同学们

发表于《文学港》2017 年第 1 期，发表时更名为《女同学》

第三章　我们的秘密

跟中篇小说《失魂落魄》以专辑的形式，发表于《花城》2006 年第 1 期“花城出发”栏目，配发创作谈及魏英杰访谈《“秘密”改变人的内心真实》

第四章　龙争虎斗

分两篇发表于《文学港》2016 年第 3 期、《绿洲》2016 年第 3 期，发表时均更名为《一九八〇年代的回忆》

第五章　绳子为什么会断

发表于《星火》2008 年第 1 期

第六章　恋情

发表于《太湖》2010 年第 4 期

第七章　校警

发表于《雨花》2018 年第 11 期